THIS IS
WHAT YOU GET

First published 2024
Rymour Books
45 Needless Road,
PERTH
PH20LE

© Iain MacLachlain 2024
ISBN 978-1-0686046-8-3

A CIP record for this book is
available from the British Library
THEMA Classification FB

Printed and bound by
Imprint Digital
Seychelles Farm
Upton Pyne
Exeter

The paper used in this book is approved
by the Forest Stewardship Council

FSC

THIS IS
WHAT YOU GET

Iain MacLachlain

RYMOUR

Dedicated to my special agent, Cherry

Remembering
Axl & Ruby

.

ACKNOWLEDGEMENTS

The journey to publication of this novel started many decades ago. The urge to write came from a love of fiction, which opened up distant and exciting stories and cultures, told through the many and varied characters that inhabited those places. I am indebted to all those hundreds of books for what they have taught me about human nature, for how they have helped me to understand the world I live in, to empathise with those that live in worlds different from my own, and for igniting in me a desire to tell my own stories. I am thankful to my mother, who taught us at a very young age the value of reading, and who first took us to that vault of stories: The Library.

I would like to thank my friends, family and first readers, for their feedback and support. Thanks are also due to the readers and editors at Penguin/Random House who saw the potential in this novel and for the valuable advice that came from workshopping the manuscript.

Thanks go to Shane Strachan for his kind and helpful advice in his role as Scots Scriever and for pointing me in the direction of Ian Spring of Rymour Books to whom I owe enormous thanks for championing this book and for his hard work in making these words the published reality that you see before you.

This book was supported by a Scots Language Publication Grant from the Scottish Book Trust. Thanks to all involved. Peter Howson generously allowed his painting *Exercise Yard* to be used for the cover of the book.

Finally I would like to thank my wife for her indefatigable support of my writing throughout the years. For putting up with her grumpy husband, all the thanks in the world would not be enough. I love you, Cherry.
.

Iain MacLachlain 2024

supported by a Scots Language Publication Grant
from the Scottish Book Trust

Scottish Government
Riaghaltas na h-Alba

PART ONE

I

Hello, hello, how are ye? How wis the journey?
...
Yer lookin good, man. A wee bit o middle age spread, though, eh?
...
Aye, better grey hair than nae hair, ye cheeky cunt.
...
It's good tae see ye, though. Whit's it been, fifteen, twenty years?
...
Fuck me, it's nae been that long, has it?
...
Pint?
...
Naw, ah'll get them. Ye've come aw this waye, eh.

When the train crossed the Dee he wis as far sooth as he'd iver been. The young loon had a broon paye packet in his pooch that still contained maist o the twenty-two poun an siventy-five pence that the recruitin sergeant had gien im. He hadna earned the money yet, though. It wis an advance. The Queen's Shillin. He bought fags, jist the waye he'd spent the money fae his paper roon. He also had enough tae buy a book tae read on the train. It wis the first book that he'd iver bought, the first book that wisna borrowed fae the library or fae his mither's pile o murder mysteries. Also in his pooch wis a bit o paper that contained instructions an directions an a list o items tae tak wi im an on the luggage rack abeen im there wis a holdall that contained aa the items on the list.

He held the book open but his een widna look at the words an instead they stared oot the windae as the granite o Eberdeen fell awa and was replaced by the cliffs an crags o the northeast coast an the sea churned at the foot o the cliffs an his guts churned inside im. His een traced the telegraph wires that swept past the windae an they ran along the streets o the toons that flashed by. The train filled up an at een o the stations an aul boy got on an sat next tae im. The aul boy said hello tae the young loon an telt im his name an the young loon telt the aul boy that his name wis Zander.

The aul boy telt Zander he wis goin tae Edinburgh tae visit his daughter an Zander nodded as the aul boy spoke aboot his daughter's femily. The aul boy broke off fae his monologue tae ask Zander far he wis goin an when Zander telt im, the aul boy telt Zander aboot his army days an this time Zander listened mair closely. The aul boy telt Zander far he'd trained an far he'd eaten tatties boiled in rusty pots an far he'd slept in the freezin caal unner a blanket that made ye scratch yersel raw.

When the trolley came by the aul boy bought twa tinnies o reed.

He telt Zander that he an his pals had scratched their names on the waitin room wa o the train station afore they left for France. The aul boy telt Zander aboot the places he'd been an the aul boy telt Zander aboot the things he'd deen an Zander listened an sooked at his beer an the journey went quicker.

The train crossed the Forth an the iron branches o the bridge criss-crossed past the windae an then the train approached Haymarket. The aul boy wished Zander luck an when he wis gone Zander looked at his empty seat an wished he had bought im back a tinnie.

The train pulled in at Waverley an Zander shuffled off wi the ither passengers. He stepped ontae the platform an the surge o folk picked im up an swept im along wi the briefcases an brollies an the flow spilled oot intae the main concourse far aabdy swirled aboot. He stuck his heed abeen the torrent an glimpsed fowk that lapped against the departures board an he saw signs for the Princes Street exit far mair fowk poured doon the steps intae the station.

He climbed the Waverley Steps, up an up, past a thin, dirty han that held oot a paper cup an up an up intae the brightness o the street. The air felt cool in his chest efter the train an he wis buoyed along by the currents an eddies o the swirlin an crowded street. He found a place by the railins o the gerdens far he could stand oot o the current for twa-three minutes an he pulled oot the note fae the recruitin sergeant an consulted the instructions. He saw the dark Scott Monument that stabbed the sky an he found the bus stop wi the number that matched the number on his bit o paper. The maroon buses cruised along the street an he watched for the een that corresponded. Ahin im, across the gerdens, the castle sat on top o the rock an the city began tae entice im an he wished that he could hing aboot an hae a look.

The bus pulled up tae the kerb an the passengers stepped up tae the driver an chanted their destinations an dropped offerins intae the slot. Zander telt the driver far he wis goin an put his coins intae the slot an the driver didna look at im an didna interrogate im an didna question the amount that he'd dropped intae the slot an Zander ripped the ticket fae the teeth o the machine an climbed the stairs an the bus moved forward wi a jerk an tipped im intae a seat.

The bus sailed aroon the bend ontae Lothian Road an cerried im atween the parks an theatres, the roofs an spires. It cerried im intae the sooth o the city through the toon hooses an mansions. He looked oot for the lanmarks an street names that were written on the bit o paper. The recruit sergeant's note said he widna need them, that he'd kain it fan he saw it.

An Zander kaint it fan he saw it.

He got off at the next stop an stood by the side o the road an pulled a fag oot his packet an lit it wi a flame that shook. The mornin chill had gone fae the air an had been replaced by a heavy stickiness.

He finished his smoke an dropped the butt an crushed it wi his first step towards the barracks.

II

So that's when we first met?

…

That cunt showed ye fuck all. Ah showed ye the ropes, eh?

…

If ye joined the Scottish Infantry ye went tae the Scottish Trainin Depot tae dee yer basic trainin. Ye were unner their command afore ye stepped through the gate. Ye'd been unner their command iver since ye'd signed the paper an taen the oath.

Through the railins Zander could see the expanse o the parade square an the pole that pushed the limp flag up intae the blue. On the far side o the square stood the imposin Victorian barracks. A central tower rose abeen the four fleers o granite an a white-faced clock watched ower the square. Twa guards stood in front o the barrier, aa sharp creases an shinin boots. The tails o their ink black Glengarries hung limp at the backs o their necks in the thick air.

Zander telt them he had tae report tae the guardroom. Een o them raised his han in the direction o the squat buildin ahin the gate an his een sparkled an the corner o his mooth curled.

Zander walked through the gates an the wide double doors o the guardroom were open an flanked by twa brass artillery shells that gleamed like pillars o gold in the sun. A shinin fleer covered the space atween the door an the large black desk at the ither side o the room. Ahin the desk a barrel shaped corporal sat an wrote carefully intae a ledger. Zander stepped carefully ontae the gless fleer an quietly approached the desk.

The corporal looked up an Zander recoiled as the corporal's face twisted an quickly turned beetroot.

Get off ma fuckin floor, the corporal screeched.

Zander scrambled back oot the door an stood atween the shells. The corporal put his heed doon an continued tae write slow careful letters.

Whit the fuck d'ye want?

Zander telt im he wis reportin for trainin.

Stand straight an turn aboot, the corporal didna look up. *Double across the square an back.*

Zander bent tae put doon his holdall.

Take it wi ye.

Zander ran across the parade square an sucked the thick air intae his lungs. The sun blazed doon on im an the clock timed im back an fore. He got back an stood at attention atween the artillery shells an blinked sweat oot his een.

Rank?

Zander telt im he wis a rifleman.

Runner, the corporal twisted his thick neck an screeched through the door tae his left. A freckled soldier darted oot an halted aside the corporal's desk.

Whit rank are ye? The corporal put his pencil doon.

Ahm a recruit, Corporal, the recruit raised his ginger eyebrows an looked abeen the corporal's heed.

How long've ye been trainin.

Six month, Corporal.

This cunt's jist arrived two minutes ago an already he's a rifleman, the corporal nodded towards Zander. *Whit dae ye think o that?*

A pile o shite, Corporal, the runner's een flicked towards Zander.

The corporal rolled oot fae ahin the desk an his een glared abeen his puffed beetroot cheeks an his mandible lowered. *Get across the fuckin square,* the corporal screeched.

Zander turned fae the spittle an the screech rang in his lugs an he sprinted unner the sun that blazed an the clock that timed an the flag that dripped. The holdall battered off his side an he ran across the square an back an his stomach threatened tae come up through his mooth.

Whit rank are ye? The corporal wis back ahin the desk.

Zander telt im he wis a recruit.

The corporal telt the runner tae tak Zander *the fuck oot o ma sight* an Zander followed the runner an swung his free erm like the runner. He saw a green painted sign bolted tae the wa o the buildin wi black letterin sayin *Training Depot HQ, Scot. Div.* A black arra pointed doon the road that led to the rear o the granite barracks.

They went doon the road an Zander felt the cool shade o

the barracks wash ower im an his een relaxed fae the glare o the guardroom an the bright sun an the watchful clock. Three concrete accommodation blocks had been concealed ahin the formidable barracks sometime in the fifties, each o them three fleers high. Zander followed the soldier intae the furthest block an through the heavy door an found imsel in a stairwell wi shinin broon fleers. The runner moved quickly upwards, twa steps at a time, an Zander hurried ahin im. The door on the top fleer had a sign screwed tae it sayin *New Intake Grp*. The soldier held the door for Zander.

They stood in a passageway an the runner waved his erm at three open doorways that led off the passageway an telt Zander tae find his bedspace.

Ah'm McQueen, the runner didna hud oot his han. *Welcome tae yer new hell,* the runner let the door swing shut. The clang echoed like a cell door.

Zander chose the door closest tae im an went through. Five metal beds lined each side o the long room, each separated by a widden locker wi a large white box on top. Some o the lockers stood ajar an mattresses were stored in the lockers like rolled up tongues. The locker doors had slots wi typed name cerds an Zander went doon the row an found his name an placed his holdall on the wire springs o the bed that squeaked aroon the room. His skin had a layer that itched fae the runnin back an fore across the square an he went tae look for the toilets. There wis a big black door at the end o the passageway wi *Ablutions* on it an he peered through the thick gless. Silver an sparklin porcelain gleamed at im through the windae an he pushed through the heavy door. He peed carefully intae the sparklin urinal an then drank fae a sparklin tap. The water tasted like metal but it cut through the film that lined his mooth. He splashed his face an he wiped the drips o water fae the basin afore goin back tae his bed space. There wis a heavy gless ashtray on the table in the middle o the room an he pulled up a plastic chair an lit a fag.

Anither white-faced recruit wis dumped off an Zander watched im find his bed space. He placed his bag on the bed across fae Zander's. The typed name cerd on the door o the locker said *Rct. D. Peffer.* He sat at the table an Zander held oot his fag packet.

Ah'm Davie, he took a cigarette.

Zander telt im his name.

Mair recruits arrived an located their lockers. They sat aroon the table an on the ends o their beds an smoked an looked oot the windaes an looked at their feet.

Ye'll get yer kit the 'morra, a recruit called Sharpe fae Glasgow spoke an spoke. *We'll be gettin issued the new combat jeckits an boots, man. Ma brother's in the Gunners. Ahm goin tae be in the Gunners,* Sharpe opened his locker an the tongue flopped oot. *The trainin here's nae bother but, ma brother telt ma aa aboot it, ken whit ah mean. Iss is whaur yer towels ging,* Sharpe started tae unpack his holdall, *folded like iss, an en yer soap an that on toap o it like iss, an yer toothbrush at right angles tae it like iss, but.* He took his sheets an blankets fae his locker an put them ontae the bed wi *hoaspital* corners an gave runnin commentary the whole time. Zander struggled tae keep up wi Sharpe's mooth an his unpackin. *Yiz better copy me, lads, yiz'll wint tae make a good impression when the instructor gets here, man,* Sharpe pulled his blankets tight.

Anither recruit came in an sat next tae Zander an Davie. He wis big like a bear an he held oot a packet o fags in his paw an offered them tae Zander an Davie an he telt them his name wis Miller an that he came fae the Islands. His voice had a twang that reminded Zander of the sea and the rugged coast.

Would ye not be better waitin for an instructor to tell ye to unpack? he tapped his fag packet at Sharpe.

Look man, ah ken the fuckin score here, ken whit ah mean. Yooze dae whit ye like, but.

Then the passageway door burst open an boots stomped across the passageway an *Whit the fuck's this?* the corporal fae the guardroom barrelled intae the room. *Get those fuckin fags oot,* he rolled oot o the room again. *Get stood tae attention when ah walk in the fuckin room,* the boys could hear im in the ither rooms. *Get in the passageway,* the recruits rushed oot intae the passageway. *Line up against the wa an squat wi yer thighs parallel tae the floor. Get yer erms oot straight in front o ye. This is the position,* he barrelled up an doon the passageway an kicked an slapped recruits intae position. *When ah tell ye tae assume the position, this is the position ye'll assume, d'ye understand?*

Yes, Corporal, a hanfae o startled finches flapped oot o the bushes. *D'ye fuckin understand?*

Yes, Corporal, the beetroot corporal scared a bigger flap o wings oot o the bushes.

Cause ye huvnae made a very good start, the corporal screeched.

Zander held the position an fire crept intae his thighs an boys started tae drop an they were kicked by the circlin corporal an telt tae stan up an through slits in his een Zander watched the reed, pained faces against the wa opposite. He wis half aware that someone else had come intae the passageway. This corporal wis young an had a reed stripe on his erm. Zander's thighs shook an he slid doon the wa a wee bit.

Who the fuck telt ye ye could smoke an lounge aboot in ma fuckin block? the beetroot corporal barrelled aboot an kicked at the recruits. *Who the fuck telt ye ye could make yer fuckin beds?* he kicked. *Fuckin who?* he slapped.

Ah ken how tae dae it, Corporal, a fledgling fluttered oot o Sharpe's mooth an fell tae the fleer an flapped aboot.

Ye dinnae ken fuck all till ah tell ye, the beetroot corporal's mooth stretched an sprayed spittle an his boots crushed the bones o Sharpe's fledgling.

Then Zander's legs turned tae jelly an he collapsed tae the fleer.

Get on yer fuckin feet, the beetroot corporal delivered a sharp kick an Zander wobbled tae attention against the wa.

The young corporal appeared in front o Zander, *Ahm Recruit Lance-Corporal Sutherland. Yer welcomin host there is Corporal Munro.*

Corporal Munro continued tae barrel aroon the passageway an kicked ivry boy that fell till only Miller remained in the position. Miller sat solid an the beetroot faced corporal kicked im on both shins an Miller held back a growl an he still didna go doon an the beetroot faced Munro kicked hard at the backs o Miller's calves an Miller went doon.

When Munro's show wis ower he telt Sutherland tae tak them for their tatties. Sutherland wis a recruit fae the previous intake an had been in the army six month. He had shown leadership qualities an so he'd been promoted an gien a reed recruit stripe tae sew ontae his erm. He'd also been gien the responsibility o babysittin the new intake.

Sutherland got them lined up in three ranks ootside the block an walked them tae the cookhoose. He telt them tae *relax an swing yer erms* an tae *try an walk in step, eh*. He telt them *dinnae stress, ye'll be taught tae march properly in due course. Ah said relax, eh*, he telt Sharpe who wis swingin his erms shooder high. They arrived at the cookhoose in a clutter o erms an legs an Sutherland directed them inside an they queued for the hotplate. Zander took a tray an plate an shuffled along aside Davie an when they got tae the stainless-steel hotplate it glared unner the lights an Zander wis reminded o the pig sheds on his Granda's ferm an the heat lamps that glared doon on the squealin piglets. Zander put sliced ham an chips on his plate. Further on there wis orange juice an he filled his cup an drank at the urn. The juice wis sharp an poured a screech intae his mooth that sent an electric shock through his jaw but it wis cool an he filled a second cup an went tae sit wi Davie an Miller.

Ma belly thought ma throat wis cut, Davie forked chips intae his mooth.

Zander nodded an poured the orange screech intae his mooth.

This is how yer beds should look in the mornin, eh, Sutherland showed them how tae make their beds. *Counterpane tight, two sheets an two blankets folded tae the width o the bed bar an folded intae a square block.*

The boys attempted their first bedblocks an Sutherland came aroon the beds tae check them.

That's a pile o shite, he tapped Zander's bed wi the tae o his boot. *This one's mair like it,* he tapped Davie's bed wi the tae o his boot. *Help im oot,* he pointed Zander's bed oot tae Davie. Then he sat at the table in the centre o the room. *Hae a smoke first though eh, boys,* he dished oot his fags.

The boys lit their fags an stood awkwardly aroon the table.

Hae a fuckin seat boys, eh, he kicked a chair oot fae unner the table in Davie's direction. *See, this basic trainin is necessary tae make ye good soldiers. Ye need discipline, but sadistic cunts like Munro take it too far. Ah believe that ye should build a bond wi yer fellow troops.*

The boys sat an smoked an nodded. There wisna a chair for Zander so he stood at the end o his bed.

Ye might as weel sit on yer bed, Sutherland telt im, *ye'll need tae remake it anyway,* he showed his teeth fae lug tae lug. *Ye'll hae tae look oot for each ither*, he drew on his fag. *Yer brothers noo. Ye'll need tae protect each ither fae cunts like Munro.*

Later in the efterneen they were teen tae the store for their depot tracksuits an gymies. They had tae sign for them an they were telt that the cost o them wid come oot their first wage. They were telt tae pack their civilian clothing awa intae their top-boxes, *ye'll nae be seein them for a while.* Corporal Munro took them tae the barber's an then back tae the cookhoose for supper an he made them swing their erms shooder high an keep in step an Davie wisna good at keepin step an Munro kicked oot at im.

Corporal Munro bed in the married quarters ootside camp an at six o'clock he went hame an Sutherland telt them they could relax. He sat wi his feet on the table an took a fag fae een o the boys. He telt them survival tips boot how tae pass inspections an fa tae bide awa fae. At ten o'clock he telt them *intae yer scratchers boys, ye'll need yer kip for the morn, eh.*

Zander brushed his teeth in front o the mirror in the ablutions. He walked through the passageway tae his room past aa the boys in his squad. He hung his towel on the back o his locker door an put his brush an paste intae his toiletries bag. He made his bed usin only een blanket an sheet so it wid be quicker tae make up the bedblock in the mornin. He lay doon an the sheet wis cool an the lights went oot. He lay awake an listened tae the recruits as they turned restlessly in their beds an he looked through the windae at the unfamiliar sky.

III

Aye, it wis a great feelin gettin issued yer kit.

...

Anither pint?

...

Okay, if ye insist.

Ye had tae learn tae anticipate fit wis expected o ye. Some boys were ready for it straight awa. Livin in poverty, bein brought up by strict parents or haein tae work fae a young age helped ye. Maist o the boys that were recruited in the eighties grew up in Thatcher's wasteland so they were nae strangers tae hardship or lack o opportunity.

If ye could get along an keep yer mooth shut an manage tae bide oot the line o fire ye could remain unnoticed. If yer were slow tae adjust tae yer new life ye were noticed for the wrong reasons an ye'd get punished. Some boys thought they knew the script, but it wisna initiative they were lookin for, they were lookin for obedience. They did look for leadership qualities though, but jumpin the gun got ye noticed for the wrong reasons an aa. Some boys could tread the line in atween. Some boys were born leaders.

Get up, the duty recruit clicked the switch an the strip light buzzed an pinged intae life.

Zander draped his towel ower his shooder an headed for the ablutions. He put his stuff on the shelf abeen the sink an looked intae the mirror. Tae his left Sharpe applied shavin foam tae his face. Zander looked inside his bag at his shavin brush an shavin soap. The brush, wi its smooth widden handle, had been left ahin by his faither. He looked in the mirror at Sharpe an Sharpe dragged his razor along the line o his jaw. Along the line o sinks, aa the ither recruits were usin shavin foam.

Zander brushed his teeth an filled the sink wi warm water an began tae wash, conscious o the boys aroon im. He patted his face wi his towel an began tae put his stuff back in the bag.

Are ye no shavin? Sharpe waved his razor.

Zander shook his heed.

Ye huv tae shave evry day if ye need tae or no, but, Sharpe's voice echoed off the ablution waas.

Zander put his bag back on the shelf an filled the sink again. He took his time an hoped that maist o the boys widve gone afore he got his shavin brush oot. He took oot his brush an soap an dipped the brush in the sink an swirled it aboot a bit.

Check im oot wi iz ancient shavin brush, man, Sharpe wis in the mirror abeen Zander's shooder. Boys turned tae look.

Zander rubbed the brush aroon the soap.

Is it yer granda's, een o the boys elbowed Sharpe.

Naw, it's his granny's, Sharpe elbowed the boy back.

Ye done wi this sink, Miller shoodered Sharpe tae een side.

Settle, man, Sharpe stood aside.

Miller took Sharpe's wash bag off the shelf an pushed it intae his chest an placed his ain bag on the shelf. He took oot his stuff, extractin it slowly. Toothbrush, toothpaste. Shavin stick an brush. Aul single blade razor.

He nodded at Zander's brush.

Is that horsehair?

Zander telt im he wisna sure.

Ye get a much better lather wi a shavin brush, eh?

Zander nodded.

The boys went back tae their ain sinks an oot o the corner o his eye Zander watched Miller an mirrored the actions o Miller shavin. Carefully, deliberately, like it wis a ritual.

Corporal Munro marched them tae the clothin stores an he telt the boy at the front tae lead in an the recruits started anither process that wid flush mair o the civilian oot o them. They'd had their civvies locked awa, the hair clipped fae their heeds an the freedom tae walk an talk as they liked had been greatly diminished. In the stores they wid be issued wi the uniform an equipment that wid further transform them intae soldiers.

Zander edged forward an craned his neck tae try an see inside the storeroom. He could see boots that dangled fae kitbags an at the far side o the buildin a Tam O'Shanter sat on the top o a boy's bag. Zander wis eager tae pull on his ain TOS an tae go fae bein naebdy tae bein a soldier an tae look smart an feel proud. Tae be like his faither.

Then he wis in through the door an immersed in the storeroom an the storeroom wis heavy wi the smell o a century an mair o leather an canvas an the trappins o conflicts an world wars. The kit stored here had absorbed the men who had come afore. Their sweat, through fear an labour alike. Their blood an tears were ingrained intae the kit an the soil an mud an rivers that they had crawled an fought through were ingrained intae the kit. Aa this had soaked intae the brick an timber o the storeroom an swirled aroon the recruits an seeped intae their skin so that they were not only bein issued wi a uniform, but they were also bein infused wi the spirits o aa those who'd gone afore. Aa those who'd been equipped in this buildin an had been sent awa tae break their kit in. Tae be torn, cut an chaffed by it. Tae clean it, an press it, an polish it. Tae lose it an tae beg borrow an steal it. Tae be kept warm an dry by it an tae be protected an saved by it. Tae die in it.

A long sausage bag wis thrust intae Zander's erms. He shook the bag open an it let oot a breath o canvas an leather an ancient greatcoats.

Size? the storeman held up a pair o green long johns.

Zander didna kain an the storeman gave im a quick glance up an doon an pulled a garment fae the stack ahin im an dumped it on the coonter. He didna ask Zander for the size o anythin else along his section o the coonter an he picked shirts an troosers an socks an threw them ontae the coonter an he barked at the next boy an threw kit at im an there wis nae time tae pack the kit neatly intae the bag an Zander stuffed it intae the bag an the next storeman passed combat jeckits tae im an the next storeman passed webbin tae im an halfway along the coonter the bag wis runnin oot o room an afore the end o the coonter the bag wis full an Zander juggled kit in his erms. The boy in front o im dropped his boots an they tumbled across the storeroom fleer. Anither recruit scrambled efter bits o kit an dropped mair kit in the process. Zander got tae the end o the coonter an the storeman asked for the size o his heed an Zander kaint this an he telt the storeman. The T.O.S. wis issued an he'd naefar tae put it so Zander jammed it ontae his heed.

Get that off yer fuckin heed, screeched Munro fae the door. *Ye've no earned the privilege tae wear that ye fuckin craw.*

Zander stuffed the Tam O'Shanter doon the side o his kitbag far he knew it widna fa oot. He clutched his kit tae his chest an balanced stuff an wedged stuff up against the front o the coonter an he managed tae free up a han tae sign for the kit on the clipboard that wis shoved in front o im an then he wis back oot the door an ejected fae the conveyer belt an intae the ranks o three.

Munro marched them back tae the block an harassed them the whole waye as they tried tae balance the kit an keep in step.

Sutherland showed them how tae fold the kit an far it went in their lockers. Shirts an jumpers were folded tae A4 size an stacked on the shelf at the top, troosers an jeckits hung on the rail, boots at the bottom, aathin precise an in its exact location an ivry locker identical.

There'll be an inspection in the mornin, Sutherland checked the boys lockers. *Munro'll be a cunt aboot it but try nae tae gie im too much ammo, eh.*

IV

Well, ah wis marked oot early as a leader o men. Whit can ah say?

...

Ah mind you an im. You were good pals.

...

Aye, he wis yer best mate, eh. Did he nae come fae your neck o the woods? Up north somewaye?

...

It wis a shame, he wis so young. We were aw so young.

Block jobs were done ivry mornin when ye got up an ivry night afore ye went tae bed. There wis a rota put up wi a list o jobs an yer names were put next tae the jobs. There were good jobs an bad jobs. A good job wis sinks an mirrors an ye could get on wi yer job nice an easy an leave a couple o sinks for the boys tae use. A bad job wis the passageway cause it had tae be polished like gless an aabdy had tae walk through the passageway. The jobs were deen tae a daily standard or tae inspection standard. Daily standard wis clean an tidy an lightly polished. Inspection standard meant the passageway fleer had tae be waxed an polished tae a high shine an the black ablutions fleer had tae be polished wi boot polish tae a high shine an the blanco room fleer had tae be polished wi boot polish tae a high shine. The blanco room wis far ye hung yer washin tae dry an it wis far the brushes an mops an polish were stored an it wis far boys were sorted oot. When ye were in basic trainin ivry day wis inspection day an as much as possible the recruits went across the passageway in their socks so that the fleer widna get marked by their boots.

Get intae the passageway, Sutherland wrote on a whiteboard that wis pinned tae the wa an the recruits hurried intae the passageway an pinned themsels tae the wa. *This is the block job list*, Sutherland tapped the board. *Find yer name on it, then go an stand next tae yer job.* The recruits gathered aroon the whiteboard an Zander looked ower their shooders tae find his name. The column on the left contained the jobs. *Bog floor, pissers an shitters, sinks an mirrors, blanco room.* The column on the right contained the boys' names. Some o the bigger jobs were assigned tae twa recruits. Zander an Davie were assigned tae the passageway.

They put doon anither layer o polish ontae the fleer an sucked the fumes deeper intae their lungs an the wax seeped deeper intae their skin.

Ah needed tae get oot o the village, Davie knelt on the fleer an rubbed wax intae the fleer.

Zander knelt next tae Davie an rubbed wax intae the fleer.

Nae work. Ma aul man wis a welder, but there's nothin there noo.

Zander took the weight off his wrist an rubbed it.

So that's how ah decided tae join the army, Davie rubbed wax intae the fleer. *Some o the ither boys ah wis speakin tae said their aul boys were miners, but there's nae jobs for them noo.*

Zander nodded.

Fit d'ye think o Corporal Munro? Davie asked.

Zander sat back on his heels an shrugged. Some boys came intae the passageway an he shook his heed an scooped mair wax intae his cloth fae the big tin. He shuffled backwards on his knees an the heavy sweet wax seeped intae the pit o his stomach.

If ye jist press lightly, the wax comes oot smoother, Davie kept his een on the cloth goin roon in circles.

They shuffled backwards on their knees an their feet hit the wa at the bottom o the passageway an they stood up an stretched their backs an they cerried the bumpers back up tae the top end o the passageway an put dry, clean cloths on the fleer unner the heavy metal an rubber heed o the bumper an they pushed the widden shaft o the bumpers an the swivel in the heavy metal block *clank*ed an the weight o the metal pushed doon on the cloth an rubbed the wax polish intae the fleer. They pulled the widden shafts back an the swivel *clank*ed an the heavy block pulled the cloth an rubbed the wax intae the fleer an the widden shaft pushed an pulled at the skin on their hands an the heavy metal heed pushed at the muscles in their erms an pulled at the muscles in their backs. The heavy metal blocks rested on the polishin cloths an slid back an fore across the fleer an Zander an Davie pushed an pulled in rhythm wi each ither.

Ah wint tae go intae the Highland Rifles, Davie pushed his bumper.

Zander telt Davie his aul man wis in the Rifles.

Aye, ma granda wis an aa, Davie pushed his bumper. *In the war.*

Zander pushed his bumper an felt the wid bite intae his han an he telt Davie he had a history book aboot the Rifles.

Have ye got it here wi ye? Davie pulled his bumper.

Zander telt Davie he had it in his top box. He telt Davie the book wis aul an the pages were thin like the bible.

Ahd like a read o that, Davie pushed an pulled his bumper.

Zander an Davie polished the passageway fleer an got intae rhythm an spoke ower the wid that bit intae their hands an the heavy metal blocks that pulled an strained at their backs. They got tae the bottom o the corridor but the fleer wis still smeared, the polish nae buffed in properly. They started again, fae the top end o the passageway. The polish wis dryer an cooler this time an the shine started tae come up off the fleer. When it wis nearly nine o'clock, they lined up the bumpers wi the brushes an the mops in the blanco room.

Stand by yer block jobs, Sutherland came up the stairwell an burst intae the passageway.

He headed intae the ablutions an the heavy door clanked shut ahin im. He reappeared twa-three minutes later an went intae the rooms, one by one. When he came oot o the third an final room he stood at the end o the passageway an paced across the fleer an reached up an ran his fingers along the skirtin at the top o the door. He strolled ower tae Zander an Davie an Zander could smell the beer on his breath.

The flair's nae bad for a first effort, eh, Sutherland held up his fingers close enough for them tae smell the grey dust. *Ye can bumper it till ye can see yer erse in it if* ye *like, but this is whit Munro'll check for in the mornin.* He called the rest o the recruits back fae their block jobs an their new gymies squeaked on the polished surface. *The next folk tae inspect this place'll be Sergeant Fraser an fat Munro. You lot better no fuckin embarrass me, eh,* Sutherland strolled aroon the passageway. *Ahm goin back tae the NAAFI noo tae continue tryin tae get intae the new lassie ahin the bar. Ye aa ken whit ye've tae sort oot, so get on wi it.* Sutherland opened the stairwell door an the recruits went back tae their jobs. *An keep tae the sides o the fuckin passageway, eh,* the door clunked shut ahin im. Kenny fae the far room stepped carefully aroon the passageway in his socks an went tae dee his block job at the top o the stairwell. His job crossed wi Zander an Davie's so Zander an Davie did his fleer an Kenny did the connectin windae. Zander an Davie were good at the fleer an Kenny wis good at windaes.

Zander an Davie got a damp cloth each an they dusted ahin the pipes an right intae the tiny cracks in the corners. Then they got the polish oot again an put doon anither thin layer on the passageway fleer an bumpered it in an got rid o the scuffs an brought up the shine even mair. It wis efter midnight afore they put the bumpers awa. Zander lay on his bed an blew on his raw hands an screwed up his reed rimmed een. He turned tae look at Davie who had begun tae get his locker ready for the mornin inspection.

V

It's funny lookin back. It wisnae funny at the time, though.

...

Aye, that boy wis a psycho. Him an his pace-stick.

...

It wis the best waye tae learn, though.

Drill wis when ye learnt tae march properly on the drill square an the Drill Sergeant taught ye how tae march. Ye had tae watch the drill sergeant but ye werna allowed tae look at the drill sergeant. The drill sergeant cerried a brass heeded widden pace-stick that tapped the grun an tapped the pace o the marchin.

The best drill sergeants were ex-guardsmen. If ye were unlucky ye got an ex-guardsman for yer drill sergeant. The drill sergeant turned young men intae idiots an the simplest o instructions often resulted in mistakes. The fear o the drill sergeant made it difficult tae control yer limbs properly an tae mind yer left fae yer right. The fear made recruits turn the wrong waye an pivot on the wrong foot an made ye forget tae keep lookin up. The drill sergeant kaint that mistakes wid be made an he waited wi his pace-stick raised tae strike at the mistakes.

If ye didna kain better, ye didna eat breakfast. Ye might nae think ye're hungry or ye might feel a bit queasy fae gettin up early an rushin aboot deein yer block jobs an sookin in the fumes off the wax an polish an gettin yer kit ready. Ye might think that the time wid be better spent haein a wee lie doon on yer bed afore ye started the day's trainin. Nae long efter the cookhoose wis in the distance, though, ye'd have anither think tae yersel. The hunger wid start tae nibble at yer guts when yer next meal wis still a long waye off. Ye'd burn yer energy in the gym or on the parade square an ye'd be runnin on empty when the cookhoose wis still well beyond the horizon an the hunger wid gnaw at yer ribs an yer spine till ye were empty an numb. The realisation that ye'd never miss breakfast again usually came when the earth rose in front o ye an smashed ye in the face.

Zander kept his heed up an his een level wi the top o the boy in front's heed an his erms locked at the elbow, swingin up in line wi the boy in front's shooder. Munro wis there tae remind them o aathin they needed tae mind ivry pace o the way.

Dig – in – the heels;
Look up;
Arms – shoulder – high;
Heels – heels – heels.

They marched ontae the drill square an Zander felt his nerves tighten. Marchin had become a state o fear, always unner constant scrutiny fae at least one instructor.

Drill Sergeant Hoose wis a pillar o rock that stood solid an huge far a glacier had set im doon at the side o the drill square far he burned an smoked an evaporated the glacier an Zander could see im in the periphery o his vision an he kept his een tae the front an forced imsel nae tae look intae the heat an nae tae look at the een that blazed alow the glitterin slashed peak o the guardsman's cap or the brass that blazed at the top o his pace-stick. If he caught ye lookin in his direction he wid explode intae life an make ye wish ye were blind. The efterneen wis heavy an hot an Zander could see a storm risin ower the drill sergeant's heed. They only ever saw im here on the square. He waited for them tae arrive an he bed there when they left. The recruits crossed the square: *heels, arms, chin up, eyes front, thumb pressed straight, fingers clenched, heels, heels, heels.*

They halted in front o the drill sergeant an the drill sergeant exploded intae life.

Get them aroon the square again, Corporal, his granite voice rumbled across the square.

Yes, sergeant, Munro screeched an rolled oot his way.

The drill sergeant got them tae halt ivry half dozen paces or so. *Squaaaad halt, forwaaard march*, aroon an aroon the drill square till he wis satisfied that the squad had halted correctly an their heels were driven intae the asphalt in unison.

Then he began the lesson. He barked numbers an Munro demonstrated. They were shown a right turn an then it got broken doon intae the component parts. Munro called oot the numbers that wid regulate their movements throughout basic trainin.

One – (spin ninety degrees tae the right on the heel o the right foot an the ball o the left).

Two, Three – (pause)

One – (bring the left thigh tae a ninety degree angle wi the body an drive the heel intae the grun).

They were shown again an it wis broken doon again an then it wis their turn. They'd only tae dee the first part, the spin tae the right. It wis quite an easy movement but on the drill square there wis pressure an Hoose burned an waited.

Zander did the right turn an he called oot the numbers an he found imsel starin intae Davie's face. His herrt thudded in his lugs but a panicked glance o the een confirmed that he wis wi the majority. He saw the colour drain fae Davie's face an watched im start tae move.

Stand still, Sergeant Hoose paced in aboot the ranks an dealt oot criticism an swipes wi the pace-stick. He tapped unner Zander's chin, a split second, but enough tae feel the heat o the brass on the tip o the pace-stick an enough tae clack his teeth the gither an then he skelped Davie across the back o the shooders tae turn im roon an the ankles tae get his feet intae position an the wrists tae get his erms in position an his chin tae get im lookin up an the back o the heed tae remind im nae tae get it wrong again.

Hoose paced aroon the squad an inspected his work an he continued tae growl oot curses an flick his pace-stick till he wis happy wi fit he saw. Then he resumed his position at the front o the squad. He faced them tae the front again an he turned them tae the right again an Davie faced Zander again. Zander didna flinch fae the chill in Davie's een.

Stan still.

An Davie spun roon intae the correct position.

Stan fuckin still. Hoose crashed intae the undergrowth an set aboot hackin at Davie wi his machete.

Naebdy moves on ma fuckin drill square till ah tell them tae fuckin move. Efter he'd cleared the hingin creepers he stepped back oot front an got them tae dee it again.

One.

An again.

One.

An again, an again, an again.

An then they moved ontae the second part o the turn.

Two, three... one.

An efter Davie wis hacked tae pieces, very few mistakes were made.

VI

That cunt wis a fuckin bully, eh. He picked on a boy in oor intake as weel.

...

He wis tryin tae compensate for the fact that he wis a useless soldier. He wis bitter an jealous.

...

Anither pint?

Ye ayeways did yer block jobs afore breakfast then PT efter breakfast an then maybe ye had drill afore mornin smoke break an then maybe ye had skill at arms afore denner an then field craft efter denner an map readin last in the efterneen. The classroom lessons were in widden huts right at the back o the barracks an field craft wis in the trainin area beyond. If ye were unlucky ye had camouflage an concealment afore denner an then ye had tae sprint back tae yer block an get the cam cream scrubbed off yer face an lugs an then ye had a wee bit o time for denner an then ye had tae get changed for drill an get ootside the block ready tae march up tae the drill square. If ye were lucky ye were intae a classroom efter drill for military history or map readin.

Unless it wis hot, though.

The widden huts sat unner the sun on breeze blocks at the back o the camp in rows o eight, remnants fae the war when they needed extra billet space. The boys sat in the hut in rows o eight an breathed the stuffy hessian an creosote air an the sun poked fingers at the boys through the wee holes in the hessian blinds. The front wa o the classroom wis in the glow o the overhead projector an the boys faced the OHP in the gloom. Zander sat wi his hurried denner sat heavy in his belly an rubbed his face an smelled the fleer polish on his raw hans an felt dizzy. His shirt scraped his neck an scoured at the raw skin unner his erms. He stared at the images projected on the wa in front o im. Grid lines, contours an map symbols. Information an heat beat doon on them.

Sergeant Fraser took the lesson, an as the lesson went on the classroom warmed up wi the heat o the day an Zander's eyelids grew heavy an he had tae force them tae bide open. Davie sat tae his right an his heed nodded. His heed tilted slowly forward an his chin nearly touched his chest an then snapped back.

Sergeant Fraser leaned ower the OHP an tapped at the acetate wi his pen an his pen wis projected huge on the wa.

Davie's heed tilted an snapped back.

The sergeant turned tae face the class an telt the boys at the end o the rows nearest the windaes tae open the blinds. The light rushed in an the boys blinked in the sun. The sergeant sent them oot for a smoke break. Up ahin the hut there were sand buckets for their butts an they gathered aroon the buckets in wee groups.

Ah wis faaen asleep in there, Miller sat on the concrete steps at the back o the hut an the boys nodded in agreement.

Across fae the back o the hut there wis a huge blue whale buried aneath a long grass knoll. At een end o the knoll there were concrete steps leadin doon tae a heavy door that led intae the body o the whale. There wis a sign on the door, an icon o a gas mask. Davie wandered ower tae the bunker an looked doon the steps.

D'ye think that door's unlocked? Miller poked his cigarette at the whale grave.

Go doon an hae a look, Sharpe nodded at the bunker. *That's where ye dae yer NBC training, but. That's where they release the CS gas. Ah bet ye can smell the gas if ye open the door.*

Davie looked ower at Miller who shrugged his shooders an then Davie began tae descend the steps.

Whit the fuck's this? Munro rolled doon the path atween the huts like a beer barrel rollin doon a hill. Davie bolted back up the steps an Munro rolled up tae im an halted on a penny.

The fuck ye daein doon there, eh, lookin tae rip somethin off ye tattie-chowin tink? Get doon an gies twenty, Munro leaned forward an his nose touched Davie's.

One corporal, two corporal, Davie got doon an pushed an his erms an voice trembled towards the twenty an then he got back tae his feet.

Aroon the hut, Munro screeched an Davie turned tae run.

Git here, did ah tell ye tae fuckin move?

Davie turned back an stood rigid.

Git awa, an Davie's boots clumped on the pavement.

Git here, an Davie wis back in front o Munro an Munro pressed his nose against Davie's an the screechin pierced Zander's lugs till they bled.

Git awa, an Davie wis awa again.

The fuck wis he up tae? Munro turned tae Miller an the ither boys melted back intae the periphery.

Jist haein a look, Corporal, Miller stood tae attention.

You made im go doon there, Munro stared at Miller.

No, Corporal, Miller stared back.

Aye ye did, Munro smiled. *You think you're the leader o these boys, don't ye?*

No, Corporal.

Well, ye've nae need tae wonder whit's doon in the bunker fer much longer. Ye'll find oot soon enough. Aroon aa the huts ye fuckin craw, Munro screeched oot o the side o his mooth as Davie clumped back towards them.

Then Davie wis awa again an Munro wis awa again an Sergeant Fraser shouted them back intae the hut. He got somebdy tae pull the blinds doon again an he started the lesson an then there wis a knock at the door. The sergeant barked an Davie sidled intae the room an the sergeant asked im *where the fuck've you been?* asked im *have ye been oot the back beatin yer meat?* an Davie telt im far he'd been an the sergeant growled, *Ahm fuckin perturbed boy, dinna fuckin perturb me*, an he telt Davie tae *push twenty an get back tae yer seat.*

Zander glanced up at Davie's reed sweaty face as he staggered his waye through the gloom an tripped ower feet an crumpled intae his seat. The shadow o the sergeant's giant pen pointed at grid lines on the wa again an the classroom heated up. Davie's face wis beetroot an sweat ran doon his cheeks an glistened in a needle o sun that jabbed at im through a hole in the blinds.

The sergeant's pen moved across the acetate an Zander's pen moved across his notebook. The sergeant fired random questions at them an Zander kept the notes tae keep imsel alert.

Davie's heed tilted forward again so Zander knocked Davie's thigh wi his knee an Davie's heed came up. The sergeant telt them how tae work oot four figure grid references an moved on tae a mair complex grid an began tae tell them aboot six figure grid references an the weight o the six figure grid references pushed Davie's heed doon ontae his chest. Zander gave im a harder nudge an Davie's heed shot back on his neck an he grunted loud enough for the sergeant tae look in their direction. Zander faced forward an kept his een tae the front an Davie faced the front an the sergeant continued wi his grid references.

Keep your head up! Zander scribbled on his notepad an tapped it wi his pen, but Davie didna notice an he slid it ower the edge o the wee desk an Davie still didna notice. Zander chanced a glance at im an Davie's eyelids drooped. He gave im anither dig in the thigh wi his knee an his een snapped open an looked forward.

Zander looked at his watch an there wis twenty minutes left.

Zander willed Davie tae bide awake an there wis fifteen minutes left.

Davie's een drooped an Zander nudged an there wis ten minutes left.

There wis twa-three minutes left an soon the blinds wid open an the light wid rush in an waken the boys an they'd get ootside intae the fresh air an march back tae the block tae get ready for the next lesson.

The boys stood lined up at the top o the concrete steps that led doon intae the whale grave an Sergeant Fraser an Corporal Munro directed the boys doon the steps an the boys descended intae the dark. Zander stood aside Davie an put his han ower his mooth an tried nae tae breath the sharp, dank must that filled the concrete chamber. He put his ither han on his respirator pooch an watched the rectangle o light. Efter a few minutes Fraser an Munro appeared through the rectangle an they had their respirators on an the hoods o their NBC suits were sealed ower their heeds. Munro pulled the door shut an the chamber wis dark an echoed wi coughs an anticipation an Munro flicked a switch an twa-three lightbulbs threw oot a thin sheet o yella light that spread across the boys an Munro lined the boys up aroon the wa an then stood wi Fraser at a concrete altar in the centre o the chamber. Fraser opened a packet an took oot the trappings o the ritual he wis aboot tae perform. He pulled oot fit looked like a large hexamine tablet an skewered it ontae a metal spike on the altar an Munro handed im a lighter an Fraser put the flame tae the white tablet an the tablet hissed an began tae spew white smoke.

Gas, gas, gas, Fraser an Munro's muffled shouts escaped their respirators an Zander squeezed his een shut an pulled in a lungful o air an pulled oot his respirator an his respirator flipped an flopped an fought in his hans an he struggled tae get it orientated an get his thumbs unner the straps an get it pulled ower his heed. He adjusted the seal on his face an blew aa the air oot tae clear the interior an sucked in the rubbery air. He opened his een an the cloud o white had filled the chamber an the lightbulbs were distant streetlamps in the fog an they struggled tae illuminate the frantic struggles o the boys aroon aboot im as they wrestled wi their NBC suits. He pulled his suit oot his small-pack an shoved his legs intae the troosers an he pulled his jeckit on an zipped it up an Velcroed it shut an he turned tae Davie an helped im seal the Velcro roon his wrists an ankles an pulled up Davie's hood an pulled it tight an sealed it an Davie did likewise for Zander.

Sergeant Fraser appeared oot o the white fog an walked along the line an checked the boys suits. He checked Zander, makin sure his respirator wis correctly fitted an checked Davie an then Fraser disappeared back intae the fog. Zander listened tae imsel breathe an listened tae the click o the filter at the front o his respirator.

Right boys, Fraser's muffled voice hung in the fog, *we'll start wi defecation drills. Point yer erses tae the grun, mind. If ah see any o you fuckers pointin yer erses at me ye'll be gettin a size ten boot right up tae the fourth lace hole.*

Zander fumbled an got his troosers doon an squatted an pointed his erse at the concrete fleer. The boys shuffled in the weak light roon aboot an he shuffled intae the squattin position an Munro appeared oot o the fog an watched the boys. He nudged Davie off balance an Davie fell back against the wa. Munro disappeared intae the fog again an Zander helped Davie back intae the squattin position.

Right boys, Fraser's muffled voice drifted aboot in the white, *get yersels back on yer feet an get yer water bottles oot. Ah want tae see ye take a drink.*

Zander got imsel back tae his feet an pulled oot his water bottle. He unscrewed the lid an then sucked rubbery air intae his lungs an shut his een tight an lifted the respirator up off the front o his face. He lifted the water bottle tae his mooth an wet his lips an tried tae pull doon the respirator but a han grasped his elbow an kept it up off his face.

Take a proper fuckin drink ye fuckin craw, Munro's muffled voice wis close by his ear.

Zander raised the bottle an opened his lips a crack an poured water intae his mooth an then Munro's han let go o his elbow. Zander gulped the water doon an pulled the respirator back doon an blew aa the air oot his respirator an opened his een a crack. The air inside his respirator nipped at his een but he continued tae breath the rubbery air an didna feel any burnin in his throat. The boys put their water bottles awa an the rectangle o light opened at the end o the chamber an white gas began tae escape up the steps. Fraser went up the steps an Munro stood jist inside the rectangle an beckoned the line o boys towards im.

Respirator off, Munro sounded rubbery an muffled an the first boy in line took off his respirator.

Name? an the boy said his name, *Rank?* an the boy squeezed his rank oot, *Number?* an the boy couldna quite get his number oot withoot suckin in some o the white gas an he spluttered oot the rest o his number an Munro shoved im up the steps. The boys shuffled along the wa towards the rectangle o daylight an spluttered their details an thudded up the steps an Davie shuffled along the wa an stood at the rectangle o light in front o Munro in amongst the white gas that drifted up the steps.

Respirator off, Munro rubbery muffled an Davie pulled his respirator off.

Open yer fuckin eyes, Munro muffled an Davie opened his een.

Name? Davie gave his name.

Rank? Davie gave his rank.

Number? Davie gave his number withoot suckin in gas.

Where are ye from, craw? An Davie telt im withoot suckin in gas.

Recite Mary Had a Little Lamb, Munro rubbery muffled an Davie stood silent.

Recite Mary Had a Little fuckin Lamb, Munro slammed Davie against the wa an knocked the air oot o im an Davie took a big lungfae o the white gas an coughed an doubled up.

Recite Mary Had a Little fuckin Lamb, an Munro pushed Davie back up against the wa an Davie spluttered an struggled tae breathe an Zander watched his een swell an stream an the words spluttered an streamed an he took anither lungful o the white gas an doubled up.

That'll dae, Sergeant Fraser shouted fae the top o the steps an Munro shoved Davie up the steps an Zander watched as he stumbled an flailed up towards the sky.

Respirator off, Zander stood in front o Munro. He cracked his een open an said his *name*, *rank* an *number* withoot breathin an Munro asked his favourite colour an fitba team an he sucked in a bit o the gas an it instantly burned like chili powder in his throat an his een streamed wi the chilli powder that had been rubbed intae them an Munro shoved im an Zander stumbled up the steps an through his bleary tears he could see the boys littered aboot, bent like beggars an coughin like hags, wi their hands on their knees as they gasped for air.

Dinna rub yer eyes, Miller leaned ower Davie who wis on his knees. Davie rubbed his baaed up fists intae his een an leaned forward an retched bile ontae the grass. *Ye'll make it worse*, Miller pulled Davie's fists awa fae his een an Zander could see the reed burnin sores far Davie's een had been an they streamed doon his face an Davie spluttered an retched.

VII

Aye, some o them officers were fae a different world fae boys like you an me.
...
Aye, fuck them.

If ye were in basic trainin ye didna get aa yer paye in een go. Ye went tae pay parade on a Friday an ye had tae march up tae the platoon commander an sign for a smaa portion o yer wages. Ye got a wee drop o money tae buy polish an bullin rags an toiletries fae the NAAFI. The rest wis held for when ye completed basic trainin.

Munro had the boys in three ranks ootside the NAAFI. The NAAFI had a bar up the stairs that they'd get naefar near durin basic trainin an doonstairs there wis the shop itsel on the right an a function room on the left. Een o the functions o the function room wis tae serve as the venue for pay parade. Munro filed the recruits intae the NAAFI an they queued at the double doors.

The Platoon Commander sat in the centre o a long table an his long fingers tapped his cap that lay on the table in front o him an his pale blue een rolled up at the ceilin. He wis flanked on his left by the pay sergeant an on his right by the pay clerk. The sergeant had a big register laid open in front o im an the clerk had some cloth bags laid oot in front o im. The sergeant fingered his pen an the clerk teased the drawstring o a bag apart an removed a thick bundle o notes.

The pay sergeant beckoned the first recruit an the recruit moved forward an saluted an stated his number, rank an name. The PC tapped his cap an rolled his een aroon the room an the sergeant telt the recruit tae sign the register an the recruit took his money fae the pay clerk an then he saluted the officer again an aboot turned an marched back ootside.

When Zander's turn came he marched forward an saluted the PC an stuttered his details. The PC dropped his een fae the ceilin an looked through Zander. The tight-lipped pay sergeant pointed tae a line in the big book an Zander picked up the pen an signed next tae far his name wis printed. The clerk held oot a blue fiver an Zander rolled the note in his fist. He resisted the urge tae say thanks an saluted an marched oot o the room an back intae the ranks. When aa the recruits had been paid the PC swaggered past them wi his beak in the air an the pay sergeant an clerk followed ahin im like a pair o ducklins.

Polish an cloths, Munro telt the recruits fit they could spend their money on an sent them intae the NAAFI an when they come back oot he had a look at fit they had bought. Zander's turn came an he stood at attention in front o Munro.

Ahm needin a long weight, get me ain while ye're in there, Munro turned up a corner o his mooth.

Yes, corporal, Zander'd heard this afore, fae his faither. He marched intae the shop an got his polish, bullin rag, an shavin foam an marched up tae the blonde girl that sat at the coonter an laid doon his stuff. Her hair cascaded ower her face an fell doon towards the magazine she had spread on the coonter. Zander could see reed lips shinin through the hair an he could hear his herrt beatin in his lugs. The quine didna look up.

Zander coughed.

The quine puffed her hair an didna look up an Zander's herrt quickened an he felt blood an heat rise tae his face.

Zander tried tae find her een through her hair an telt her that he'd been sent in for a long wait.

We've no got ony o them, the quine didna look up.

Zander telt her that he kaint they didna hae any. He telt her that he'd been telt tae ask her that by Munro.

Aye, he's funny, the quine didna look up.

Zander searched for the een ahin the cascadin hair an telt her there wis a whole squad still tae come in an ask for stuff she didna hae.

The girl sighed an turned tae the till an rang in Zander's purchases an held oot her han an Zander gave her the money an she popped the drawer open an gave im his change an the gold spilled doon her face an Zander could see glints o sapphire an ruby. Zander took his change an stuffed his purchases intae the crook o his erm an marched back ootside.

Did ye get a long wait? Munro curled his mooth.

No, Corporal, they dinna sell them, Corporal, Zander stood straight wi his stuff held in the crook o his erm.

That's cause there's nae such thing ye thick cunt, Munro's een glistened an a wee drop o sniggerin spilled fae the squad. *Ye really thought ye could get a long weight in the NAAFI, ye fuckin craw,* Munro inflated an his mooth opened intae a wide crack.

The sniggerin fae the likes o Sharpe swelled an Munro swelled an Zander's face burned an he could see Sharpe's back teeth.

Right. Enough, Munro stopped swellin an the laughter cut oot. *Next one in.*

The next een in came oot wi a mars bar.

I'll hae that, ye cunt, Munro took it fae im. *Next one in.*

Davie wis next tae go.

Hud on, cm ere, Munro tossed the mars bar fae han tae han.

Ahm needin somethin mair substantial tae get my teeth intae than a mars bar. Away in there an get me a tart. An make sure ye ask fer a tasty NAAFI tart.

Davie stood for a moment.

On ye fuckin go then.

Yes, Corporal.

When Davie came back oot again his face wis reed.

Did ye ask her for a NAAFI tart?

Yes, Corporal.

Whit did she say? There wis a slug on Munro's lips that curled an twisted.

Nae if you were the last fat fuck on earth, Corporal, Davie dropped his polish an a wee drop o sniggerin dribbled through the squad.

Shut the fuck up! Push fuckin twenty, aa o yous, the wee drop o sniggerin dried up an Munro's face crumpled as he started tae deflate an he shrivelled intae a bitter cunt in a matter o seconds an he pushed Davie back on his erse an he gave im a boot in the shins an Davie's shavin foam rolled amongst the feet o the squad. Munro rolled ower tae the NAAFI door an kicked it open, *Fuck you ye fuckin spunk bucket,* an he rolled back tae the squad. *She didna say that when she wis swallowin ma muck the ither night,* Munro turned up the corners o his mooth an Zander's stomach turned.

VIII

Dinnae make me laugh. Ah mind right enough.

…

He wis like that wi us as weel, eh.

…

There wis nae need for that.

When ye were in basic trainin ye had tae collect yer mail at mail parade. If ye got any letters fae hame they were held tae the end o the week an handed oot. Ye had tae wait for yer name tae be called oot an ye had tae march up tae a desk an collect yer mail same as ye collected yer wages.

Munro sat at a table at the end o the passageway an a pile o envelopes sat on the table bound the gither wi a thick elastic band. The correspondence o femily, o mithers an girlfriends bulged wi enquiries, *how are you?*, an leaked questions, *how is the food?*, an spilled news, *your dad is fine* an were held the gither wi statements, *We miss you, I love you.*

Munro picked up the bundle o letters an his chubby fingers slid unner the band an the elastic pinged tae the fleer. He chunked the deck on the table an straightened them an ruffled his thumb through them an his hans touched aa the envelopes an aa the colours. The blue envelope that had been chosen by a mither an the pink that a girlfriend had sealed an kissed an the yella paper wi a wee teddy bear in the corner that a wee sister had chosen in the post office. Munro's sausage fingers slid across the boys names, written in black flowing script, in blue bubbly letters an printed shakily in pre-school pencil.

Munro touched them aa an Zander's taes curled in his boots.

Munro held the pile in front o im an called oot a name.

A boy fae the next room went forward an Munro handed im a letter. The boy slipped the letter in his pooch an aboot turned.

Get back here.

The boy turned back tae the desk.

Open it.

The boy took the letter fae his pooch an opened the envelope.

Read it.

The boy's soft voice read his mither's words off the plain white paper. He read oot her enquiries an hopes an questions an statements. The boy read through the letter fast, tae get tae the end, tae make sure his mither's words widna hae tae bide too long in the air amongst the recruits, widna hae time tae float intae Munro's lugs an vanish an maybe the words widna hae tae be tainted by the sniggerin o the likes o Sharpe. His voice wavered but he stuck tae the task.

Nae kisses?

Aye, there's kisses, Corporal.

Well.

Kiss, kiss, kiss.

Kiss, kiss, kiss, whit.

Kiss, kiss, kiss, Corporal.

Push twenty ye fuckin bender, laughter spilled ontae the passageway fleer an Munro swelled.

Munro took a pink envelope fae the top o the pile an caaed oot the name an Kenny fae the end room went forward an stood in front o the desk while the previous boy did push ups at his feet.

Munro held the letter in his fingertips an sniffed it fae end tae end an passed the letter tae Kenny an Kenny tucked it in his fist an began tae turn.

Read it oot, Munro caught im.

Kenny's mooth opened an clapped shut.

Read. It. Oot.

Ah dinnae want tae, Corporal, Kenny blinked an his tiny statement wis a plea an it fluttered aroon the passageway an Munro's chuckle killed it.

D'ye want tae keep it tae yersel, Munro licked his lips an his lips were glistenin slugs.

Yes, corporal.

It must be a bit o porn is it? Yer bird a dirty wee hoor is she? The slugs curled on Munro's mooth.

No, Corporal.

Read it oot.

It's private, Corporal, his bottom lip quivered an the likes o Sharpe sniggered an Munro swelled an swelled.

Read it oot, boy, or ye'll be bounced up tae that fuckin jail on an insubordination charge, Munro's slug twisted on his lips.

Kenny opened the letter an read slowly an it wis poetry an it wis private. As Kenny spoke his girlfriend's words, Zander could see her face an Zander could see her sittin on the edge o her bed leanin ower her bedside cabinet. Zander could see the end o the pen makin wee loops in the air an the ink flowin up fae her stomach an fae inside her chest an fae inside her heed like pulses o light an the ink flowin through her veins an nerves an through her han an oot ontae the page. She didna enquire, nae at aa, nae aboot food, nae aboot how he wis copin wi the strict discipline. She jist made statements, statements, statements. That she wis alone an that she winted im hame an that she wis sad, that her sky wis grey an her air wis heavy an her insides hurt an her teeth were clenched an her erms were wrapped aroon her middle an her knees drawn up an she couldna move an she widna move. Nae till he came hame.

The words stuttered an slipped fae Kenny's mooth an he wis tortured an his girlfriend wis defiled an Munro sat ahin his desk an snorted an the likes o Sharpe snorted an Zander's taes curled in his boots.

Nae porn then? Munro sucked the slugs back intae his mooth.

Kenny stood, mooth open, letter held in front o im.

Can ye skip tae the good stuff if there is any?

Kenny's een flicked tae the page. *There's nae any porn, Corporal.*

Push twenty. Tell her tae spice it up a bit next time, Munro fingered the pile o envelopes on the table. Munro called oot mair names an fingered the colours fae hame an humiliated an stole an infected an the pile dwindled an Munro's supply o malicious ammunition dried up. But he still had somethin else. He lifted a shoebox, neatly wrapped in broon paper, fae unner his chair an shook the parcel at the side o his heed an placed it on his desk an called oot Davie's name.

Mail order sex toys? Maybe a gift fae yer boyfriend? Munro put the parcel on the table an slid it ower tae Davie. *Open it.*

Davie peeled awa the broon paper an opened the lid o the box.

Let's see, Munro took the box fae Davie an dumped the contents oot ontae the table.

Bars o chocolate spilled oot an packets o chocolate digestives an ginger snaps rolled off the table an ontae the fleer. Pens an a writin pad fell oot, stamps, the *Beano*, the *Dandy*.

You a mammy's boy?

No Corporal.

Scramble, Munro swept the contents o Davie's parcel off the table an the sweeties an biscuits an comics an pens scattered across the fleer.

Naebdy moved.

Help yer fuckin sels, Munro bellowed.

Zander moved quick as the passageway burst intae life an recruits scrabbled aboot an Davie stood in the middle o them as they kneeled by his feet an grabbed at stuff an Munro sat an turned up the corners o his mouth. The recruits stood back against the wa an clutched their prizes. Zander had mair than his fair share.

Get on wi yer block jobs, Munro snatched a packet o chocolate digestives fae a boy an rolled oot the passageway door.

Miller retrieved the shoebox fae the desk an snatched biscuits an sweeties oot o boys hans an put the stuff back intae it along wi a letter he'd picked up. He pushed the box intae Davie's erms an Zander put the stuff he had collected intae Davie's shoebox.

The passageway wis scuffed tae fuck an Zander an Davie got tae polishin it again afore they went back tae their bedspaces.

Sharpe wis there an he leaned against Davie's locker an he extracted a chocolate digestive fae its packet an pushed it intae his mooth wi the tip o his finger. He beamed aroon the melted chocolate an masticated crumbs an then a han clapped im on the back o the heed. He coughed crumbs as Miller took the biscuits fae im an added them tae the shoebox.

It's aaright, Davie took a kitkat fae the box an gave it tae Miller. *They can keep the stuff.*

Ta, Miller shrugged, an took the *Beano* fae the box an stretched oot on his bed tae read.

Sharpe took back the digestives an the audience that had formed filed past the box an selected stuff an some o them thanked Davie. The box emptied an the room emptied an Davie sat on the end o his bed an he drew the letter fae his pooch an opened it an held it in his hans.

Zander ate his chocolate an watched Davie look at the letter for a while. Then he lay back on his bed an shut his een.

IX

Ah didnae ken aboot that.

…

He liked tae think he wis some kind o hero, eh.

Physical Training Instructors talked wi a velocity that wis equivalent to the ferocity of a Drill Sergeant's rebuke. They wore brilliant white skin-tight PTI vests wi the reed crossed swords like slashes across their chests an razor-sharp creases on their blue tracksuit bottoms. They moved swiftly aroon the gym wi their een aawaye an ye had tae be as fast as the orders that sprinted oot their mooths an ye had tae be as sharp as the creases on their trackies. They directed the boys aroon the gym, *up on the wall, down on the floor,* an ye had tae sense the change o direction an move wi the rest o the boys wi the instinct o a murmuration cause the PTIs spoke that fast ye sometimes didna catch fit they said. The PTIs didna say *go,* they said *goo,* an the PTIs winted ye tae move at *the speed of a thousand gazelles.*

Zander pushed against the mat an his biceps burned an the smell o hessian filled his heed an the rhythm filled his heed an he focused on the rhythm an focused on the mat aneath im. Sharpe pistoned on the mat aside im an sucked wee sharp breaths on the upward stroke an blew oot the number on the doonward stroke an his strokes stuttered an misfired an Zander focused on the rhythm in his heed an tried tae block oot the irregular Sharpe in his periphery. Zander glanced up efter ivry few upward strokes an watched as the PTI trotted fae station tae station in short sharp strides on the baas o his feet an he swivelled an pirouetted tae face each station as he passed an he yelped oot short sharp commands as he passed.

Bend those elbows, short an sharp as he swivelled aboot an trotted past the station. His ballroom dance caused im tae turn his heed an sway an change direction an he trotted back an swayed ower Sharpe. *Bend those elbows, right down, nose to the floor,* the PTI two stepped awa an yelped orders at anither station. Sharpe's pace slowed an his rhythm fell in wi Zander's.

Change.

Zander pushed imsel off the mat an sprinted tae the next station far there were benches hooked on the wall-bars at forty-degree angles. He sat an swivelled his legs up an hooked his feet unner the wall-bar so that he hung upside doon at a forty-five degre angle on the bench.

Move with the speed of a thousand gazelles, into position, the PTI fox-trotted aroon the gym.

Zander lay an stared at the grey roof high abeen an tried tae get his breath back while the PTI yelped stragglers intae the right position.

Goo.

Zander's fingers locked ahin his heed an he sat up an his stomach tightened an back bent an he sat up towards the wa an oxygen drained fae his lungs an then he eased imsel back ontae the bench an fast, controlled breath jetted oot o im an his stomach muscles loosened for a second an then he sucked in mair air as he started the next sit up an he bent forward tae focus on the bar that locked his feet tae the wa, tae focus on the grain o the wid, tae focus, focus, focus, an try tae block oot the grip o his stomach an Sharpe misfiring on the bench next tae im. He lowered imsel back ontae the bench an the ceilin rose awa an made his heed spin. He glanced tae the side an saw Sharpe curl forward an drop back an he saw the PTI two step towards them an he tried tae focus again but he couldna find the rhythm an his stomach knotted.

Bend those stomachs, elbows to knees, shoulders to the bench, the PTI twirled past.

Zander focussed on the bars an ignored Sharpe as he struggled tae get his elbows tae his knees an Sharpe whined an Zander could hear his pain an his pain gave Zander a lift.

Change, the PTI yelped.

Zander gripped the sides o the bench an he released his feet an swivelled them tae the fleer. He sprinted the short yerds wi his group o four tae the next station, *move, move, move, into position,* an stood ready unner the widden beam.

Goo, an they leapt up an grasped the bar unner han an Sharpe struggled an the PTI tangoed his waye past wi advice on the correct an maist painful waye tae execute a pull-up. Zander pulled his chin up tae the bar an concentrated on the wid that wis smoothed by many hans an he pulled his body up ontae it an closed oot the burnin in his biceps an the strain on his fingers as they kept a grip on the smooth, smooth, han smoothed wid. He focused an his erms burned an Sharpe groaned an whined on the bar next tae im an he felt Sharpe's pain on top o his ain pain an it wis easier tae pull his chin up tae the bar.

Change, an *goo,* an *move, move, move,* an the recruits sprinted tae the next station an the next station for Zander an Sharpe wis step-ups. Zander locked his vision on the bench an watched his feet, *left, right,* an in his periphery Sharpe's gymies stuttered on the bench an Zander concentrated on his ain rhythm, on his ain *up, up, doon, doon* an Sharpe stumbled, an Sharpe's shin caught the bench an his knee hit the bench an it injected morphine intae Zander an Sharpe crashed an Zander *up, up*ped an *doon, doon*ed an there wis nae pain tae block oot in his thighs. Miller gripped Sharpe's erm an pulled im tae his feet. The PTI danced ower an yelped at Sharpe tae resume the step-ups an Sharpe thumped his gymies on the bench.

Change.

Anither station an Sharpe struggled wi star jumps an Zander found his rhythm an kept the burnin muscles doon tae a glow.

Change.

Zander looked up the length o the rope an sucked in air an filled his chest.

Goo.

Zander pulled imsel up the thick twists o the rope an swung his feet aroon in arcs an locked his feet the gither. The rope swung like a pendulum an he pulled an pushed. He focused on the fiber, the individual strands that twisted up the length o the rope an his erms twisted an pulled his weight up the length o the rope. He looked doon an he wis high up abeen the heed o Sharpe an the PTI trotted ower tae Sharpe fae the mats an Zander could see a smaa bald patch at the top o the PTI's scalp that shone like the passageway fleer an the PTI put his heed near tae Sharpe's lug an yelped at im tae *get on the rope.* Sharpe leapt at the rope an grabbed at the rope an his feet swung an kicked an his reed face turned upwards an Zander could count the gritted teeth. Zander looked across at the next rope an

Miller swung easily at the top o the rope, his heed bowed slightly tae stop it bumpin the ceilin. Zander smirked an Miller looked doon at the strugglin Sharpe. Zander looked doon in time tae see im slidin doon the few feet he had managed tae climb an the few feet o rope tore at Sharpe's hans. Sharpe held his hans oot in front o im an Zander could see droplets o blood. The PTI yelped intae Sharpe's lug an Sharpe tried tae get on the rope an his feet flailed aboot an the end o the rope flicked aboot like an oot o control hosepipe.

You'll be back here tonight and every night until you can climb those ropes, the PTI yelped an yapped at Sharpe's lug. *With the speed of a thousand gazelles ... change.*

The hot water streamed ower Zander an he rubbed the soap intae his hair an he listened tae the boys' voices rise amongst the steam an patter on the tiles an swirl doon the drains.

Did yer brother nae tell ye aboot the ropes? The boys laughed in the steam that swirled aroon Sharpe.

Did yer brother tell ye aboot remedial PT though? The boys streamed an Zander tried tae get a better view o Sharpe.

The hot water streamed into Zander's mooth an the soap stung his hans an he looked doon at his reed hans an he closed his mooth. He looked up at Davie an Davie's mooth wis shut.

Get that soap on ye, a bar o soap cut through the steam an bounced off Sharpe's chest an Sharpe picked the soap up an dropped it again fae his reed burnin hans.

Get that soap on ye, a boy got ready tae throw anither bar an then a shampoo bottle end ower ended into the side o the boy's heed.

Leave im alain, Miller retrieved his shampoo bottle.

X

Oh fuck aye, ah mind aboot that. Wis there nae some kind o enquiry? Did ye ever hear?

...

Accident? Like fuck, it wis negligence. They'll huv swept it under the carpet, nae doobt, but some cunt wisnae daein their job, eh.

Ye went tae the ranges tae learn how tae fire yer rifle an ye were taken oot tae the Ministry of Defence land well awa fae far ye could put bullets intae civilians. In the mornin ye were split intae twa groups an if ye were in the rifle party ye were gien live rounds an ye fired yer rifle doon the range fae thirty, a hunner, twa hunner yerds an far ye hit yer target wis spotted by a boy doon in the butts wi a reed triangle on a stick an ye adjusted yer sights an ye zeroed in. If ye were in the butt party ye were the boy wi the reed triangle on the stick.

Ye went doon tae the butts an the butts were a long concrete gantry sunk intae the grun at the target end o the range an beyond the butts a high sand bank lay far the rounds buried themsels.

The butts contained the row o iron hoists for raisin the targets up high so that they were abeen grun an in view o the shooters. The hoists stood oot there at the erse end o naewaye in aa weathers an were blood-reed wi rust. The frames o the hoists contained cradles on the front an back connected by cables that ran through a pulley at the top an a target could be mounted in the front cradle and the back cradle so that ye could patch the holes in one target while the shooters fired at the ither. The targets were duotone beige an black six foot Soviet soldiers chargin towards ye on a widden board mounted on four by two posts an the feet o the posts slotted intae the cradles.

There were wee huts at the firin point up top an the range officer sat in the hut an communicated wi the butts by telephone an a telephone sat on the table in the concrete room at the end o the butts an the phone wis big an black an sounded like a pneumatic drill an when it drilled the butt commander took the caa an gied the order tae raise or lower the targets or for a specific target tae show again far the round had hit wi the spottin stick.

Ye worked in pairs an een o ye spotted holes in the target up abeen wi the reed triangle on the stick an een o ye patched the holes in the target doon alow wi the tub o paste an the squares o beige an black paper. Ye had tae get the targets up quick an doon quick an get the holes pasted ower quick afore it wis time tae change again. If ye put the target up too quick though it jumped oot the cradle an the target sat squint an the range officer got pissed off an phoned doon tae the butt commander an then ye'd pissed off aa the wrang fowk.

The sun wis low in the caal blue sky fan they climbed intae the back o the four-tonners an were taen on a tooth clatterin journey an by the time they were set doon at the butts amongst the sand an concrete an iron the sky wis hot an yella. The cradles were rust-reed wi corrosion an stood in the concrete gallery like a row o iron giant skeletons.

Sutherland paired the boys off an took them tae the store tae get the targets an they cerried them doon the slope intae the gallery. Zander had taen a target wi Kenny an felt the timber cut intae his hans as they hefted it tae the cradle.

Sutherland showed them how tae sit the targets ontae the frames so that the widden feet fitted intae the iron slots an he showed them how tae pull the target up, how tae pull the cradle at the rear, heavy at first, tae grip the blood-reed iron abeen heed height an pull it doon till ye could get some weight ower it an get it past the midway point so that its ain weight did the work but then that's enough pressure cause it's past the midway point noo, an ye need tae ease off an pit minimum pressure ontae the doonwards cradle so that the top cradle will slide smoothly tae a stop. Sutherland showed them that when the cradle got alow waist height ye could swing yer foot ontae the cradle an feel it goin doon an give it a wee bit mair pressure if it wis needed.

Like trappin a fitba, Sutherland pushed the cradle doon wi his foot. *If yer overzealous an pit too much power intae it or misjudge the shift o momentum at the midway point, the front cradle hits the top too hard an the target'll jump oot o the frame, an a timber leg'll swing doon at yer heed an the target'll be sittin squint in the cradle an if the leg hasnae cracked yer heed open then some ither cunt is liable tae dae it for ye.*

Each pair wis gien a pot o paste an wad o beige an black paper that matched the colours o the helmeted soldier that charged towards them wi bayonet fixed an teeth bared an a mooth that yelled a Russian obscenity.

Zander an Kenny set up the targets in the cradles an the targets were heavy an they got the feet slotted in an practised raisin an lowerin the targets an Zander wiped his brow wi his fore erm an listened tae his stomach growl an waited wi his hans wrapped aroon the reed iron.

The Platoon Commander an Sergeant Fraser were up at the firin point wi the ither half o the recruits an Sutherland an Munro were in the butts. Munro sat at the table in the bunker at the end o the gallery wi the big black phone on the table in front o im. Sutherland stood at the doorway o the bunker an the recruits stood in the gallery.

Munro waited for the phone tae ring an Sutherland waited for Munro tae gie im the nod an the recruits stood an waited in the empty concrete belly o the butts an listened tae their coughs echo off the concrete overhang an their boots scuffed the gallery fleer an their taes tapped the rust reed skeleton o the target cradles as they waited.

Zander listened tae his empty belly an waited.

Then the phone drilled.

They heard Munro, *Yes sir*, an chair legs scraped back fae the table in the bunker.

Targets up.

An the recruits pulled on the frames an the targets were raised abeen the overhang an intae the line o fire. Zander lifted his foot an placed it on the back cradle an eased it doon an it wis jist like trappin a fitba. He stood wi his foot on the back frame an looked doon the line. There wis the clang o wid on metal an a thump o wid on concrete an within seconds the black phone drilled in the bunker, an Munro *Yes sir*-ed an his chair clattered off the back wa an he rolled oot o the bunker like a fuckin bowlin ba an along the gallery knockin recruits oot his waye. Zander could see Munro kick an kick.

Sutherland went along the gallery an telt the rest o them tae put the targets doon, afore Munro bowled back along the gallery.

Ah thought ye showed them how tae raise the targets, he rolled back intae the control room.

Fuck off ye fat cunt, Sutherland smiled at Zander on his waye back tae the bunker.

The pneumatic drill.

Targets up.

Then cable rolled through pulleys an the targets went up an there wis nae drama the second time. The recruits looked up at the targets an the firing started. Zander didna hear the crack o the rifle till efter he saw the round rip a hole in the Soviet's shooder an he didna hear the deep thump till efter he saw the wee kick o sand in the sandbank as the round buried itsel. Kenny had the reed triangle on the long stick an he poked it abeen the overhang tae indicate far the shot had hit. The shooters were zeroing in wi their first five shots, adjustin their sights. Kenny lowered the triangle an they waited for the next shot. They waited for the sound o the rifle an the next shot clipped the overhang an threw a shower o soil an grit doon intae the gallery.

Boys've been killt in the butts, Sharpe pointed his triangle a couple o frames awa. *Ricochets an that. The chances're a million tae wan, but it's happened, man. Aw it takes is a stane in the sandbank an a round can bounce right back intae the butts, man.*

Yer brother tell ye that? Kenny brushed soil oot o his hair an Zander spat dirt oot his mooth an Kenny pointed tae far the round had gone through the bottom o the target an he pointed at the holes as they appeared in the target an rounds thumped intae the sand bank again an again till, *Targets doon,* an they lowered the targets an Zander tried nae tae eat the paper an the paste as he patched up the target.

They had a smoke break an Zander found Davie sat on the edge o the gallery wi his legs hung in the gulley far the target frames were cemented in. Davie's lip wis fat an Zander gave im a smoke. Zander sucked the smoke intae his lungs an belly an the smoke an the sight o Davie's mooth an the thought o Munro helped push the hunger back. Sutherland strolled among the recruits an squatted aside Zander an Davie.

Yer mooth aaright? Sutherland nodded at Davie,

Aye, Corporal.

First time ye've ever raised a target, eh. Dinnae worry aboot it.

Davie nodded an Sutherland moved on.

Back in the gallery Zander's hunger wis skeletal like the iron frame an hard like the concrete gallery.

Targets up, targets doon.

They raised the targets an spotted for the shooters an they pulled them doon again an patched them up. The firing finished an their spell in the butts wis ower. Efter scran it wid be their turn tae go up tae the firing point an their turn tae be issued rounds an tae rip holes in the Soviets an plant their rounds intae the sand bank.

They stood formed up an watched the sergeant begin tae march the ither half o the platoon doon fae the firing point. A four-tonner came lurchin doon the dirt track ahin the marchin squad.

So ye have tae group yer shots? Davie tongued his fat lip.

Zander rubbed at the dirt wi his boot.

An the closer the gither the shots the higher the score?

Zander nodded.

An if the shots are ower the target's shooder, but close the gither, still the score is high?

Zander nodded.

An if ye hit the guy atween the een, an in the herrt, the belly an the baas?

Zander rubbed the dirt an telt im the score wid be low.

Disna make sense, Davie tongued his lip.

The group fae the firin point marched doon the track an the four-tonner lurched along ahin moanin an protestin aboot the low quality o the track an bore doon on the squad an when it seemed like the truck wid swallow the boys at the back, the sergeant ordered the squad intae the side an een boy stumbled an there wis a bang that sucked ivry ither sound oot o the air an there wis a shower o reed that sprayed an splattered the road an half the squad. For a moment Zander thought that the four-tonner had slammed its fist doon on a recruit. He stood in the twenty years o silence an realised fit the ogre wis an fit it had done.

An then there wis screamin an an erm hingin off, swingin by the smokin sleeve o a combat jeckit.

An then Zander didna feel hungry any mair.

XI

Aye, boys have tae look oot for each ither.

…

We'll hae one mair pint here, then we'll move on, eh.

If ye were in the New Intake Group ye were a nig. Nigs did their trainin exercise, puttin aa their field trainin intae practice, a week afore their pass in parade. Once they'd passed in they went intae the platoon wi the sweats. If ye were a senior recruit, ye were a Soldier With Education And Training an ye were a sweat. Ye had tae wait till the sweats that came afore ye passed oot afore ye could become a sweat. Nigs did fit sweats telt them an it had nothin tae dee wi rank. If ye were a recruit full-screw, but still a nig, ye werna supposed tae be tellin a sweat fit tae dee. Sweats got the easy block jobs an nigs got the shite block jobs.

Zander's numb hans clutched the stock an the pistol grip o his rifle. His elbow dug intae the stony grun on the bottom o the shell scrape an he shifted it so that the stanes didna dig intae his elbow. Davie slept ahin im unner a shelter made o their grunsheets slung low tae the grun an stretched oot atween the trees wi elastic bungees. Zander saw imsel climbin back unner the bivvie as his een swept the slope tryin nae tae focus on any individual feature, especially nae the tree line at the bottom. If he did he wid begin tae see things, his mind wid begin tae play tricks an create figures that leaned against trunks an signalled tae each ither in the shadows. By nae focusin he wis far mair likely tae detect movement. His jaw hung open because that waye he'd be able tae hear mair clearly. He could hear his ain breathin an the midges as they whined aroon his lugs. They bit at his face an he removed his fingers fae the trigger guard tae scratch unner the heedband o his helmet.

Then the wid wis filled wi a blindin yella flash an a thump shook his skull. He closed one eye tae protect fit remained o his night vision an there wis shoutin fae left an right but his lugs were ringin an he couldna make oot the words. Davie stumbled fae the bivvie an pulled on his webbin an threw imsel intae the shell scrape. Zander looked doon the slope an yella an reed blotches jumped an danced on the slope an in the trees an then firin started an mair thunder flashes went off. He cocked his rifle an began tae fire doon the slope an spent shells pinged ontae the caal earth an the sweet smell o cordite hung unner the trees. Maist o the shoutin wis ahin them an Zander an Davie looked at each ither.

Fit you shootin at? Davie looked doon the slope.

Zander shrugged an looked doon the slope.

Debug, debug, came flappin through the trees fae ahin them, frightened an panic stricken. The rendezvous point wis aroon at the ither side o the hill.

Davie got tae his feet an crashed doon the slope an Zander followed im intae the trees. In the wid at the bottom o the hill there wis a path an Davie ran oot ontae the path in front o Zander an a star exploded in the sky abeen them. Davie froze, an the Schermuly parachute flare sank slowly in the thick dark sky abeen the trees an Zander sank slowly intae the thick dark ferns alow the trees.

Bide where ye fuckin are.

Davie put doon his rifle an raised his hans an dark figures thumped doon the path an grabbed Davie an his rifle an dragged im up the path.

The Schermuly sank an died an the wid wis black again an Zander bed far he wis amongst the black ferns an listened for the beatin tae stop an waited for Davie's cries tae stop an waited for Munro's fat voice tae stop an then they were gone an the thunder flashes moved awa aroon the hill. Feet thumped along the path an Zander controlled his breathin an waited until his night vision returned an listened until he heard nothin but the ringin in his lugs. In the distance he could hear mair shoutin an mair thunder flashes went off an he could hear Munro's voice as it crashed aroon in the trees. He crept forward on his knees an waited at the edge o the path an when nothin happened he crawled along the edge keepin tae the inky dark unner the foliage an low hingin branches. Aboot a hunner yerds along he saw a motionless figure against a tree trunk an he approached slowly.

Zander took his knife oot o his side pooch an cut Davie free.

Munro said he'd come back for ma, Davie put his han tae his face.

Zander threw the rope intae the ferns.

They scurried intae the unnergrowth an made their waye aroon the bottom o the hill. There wis runnin an shoutin fae the direction o the RVP so they bade far they were an lay on their stomachs an listened an waited till they couldna hear thunder flashes an they couldna hear rifle fire an they couldna hear Munro's voice as it crashed aroon the unnergrowth. They waited until they could hear the breeze in the leaves abeen them.

Ah think it's finished, Davie slapped at a midgie.

The platoon gethered in the heedlights o the Lanny an the four-tonner. The platoon commander wis congratulatin the boys an plums were rollin oot his mooth aboot manoeuvrin an masterin combat techniques. Zander an Davie moved quietly in at the back.

Ah never had a clue fit wis goin on, Davie said oot the corner o his mooth.

Get a decent nights rest, men, plums rolled oot o the PC's mouth. *Reveille is at oh-five-thirty and then we shall break camp and force march back to barracks.* Then he got back into the Lanny an the driver closed the door for im. The Lanny drove doon the hill, takin the PC back tae a comfortable bed in the officer's mess. Sergeant Fraser telt the platoon fit a pile o cunts they were as the Lanny disappeared. There were four recruits on their knees in front o im, their heedovers pulled doon ower their faces.

These fuckers didna even make it oot o their shell scrapes.

He made them dee apologies, fifty o them. Their muffled cries an thumpin boots filled the clearin at the top o the hill. Then they did a couple o circuits o the clearin wi their rifles abeen their heeds. The first een back didna have tae dee anither circuit.

Ye managed tae get awa, Munro appeared ahin Davie. *Did yer boyfriend here help ye?*

No, Corporal.

Yer kit better be spot on the morn, boy, or ye'll be doin some circuits.

Yes, Corporal, Davie kept his een tae the front an Munro rolled awa.

Stay alert, boys, the night's fun may not be over, Sergeant Fraser sent them back tae their bivvies.

Zander removed his webbin an climbed unner the grunsheet. It wis a struggle tae get intae his dossbag wi his boots on. It stank o decades o squaddies, but it wis warm. He laid his rifle by his side so that he wis half lyin on it. A wind got up an ruffled the grunsheet inches abeen his nose an he watched it for a few moments afore faaen asleep.

It's four, Davie nudged his shooder.

Zander's teeth chattered as he struggled intae the shell scrape an pointed his rifle doon the hill. He focused on the shadows at the foot o the hill makin men an animals appear among the trees. His eyelids drooped an his heed nodded noo an then but the shiverin stopped im faaen right tae sleep.

Miller moved aroon the section passin the order tae stand to. He ducked his heed into the bivvie ahin Zander an shook Davie.

Up, Miller shook Davie again.

Davie grunted an Zander listened tae im flounderin aboot for a while afore he crawled intae the shell scrape aside im. He glanced at im, helmet askew, een swollen, teeth chatterin. They pointed their rifles doon the hill.

Reveille came wi full light an Miller telt them tae *stan doon,* an they dismantled their bivvies an headed tae the clearin an the boys were pale faced zombies that stumbled intae the clearin.

Get washed an shaved, get fed. Kit inspection in half an oor, Corporal Munro dropped fae the back o the four-tonner.

Zander got the hexamine stove lit, opened his beans an poured them intae his mess tin an stuck them on tae heat. Davie fumbled his tin oot an added the beans tae Zander's mess tin. Zander rolled oot his towel on top o his backpack an got his soap. He washed his face in caal water in his second mess tin, an shaved in the same water wi a half-handled bic razor an brushed his teeth wi a half-handled toothbrush. Wi the toothbrush still in his mooth he swilled oot the mess tin, filled it wi water fae his water bottle an swapped it for the bubblin beans. He took a swig o water, rinsed his teeth an spat intae the bushes. Zander an Davie crouched ower the same mess tin an forked hot beans into their mooths. Zander felt the heat o the beans go doon im an warm his belly but nae his bones. Davie took Zander's mug an made the tea. Zander cleaned the beans mess tin wi caal water an a hanfae o gress an he rubbed it on the grun tae clean the soot off the bottom. Davie handed im his tea an Zander looked at the lumps o powdered milk swirlin aboot in the black mug. He sipped an the tea wis hot an sweet. Davie handed im a fag an they smoked an drank standin up.

Get lined up fer kit inspection, Munro circled the platoon like a killer whale.

The boys flicked the remains o their tea intae the scrub an crushed oot their smokes. They lined up wi the platoon an laid their kit oot an Munro moved along the line an threw kit.

Half yer breakfast's still in yer mess tin, a mess tin clattered into the unnergrowth.

Where's yer spare laces, is that how ye were shown tae lay oot yer kit? A grunsheet flipped wi a jangle o kit.

You've nae washed, Munro stood in front o Davie.

Ah have, Corporal.

Bollocks, Munro poked Davie's kit wi the tae o his boot. *Mess tins mingin.* He bent an picked up his water bottle, an shook it. *Water bottle only half full. Fuck knows how, ye didna use it tae wash,* Munro threw the water bottle into the unnergrowth. *Rifle abeen yer heed, roon the clearin.*

Davie started tae jog tae the edge o the clearin.

Fuckin move. Anyone else wi a half empty bottle go an get them filled. The platoon picked up their bottles an dashed tae the water bowser at the back o the four-tonner. Davie completed his circuit an headed back tae recover his kit fae the unnergrowth.

Who telt you tae fuckin stop? Roon again, Munro booted im in the erse an Davie thumped his waye roon the clearin wi his face reed an his een waterin.

Get yer kit the gither an get formed up, the sergeant got the platoon formed up for the march. Davie scurried ower tae far his kit wis lyin in a heap an began tae jam it intae his webbin.

Fuckin move, Munro kicked im.

Davie joined the rear o the platoon wi his webbin twisted an kit hingin oot as the platoon moved off. They marched off the plateau at the top o the hill an began tae double as they headed doon the dirt road. The rain began tae fa fae the flat sheet o grey abeen. The boys fae senior company, last night's enemy, were goin back in the four-tonner.

See ye later nigs, they laughed ower the tailgate an made wanker gestures as they passed.

Zander concentrated on gettin into the rhythm that wid cerry im forward along the dirt road. His webbin wis strapped on tight but nae tight enough tae prevent it fae bouncin on his shooders. His helmet wis strapped tight unner his chin so that it widna rub his foreheed, but it still rubbed. The platoon thumped along the dirt track an Zander let the pace lull im into a trance. That waye he could block oot the kit bouncin on his shooder an the helmet rubbin on his heed an the sound o Corporal fuckin Munro rollin doon the path.

Yer kit's a fuckin shambles, Munro panted an tugged at Davie's webbin an pulled im off balance.

Davie staggered an ran on.

Munro gasped an yanked Davie's water bottle oot o his pooch an chucked it intae the heather at the side o the road.

Ye've lost yer water fuckin bottle, Munro pushed Davie intae the heather.

Davie's backpack weighed im doon an the heather snarled at his feet an he leaned on his rifle tae pull imself up.

Zander glanced ower his shooder at the recedin Davie. Zander faced the front again an he had lost his rhythm. Rats chewed at the bottom o his lungs an his calves turned tae hot steel. He found the rhythm again an ahin im he could hear Davie an Munro.

Move, move, move. Fuckin move ye bag o shite.

Zander didna need tae look ower his shooder tae see Davie. He could see his reed sweaty face clear enough. He could see im poundin up the track as Munro screeched in his lug hole. He could see im wi his helmet askew an his waterin een squeezed tight an his slaverin lips pulled back as he sucked in air through his teeth. He could see im cradlin his rifle in the crook o his erms an clingin tae the water bottle that Munro widna gie im time tae put back in its pooch. He could see im stumblin in a puddle o broon water an losin his balance an faaen again an Munro makin im push twenty in the puddle while Munro caught his breath. Davie an Munro fell further an further ahin an Munro's screechin diminished and Zander wis glad.

Zander blocked oot the burnin calves an the raw heat in his

shooders an concentrated on the rhythm an counted imsel lucky.

They laid oot their kit for anither inspection an sat on the kerb unner the trees tae clean their rifles. Zander ground his gas regulator into the grun tae get the carbon off an he turned it in his han giein it a rub wi wire wool. He pulled the cloth through the barrel an oiled the barrel. He rubbed doon an oiled the workin parts. Recruits were goin up tae the sergeant wi their rifles an some were gettin sent back tae clean them again an some were takin their rifles back tae the armoury an awa fer supper.

Ye'll nae be passin in tae the trainin depot will ye, Munro wis kickin Davie's kit aboot.

Zander reassembled his rifle an halted in front o the sergeant an waited while he looked ower the rifle.

Fuckin boggin, the sergeant removed the gas plug an waved it in Zander's face an Zander struggled tae see the tiny spot o carbon that he'd missed.

Zander took his rifle back tae the kerb an scrubbed it in the dirt again an got the wee wire brush an scrubbed at the gas plug again until aa the specs o carbon were gone an he took it back tae the sergeant tae get the okay.

He packed his kit an headed tae the armoury an concentrated on his marching. He didna wint tae be pulled back by a pedantic Munro. When the square an the instructors were oot o sight he relaxed an the world wis bright an clean.

XII

Ah wis proud as weel. Still am, eh. Ahd still hae any cunt that slags the battalion.

…

Aye. Amalgamated. Fuckin Tory cutbacks. They'd rather hae trident missiles than fightin troops. We'll see where that gets them, eh.

Ye could leave at any time during the twelve weeks o basic trainin. Ye could jist say ye'd had enough an fill in a form an han in aa yer kit an they'd gie ye a train ticket hame. Or if ye werna hackin it they'd tell ye tae han in yer kit an gie ye a ticket hame. If ye made it through the basic trainin ye got tae the passin in parade an ye got issued yer cap badge. Ye werena good enough tae wear it till ye passed in. If ye got tae the passin in parade ye werena allowed tae leave efter that.

They marched ontae the square an the band wis at the front o them an the bass drum beat the rhythm an the pipes swirled in the thick air an Zander sucked the music intae his chest an the hairs stood up on the back o his neck an the Glengarry tails were at his neck an Corporals Munro an Sutherland were at the front o them. Drill Sergeant Hoose stood in his usual spot at the side o the square in his Guards Number Two dress an his blazin een watched fae aneath the peak o his cap. The pace-stick that had knocked the recruits intae shape an that had orchestrated this faultless parade, wis at his side.

Right wheel, the squad marched aroon the parade square an Zander felt the beat o the drum an his heels struck the tarmac an he swung his erm an held his rifle tight tae his side an he swaggered.

Left, right, left, right, Sergeant Fraser caaed oot the pace an his kilt wis swingin an the bass drum beat oot the pace an Zander's herrt pounded wi the pace an there wis nae fear an nae chance that he'd mak a mistake.

Left wheel, the sergeant caad the pace an the commands were songs an spells that hypnotised the recruits an led them aroon the square as one unit, *left wheel,* an they approached the stand at the top o the square far proud parents sat an Zander wheeled aroon the corner an kept his een tae the front an his erm swingin shooder high an his rifle tight intae his side. The parents were proud an Zander wis part o a trained squad o men that wid fight an die for each ither.

Eyes right, the sergeant caad oot the command an Zander's heed snapped tae the right an he saw the commandin officer standin on the podium an the CO returned the salute wi his Dad's Army splayed fingers an the proud, proud parents sat in rows ahin im an beamed.

Eyes front, the sergeant caad oot an the heeds snapped back tae the front an the squad wheeled aroon intae the centre o the square an then, *Le-e-eft … turn*, they advanced up the centre o the square an then, *Squa-a-d … halt*, the sergeant caad the command an their feet cracked the tarmac an they halted in front o the podium an then ivrythin wis still. The parents, the siblings, the girlfriends sat proud on the stand, the CO an the PC stood on their perch an the squad stood tae attention an the only sound that Zander could hear wis the pipes that continued tae swirl in his heed. The silence wis broken by the tackety soles o Sergeant Fraser's boots crackin the tarmac as he took up position at the front o the squad.

Prese-e-ent … arms, an the recruits struck their rifles in unison an again the limp wee salute fae the CO.

Shoulde-e-er … arms, their flesh hit the metal an the incantation that had been drilled intae them by Sergeant Hoose went through their heeds.

Fraser barked mair orders at the CO's request an the recruits grounded their rifles an the CO gave a speech aboot trainin an service an achievement an the plums fell oot o his mooth an doon ontae the tarmac an the parents were proud an Zander sucked in the hot air an his chest swelled an he wiggled his taes tae keep the blood movin an tried tae blank oot the bead o sweat on his foreheed.

The CO spoke forever afore he came doon fae his perch an made his waye along the ranks followed by the entourage, the PC, Sergeant Fraser an the Corporals Munro an Sutherland. He spoke tae the recruits in turn an handed them a cap badge. He moved along the centre rank towards Zander an Zander heard his flat open voice, the shape an expression o the words makin the sounds o a language he unnerstood but the speech an the accent fae a world far removed fae his ain. An the CO kaint aboot the existence o places because he asked them far they were fae an he kaint aboot the battalions because he asked them which een they were bein posted tae but although he kaint that basic trainin existed he couldna have kaint fit it wis like because he asked them if they had enjoyed it.

He moved doon the row an Zander listened tae the questions an Zander prepared his answers. He kaint far he came fae an he kaint he winted tae go intae the Highland Rifles an although he'd hated the trainin, he kaint that the answer tae give was,

Yes, sir, an then the cap badge burned in Zander's han an he gripped it tight an the sharpness o it bit intae his han an he had tae fight tae keep his heed up an tae keep his eyes front. He had tae fight nae tae bend his elbow an tilt his heed an open his palm an instead he let the cap badge bite intae his han. The CO wis past im an takin forever tae han the cap badges oot tae the rest o the recruits an the sky wis yella an hot an the air wis thick but there wid be nae faintin in front o the proud parents. Nae wi the antlers o the stag borin intae his han an nae wi the curlin tails o the banner cuttin intae the pad o his thumb. He wriggled his taes an the blood flowed an he stayed tall an straight in front o the proud parents.

The CO finished handin oot the badges an askin his questions an the entourage followed im back tae the front o the squad far they took up positions relevant tae their status. There wis a trophy presented for the best recruit an Sergeant Fraser caad oot a name an Miller marched forward tae the CO an his parents must have been affa, affa proud.

The CO returned tae his perch an Fraser marched them off the square an the bass drum beat an the pipes swirled an Zander's erm swung an he caught glimpses o the silver cap badge shinin through his fingers. He didna tilt his heed or open his palm even a wee bit until they had halted in front o the armoury tae han in their rifles an the band had stopped an gone their separate waye an Fraser an Munro were in the armoury shoutin at the first rank tae get in an remove the white slings an bayonets.

He opened his palm an the stag looked up at im as it had looked at thoosans o ithers afore im an the Gaelic on the banner rose an swirled in his heed an doon intae his chest. The *cinnteach agus fìor* wis a motto intended tae inspire steadfast loyalty, but it wis also an incantation that preceded the currently intended loyalty an planted ancient strength in the soldier's herrt. There wis blood on the banner an there wis blood on the stags antlers.

Zander looked aroon the proud parents as they sat wi their sons at tables arranged aroon the gym an nibbled on wee sausages an cubes o cheese on cocktail sticks. He watched the PC an Fraser an Munro as they moved aroon the tables an were pleasant tae the parents an made jokes an laughed wi the recruits they'd jist kicked through basic trainin. He listened tae Sharpe's mither laugh an his sisters giggle an the rope that'd torn the skin fae Sharpe's hans wis tucked safely awa ahin the wa bars beside them.

Zander an Davie had no proud parents tae sit wi an they were delegated tae join the sweats that had tae wait on tables at the reception. They moved among the tables wi trays full o glesses o sherry an glesses o orange juice. When his tray wis empty Zander went back ahin the partition at the end o the gym. There wis a row o tables far glesses an bottles o port an sherry an jugs o orange an epple juice stood in neat ranks an Sutherland wis there knockin back a sherry.

At stuff is pish, Sutherland's face contorted. *Here, try some*, he led oot a gless o sherry.

Zander looked at the gless.

It's your fuckin pass in an aa, Sutherland thrust the gless forward.

Zander took the gless an drank half o it an his face contorted.

Get it doon ye.

He telt Sutherland cheers an drank the rest.

Go an get yer pal, Sutherland restocked Zander's tray.

When Zander returned wi Davie, Sutherland had set oot a table wi glesses o port an plates o food.

Take a seat, boys, said Sutherland. *We're yer family noo, eh.*

The first gless o sherry wis glowin awa inside Zander an it gave im a taste for anither. He smiled at Davie an took a seat an Davie hovered at the table.

On ye go man, ye've ivry right, Sutherland pulled a seat oot for Davie.

Are ye sure aboot this? Een o the sweats stood wi a tray o sherry an port. Zander recognised im as the ginger heeded runner who'd shown im tae the block on his first day. *Munro'll nae be happy, but.*

Relax, McQueen, Sutherland put a gless in Davie's han. *Ah ken whit it's like. Ma mam wisnae at ma pass in.*

Ma mam couldna get the time off her work, Davie sat doon an drank an ate.

Zander stuffed mini sausage rolls an pickled ingins an cheese intae his mooth an washed it doon wi the sweet sherry an kaint that his mither couldna afford the train ticket.

The fucks this? Munro appeared ahin them.

They're haein their pass in meal, Sutherland leaned on the back o a chair.

They've been ordered tae wait on the fuckin guests, Corporal Sutherland, Munro's face turned beetroot.

They've jist passed in as weel, eh, Sutherland stood straight an clenched his fist.

Ah dinnae gie a fuck. Get on yer fuckin feet, get yer trays filled an get oot there an wait on the guests, Munro tried tae keep his voice fae screechin ower the partition.

Zander an Davie got up an filled their trays an went oot intae the gym an weaved in an oot o the proud parents.

Fat cunt, Sutherland's voice somersaulted ower the partition an then a section o the partition came doon an Munro wis on his erse holdin his beetroot chin an Sergeant Fraser wis gettin sweats tae put the partition back up an the PC smiled an reassured the parents an Zander looked ower the tables at Davie an they dished oot the port an sherry.

XIII

Aye, a lot's changed since the first time ye lugged yer gear up them Waverley steps. Escalators, noo. Trams fer fuck sake.

...

Nah, ah cannae mind that.

...

We'll nae be drinkin like that again. Those days are long gone.

Efter ye passed in ye got twa-three weeks leave an then ye moved intae the platoon an ye were dispersed amongst the platoon an ye were split up fae the boys ye'd went through basic trainin wi. Ye were put in rooms wi boys that were sweats an ye were the lowest an ye were a nig an ye were supposed tae show them respect whether they had rank or no. Efter basic trainin ye were allowed tae put a quilt on yer bed an ye were allowed tae go tae the NAAFI an ye could buy sweeties an fags an magazines if ye liked an ye could go tae the bar an hae a pint.

Zander an Davie cerried the MFO box doon the stairs an intae Zander's new bedspace an the boys in the room watched them struggle through the door wi the weight an the rope handles o the box.

Watch ma bed, like, the reed heeded boy called McQueen reclined against his heedboard an indicated his Rangers bedspread while he smoked an tapped ash intae the gless ashtray on his lap.

They put the box doon in the corner an Davie went awa tae his new bedspace. McQueen tapped his cigarette an some o the ither boys fae nearby rooms came an sat on beds an leaned in the doorway tae watch Zander. Zander took his locker plan fae his pooch an laid it on the bare mattress an started tae unpack his stuff an placed it on the shelves accordin tae the planogram.

That's very neat, man, McQueen got up an strolled ower an stood ower Zander's MFO box. He picked up the plan an laughed an then he stepped aroon the box an shoodered Zander oot the waye. He picked up Zander's folded shirts fae their allotted place an ash fell ontae them fae the cigarette that stuck oot fae atween his fingers. *Too fuckin neat*, he dumped them ontae anither shelf.

Leave the boy alain, McQue, Sutherland strolled intae the room.

Jist re-educatin im, Suthie, McQueen held up the locker plan.

Sutherland took a key fae his pooch an opened the locker opposite Zander's. He pushed the doors wide an punk bands looked oot, The Pistols, The Clash, The Ramones. On the claes rails inside his locker, chains an patched denim hung amongst the olive an on the top shelf history books were lined up aside his jumpers an shirts an on the side shelf a Hibs mug held Sutherland's toothbrush an razor. Fae a lower shelf abeen his boots Sutherland selected an album fae the dozen or so that leaned there an he turned tae Zander wi *Never Mind The Bollocks* in his han, the corners bent an dog-eared.

Ye dinnae need the locker plan in this platoon, Sutherland waved at his locker.

Nae like the nick, eh Sutherland, McQueen sat on the windowsill.

No, nae like the nick.

Jist think man, it wis only the ither day ye were unpackin yer ain MFO box, eh? McQueen winked at Zander. *While you were awa on leave yer auld babysitter here wis bashin pans in the cookhoose an paintin kerbs on the parade square due tae his wee rebellion against Munro.*

Shut yer mooth, McQueen, Sutherland took a turntable oot the bottom o his locker an placed it on his bedside shelf.

Is that no whit ye said tae Munro tae end up in the jail? McQueen showed his teeth.

No, it wis the dunt on the chin ah gave im that put me in jail, Sutherland opened the lid o the turn table, *an you'll be gettin the same if ye dinnae shut it.*

Ye canna tell me whit tae dae, McQueen winked at Zander, *there's nae a stripe on yer erm noo.*

There's still a fist on the end o it though, Sutherland extracted vinyl fae cardboard an put the record ontae the turntable an lowered the needle an turned up the volume an boots marched oot o the speaker an a guitar wis hammered.

Turn that doon, McQueen said.

Fuck off.

Punk's deed, man.

You're fuckin deed, Sutherland pushed McQueen intae Zander's locker an yanked his erm up his back an McQueen's heed wis pushed intae the corner unner the claes rail an his face pressed intae Zander's combat jeckit an Sutherland exerted upward pressure on the erm an McQueen's screamin an beggin wis muffled by the jeckit.

Aaright, aaright, McQueen could barely be heard as Johnny Rotten yelled that he didna *wint a holiday in the sun.*

Hurry up an get this stuff unpacked, then ye're comin wi us tae the NAAFI for a pint, Sutherland let go o McQueen's erm an slapped Zander's shooder.

McQueen lined up the shorts on the low table an placed a half empty pint o beer in front o Zander. McQueen picked up the whisky an poured it intae the pint glass.

Vodka?

Sutherland shrugged.

Bacardi. Gin. Brandy. Tia Maria, McQueen sniffed the gless. *Bailey's?* McQueen topped up the pint wi lager fae his ain gless.

Ye know, McQueen, ye can add, but ye canna take away, Sutherland pushed the pint intae Zander's han.

The boys aroon the table urged Zander tae get it doon, an Zander lifted the gless. He squeezed his een an poured the cocktail intae his mooth. He gulped an gulped an clenched his een an his stomach clenched. The gless hit the table, the liquor wis gone save for some dribbles that slid doon the side o the gless an slid doon his chin. He swayed an groaned in his seat.

Sutherland went tae the bar an brought back a fresh pint. *There ye go,* Sutherland put the lager in front o Zander. *Welcome tae oor room. We'll try tae make life as simple as possible. Dinnae take any shite fae anybdy else in the platoon. Any problems, come tae me, eh. Yer one o us noo.*

Zander nodded an swayed tae his feet an staggered towards the bog, but he only made half the distance afore his cocktail splashed across the widden fleer.

He can get that fuckin cleaned up, the NAAFI girl poked her heed ower the bar.

Ah thought you were the scrubber aroon here, een o the boys laughed.

The NAAFI girls are angels that bring us pints an cheese toasties, Sutherland clapped the back o the boy's heed.

The NAAFI girl leaned a mop an bucket against the wa an Zander leaned against the wa an steamin water sloshed fae the bucket an a steamin cocktail spilled fae Zander.

He cleans it up or ah call the guardroom, she shut the door.

Zander made it intae the bog far he sorted imsel oot afore comin oot tae mop up. When he finished he slumped intae his seat an his heed lolled tae the side an Sutherland urged im tae finish his pint. Sutherland spoke tae the boys aroon the table aboot the fitba an aboot women an aboot gigs an the boys listened tae im an nodded an laughed.

Zander lifted his heed an drank the remains o his pint an looked at the room through the bottom o his pint an felt warm.

XIV

Hud oan till ah nip in here for a quarter bottle. We'll sit in the gerdens a wee while. It's a bonnie day an we can watch the lassies go by in their summer claes.

...

Ha ha, aye ye fuckin dae. You get the teas in fae that stall.

...

There ye go, get a wee sploosh o the auld uisge in there, man. This is the fuckin life, eh. Ye could be daein this every day instead o slavin yer guts oot for some multinational.

Miller wis gien a reed stripe tae sew ontae his erm tae make im stand oot because he stood oot. Miller marched the new intake back intae the village o accommodation blocks an ontae the wee square in the middle an halted them in front o the C company block. He fell the boys oot an it wis Saturday efterneen an the boys were free for the rest o the weekend an the boys scattered ower tae the NAAFI or intae the block. Zander took the stairs twa at a time an his feet echoed off the passageway waas an reflected off the fleer. McQueen an Sutherland werena back yet an he found imsel in an empty room an Zander opened his locker an pulled his uniform off an wis glad tae get oot the flannel shirt that persisted in gratin awa at the skin unner his erms. He wrapped his towel aroon imsel an headed tae the shower. Somebdy had put the radio on an Yaz an the Plastic Population wis comin oot o een o the doors. He'd spent the mornin sittin in front o the projected images o maps an grid references an a layer o canvas an dust had settled on im an noo the only waye wis up. He stepped unner the rose an the hot water ran ower his face an he turned the heat doon an the cool water washed the dust awa an Miller stepped unner the rose next tae im.

Goin oot the night? Miller wiped water oot o his een.

Zander telt im aye an spat oot water.

Ahve tae go on duty at the guardroom. Ahve tae sit at the windae an sign boys in an oot, Miller spat water oot.

Zander wiped water oot his een.

Maybe manage oot wi ye's next week.

Zander nodded.

IAIN MACLACHLAIN

The water poured ower Zander an he felt refreshed an he felt the twist in his guts that wis excitement o the weekend that lay ahead. The water stopped an he hit the valve an the water started tae flow again an he rinsed off the classroom. He stepped oot the shower an dried imsel as ither boys headed in an they sang an whistled an shouted at each ither. He went back tae his room an the ither intakes were headed intae the block an they thundered up the stairway an Sutherland crashed intae the passageway an swung towards his room.

Get that pish turned off, he pointed towards the Yaz room.

Zander followed im intae the room an he had his locker door open an his record player oot already.

Shut the fuckin door, Sutherland put a record ontae the turntable.

Zander shut the door an Sutherland started tae unbutton his shirt while he pogoed aroon his bedspace.

Fuckin drill on a Setterday, man, he undid his bootlaces an his heed wis goin up an doon tae The Pistols.

The door swung open an in came McQueen wi his face reed an Bros seeped in fae the passageway. *Fuckin arsehole, man, that fuckin Hoose. Fat cunt fuckin beastin us like that on a Setterday.* He flopped doon on his bed an took the ashtray off his shelf an laid it on his belly an lit a fag.

Sutherland springboarded off o McQueen's bed an oot the door tae the room across the passageway far the radio went off an he pogoed back intae the room again an launched imsel off McQueen's bed.

Watch it ye cunt, McQueen cradled his ashtray.

This is fuckin anarchy, eh, Sutherland pogoed oot o his barrack dress troosers an took his towel an washbag an pogoed oot intae the passageway an bawled at the room Bros wis comin fae an Zander pulled his jeans on an sprayed imsel wi deodorant.

Ah cannae stan that mental cunt, man, McQueen sat an smoked an bitched aboot Drill Sergeant Hoose an he got up fae his bed an went ower tae Sutherland's record player an turned it doon a fair bit so Zander could hear im bitchin better. Zander sat at the table an took a fag fae the fresh packet he'd bought straight efter pay parade.

Get yer fuckin erse in gear, man, Sutherland crashed back intae the

— 71 —

room wi wet hair an jumped on McQueen's bed an he pulled on his jeans an pulled on his straight jeckit an the chains jangled.

Whit ye daein the night? Sutherland turned tae Zander as he turned up *God Save the Queen.*

Zander shrugged.

Mon oot wi us, Sutherland turned up his jeans.

Zander shrugged an nodded.

Gie yer pal a shout.

Zander shrugged an nodded.

'Hey, ho, it's fuckin Setterday, let's fuckin go ye cunt, Sutherland jumped ontae McQueen's bed again an the springs squealed unner the mattress an McQueen squealed aboot his Rangers quilt an he leaned ower the side o his bed tae keep his fag oot o herm's waye.

They walked the couple o miles intae the toon an the sun wis abeen them an it looked ower the iron gates an high waas intae the gerdens o the big hooses on the broad tree lined streets. They headed for a pub that had gless-blocked windaes that looked ontae the street like amber cataracts. Sutherland had covered up his straight jeckit wi a jumper so that he conformed wi the depot dress code an he pulled it off as they squealed through the black pub doors an he headed intae the bog tae spike up his hair wi soap. McQueen pulled oot his wallet an headed tae the bar an Zander an Davie pulled oot a couple o chairs an sat at a wee roon table.

A couple o auld boys sat at the end o the bar an sipped half pints an the barman didna look at McQueen as he pulled their pints. Sutherland came oot o the bog wi his jumper tied aroon his waist an helped McQueen cerry the beer tae the table.

Zander took a moothfae o his beer an the special wis like cool smoke.

How're ye enjoyin The Pistols? Sutherland sank half his pint an wiped his mooth.

Zander telt im he'd never really listened tae punk afore an sank his mooth intae his pint an pulled at the beer, peerin ower the top at Sutherland's half-finished pint.

Whit do you like? Sutherland tilted his pint towards Davie.

Iron Maiden, Davie sank his mooth intae the lager.

You boys are aa livin in the past, McQueen shook his heed.

Better'n that fuckin rave shite, Sutherland poured his pint intae his upturned mooth. He got up an went tae the bar an the barman put his fag doon an served im an Sutherland put the second round on the table. Zander gulped at his first pint an tried tae catch up an the beer felt heavy in his belly.

Heavy mental is it then, Davie boy, Sutherland pushed Davie's second pint towards im. Sunlight filtered ontae their table through the opaque amber lager windaes an made Davie's lager glow an Davie's face glow. Sutherland lit a fag an the smoke hung in the shaft o lager sunlight an Sutherland exhaled an the smoke swirled like liquid abeen the table an he dipped his han intae the smoke, holdin oot his packet.

Aye, Davie took a cigarette an finished his first pint.

Zander poured the remains o his first pint intae his mooth an chased it wi a draw o his fag. He wis ready for his second pint an he pulled at it an it went doon smoother.

There'll be nae heavy metal the night, man. Or punk, or fuckin granny music, McQueen tapped the table. *It'll be decent tunes where we're gaan the night, man.*

Ah dinnae think we'll be goin tae yer club the night, McQueen.

How?

D'ye think these fresh faced boys'll get in, eh?

Fuck sake, man. Have ye's nae doctored yer ID yet? McQueen picked up his pint.

It's very easy tae alter yer year o birth, Sutherand pulled his Forces railcard fae his pooch an placed it on the table an tapped the date o birth, *thus enablin ye tae gain entry tae the mair heavily policed venues in the toon. Places like this here winnae turn awa custom, but heavily hoachin type clubs in the toon centre hae suits on the door,* Sutherland placed a han on each o their shooders.

So we'll hae tae ditch them, McQueen took oot a fag an lit it.

Not at all, Sutherland took McQueen's packet an dealt one each tae Zander an Davie. He tapped one oot for imsel an pulled it oot o the packet wi his teeth. *Ah ken a place, eh.*

Ah ken the place you fuckin mean. You said we were goin tae a club, man.

Ah hudnae considered the question o ID at that point, eh.

Zander wis pullin at his second pint, tryin tae get a good start. Beer dribbled oot the corners o his mooth.

Fuck sake, man, aa the fanny's in the clubs, man.

There's plenty fanny in Whistler's.

An fuckin cover bands playin The Clash an The Rollin fuckin Stones.

Aye, man. Sutherland winked at Zander ower his pint. *Ye can go tae Dominoes yersel if ye like, but ah cannae leave these boys on their ain on their first proper night oot wi the boys.*

Naw, naw, ah ken, man. But we're gaan tae Dom's next week, aye.

Aye, of course, Sutherland blew smoke rings that floated up through the glowin amber light an he tipped back his heed an poured lager intae his mooth an foam rings slipped doon the gless. *We'll hae their ID sorted by then.*

Zander poured the last o his second pint intae his mooth an wiped the dribble off his chin.

But we'll be goin somewhere else first, eh, Sutherland lifted his straight jeckit an tapped the ransom note letters tattooed on his chest. This tattoo is needin shaded in.

The needles buzzed an Zander scanned the wa. Serpents writhed an flames flickered fae the blazin eye sockets o skulls an naked women reclined an cupped their breasts an spiders spun silk an eagles soared an swooped atween them. He moved along the wa tae far the artwork for military tattoos covered the wa an his een flicked atween the thistles an the flags an the crowns an the sabres till he found the various versions of the Highland Rifles cap badge.

Ah think ye aaready ken whit ye're getting, eh boys, Sutherland reclined bare chested in a leather chair. A tattooist wis bent ower im an Pegasus soared on the tattooist's back wi wings that beat against his shooder blades an hooves that thundered doon his spine.

Fuckin crap hats, the tattooist grunted as he worked awa at the finishin touches o *Never Mind The Bollocks* on Sutherland's chest.

This boy here's an ex-Para, Sutherland nodded at the tattooist. *He's also the best tattooist in the toon so ah didnae mind lettin im hae the honour o tattooin the Highland Rifles cap badge on ma erm a few month ago, eh.*

Honour's aw yours, the tattooist worked the gun.

Anither tattooist opened clean needles an ink an got his gun aroon his fore-erms. *Who's next then?*

Zander nodded.

Okay, mate, what're you for? the guy had an English accent that Zander thought might be fae the South. Zander winted the Rifles' stag an the Gaelic motto, *cinnteach agus fìor.*

Take a seat then, mate, the tattooist waved Zander intae the seat and the tattooist pulled in his stool. *You Jocks love your stags and thistles.*

Zander draped his erm ower the back o the chair an the tattooist began tae work, cleanin his erm an layin a transfer an then Zander felt the needle bite intae his erm as the tattooist drew the outline. Zander kept his een on the artwork on the waas an didna think aboot the needle burnin intae his erm.

It was the gunners motto you wanted on here wasn't it mate?

Zander shot a glance back at his erm draped ower the back o the chair, an blood ran doon his erm an he could see the dark lines unner the blood but he couldna make oot the motto an Zander felt the blood drain fae his face an spill doon his erm.

I'm only pulling your leg, mate, the tattooist wiped awa the blood an Zander could see *cinnteach agus fìor.*

Holy shit, ye went white as a sheet there, Zander, Sutherland grinned fae lug tae lug. *Ahm nae sure if it's the thought o the gunners on yer erm or the sight o the blood,* the Pegasus tattooist lifted his gun while Sutherland laughed. *Dinnae worry, we're marked as brothers for life noo.*

XV

Aye, ah mind the shit we used tae get up tae.

...

Aye, we sorted that cunt oot.

...

No, ahve nae seen the ginger cunt fer years. Works for the cooncil, last ah seen im. He's two or three bairns, noo. Grandbairns an aw, eh.

Some nights, if the boys had deen their jobs an got aa their kit ready for the next day an they had nae money for the NAAFI, they got bored an when they got bored, mair often than nae, they played pranks on each ither. Ye could tell when boys were bored. They wid sit aboot quiet an tap their fingers an kick their feet. They winted somethin tae happen so ye had tae hae yer wits aboot ye.

Sometimes practical jokes were hermless, stuff ye'd dee tae a mate for a laugh, like shoutin *stand by yer beds*, making a boy think that an instructor or an officer had entered the block. This wis funnier if ye did it tae somebdy who wis on the bog. Ye'd hear them hurriedly wipin themsels an they'd scurry oot an doon the corridor tae stand tae attention aside their bed till the penny dropped that naebdy wis comin an the ither boys wid be huddin their bellies an the boy wid stomp off back tae the bog.

Ither times the practical jokes wid go up a level an wid verge on cruel if it wis to be inflicted upon a nig or someone who'd mildly pissed ye off. Boys wid hide yer stuff or put a sign up on yer locker door sayin *I'm a dick* jist afore an inspection. If ye saw it in time ye could rip it doon an stuff it intae yer pooch seconds afore the instructor entered yer room but if ye didna see it ye'd be made tae shout, *I am a dick, Sergeant.* Efter the inspection the ither boys wid be pishin theirsels. Anither common prank wis foldin up yer bottom sheet so it looked like yer top sheet an when ye climbed intae yer bed yer feet only went halfway doon cause o the fold. A pocket had been created an now and then boys wid fill the pocket wi shavin foam, or on rare occasion, if they really didna like ye, a mair disgustin substance. Ye could go tae the pishers an the pish wid bounce back on ye cause the boys had covered the urinal in cling film or if ye fell asleep watchin telly an were catchin flies ye could get yer mooth filled wi shavin foam or ye could get yer han dipped in a bowl o caal water which could make ye pish yersel in yer sleep.

Occasionally a prank could be outright malicious especially if it wis tae be perpetrated upon someone who ye were getting back for somethin they'd done tae ye or somethin they'd said aboot ye. These pranks might require meticulous plannin an prior groundwork an the timin had tae be perfect so that aa the elements o retribution wid slot intae place tae achieve maximum satisfaction on the part o the perpetrators. The pranks might require prior lies tae get somebdy oot the waye for a while, an the pranks might require teamwork an cooperation an heavy liftin. Boys wid seal the bottom o somebdy's locker wi blu tak an gaffa tape an put a plastic tube through a gap further up the door an use the cut off top o a plastic juice bottle as a funnel an fill the bottom o the locker wi water or maybe pish. The boy wid come back fae fariver he'd been sent on a reed herrin an open his locker an the liquid wid sploosh oot aa ower his feet an anythin lyin on the bottom o his locker wid be soaked. Anither example wid be tae hae yer locker turned upside doon. The boy wid come back an nae notice any change in his locker cause the posters on the ootside had been turned the right waye up. He'd open his locker door an his kit wid be in turmoil an he'd be *fuck sakin* an *bunch o cunts* an the rest o the boys wid be laughin like fuck an the boy wid be cursin an swearin aa night as he'd hae tae empty his locker oot an set it the right waye up.

On rare occasion there wisna even any joke or pretence aboot the pranks an these retaliations wid be outright raids or hits cerried oot by a gang o boys against boys in anither room or on anither fleer or in anither platoon. A hit could be cerried oot on an individual for a perceived provocation or previous act of aggression that had offended the boys' unwritten code of conduct. The accused widnave been present while a kangaroo court sat in session, the principal intention of the court bein tae assign punishment rather than tae decide guilt an the principal aim of the hit bein tae tak the accused by surprise.

Usually the gang wid storm a boy's room an get a hud o the boy an drag im tae the blanco room tae be sorted oot, but sometimes they might be a bit mair inventive. They might stuff im intae his top box an cerry im doon the corridor an tell im that they were goin tae tip im oot the windae while in actual fact they wid rest the top box on the end o a bed. The boys wid slide the box forward till it started tae tip an the fleer wid be three or four inches alow the box but the boy in the box wid be imaginin imsel thirty feet abeen the concrete slabs ootside the block. The boys wid push im further till the box wis past the point o balance an they wid tell the boy in the box that their fingers were sweaty an startin tae slip an the boy in the box wid be beggin tae be pulled back in the windae an the boys wid tip the box off the end o the bed an the boy in the box wid scream.

Sometimes the raid wid require a nod fae a senior sweat or NCO, jist in case the planned action wis crossin some boundary or inter-platoon agreement. Despite these robust checks an balances in the legal proceedins o the kangaroo court, in maist cases the punishment wis excessive. Unsurprisingly, miscarriages o justice were often cerried oot.

Zander wis doon on Davie's fleer an he helped Davie finish Davie's second block job an then Zander climbed up the stairwell an his eyelids were heavy an his erms were hingin heavy on his shooders an he went intae his room. Sutherland had his side light on an a history book in his hans an McQueen wis sleepin early an Zander opened his locker an undressed. He got his toiletries fae the shelf in his locker an headed tae the ablutions an aa the sinks were cordoned off wi streamers o bog roll an naebdy wis allowed tae use them till efter the inspection in the mornin. He went back tae his room an Sutherland didna look up fae his history book an Zander climbed intae his bed an pushed his feet doon atween the sheets, but his feet became caal an wet an he couldna push his feet in any further an he jumped oot o his bed an threw back the covers.

Sutherland held his book up in front o his face an McQueen had his heed unner the pillows an boys fae the adjoinin room were there aa o a sudden an lookin through the door. The light wis put on an Zander could see that his sheet had been folded halfway up the bed an the bottom o it had been filled wi shavin foam an the room wis filled wi laughter.

Zander pulled the sabotaged sheet off his bed an used it tae wipe the foam off his feet. McQueen wis oot o his bed an one han clutched his ribs an one han pointed at Zander's feet. Sutherland's wet een looked ower the top o his book. Zander rolled the sheet up intae a ba an threw it intae the bottom o his locker an Sutherland closed his book an threw it ontae his bedside shelf.

Is that nae funny, eh, Sutherland sat up.

Zander smiled an looked at his feet.

C'mon, dinnae spoil it, man, McQueen choked. *We waited fuckin ages fer ye tae come back.*

D'ye nae find that funny, eh, Sutherland picked his fags off his side table an dished them oot.

Zander sat on his bed.

The laughter faded an the ither boys faded awa.

Where the fuck've ye been anywaye? McQueen sat doon.

Zander put his ashtray atween his feet an telt them he wis helpin Davie wi his block job.

Can he nae dae his ain block job like? McQueen sparked his fag.

Zander sparked his fag an telt them Davie had twa block jobs.

Two? Sutherland swung his feet ontae the fleer an sparked his fag. *That cunt Burgess, ah bet,* smoked oot o his mooth.

Zander blew smoke an nodded.

He's a fuckin dick, like, Sutherland blew smoke an tapped his fag.

Baw heeded cunt, McQueen blew smoke an tapped his fag in the ashtray.

See, Sutherland tapped his fag, *there's the whole nig thing,* he pointed the tip o his cigarette at Zander. *You're a nig.*

New Intake Group, McQueen didna look up fae the ashtray.

He kens whit nig fuckin means, Sutherland pointed his fag at Zander an his een at McQueen. *Pranks like we played the night, they're meant tae be a kind o initiation. Eh, McQueen?*

Aye. Jist a wee bit o a laugh, man.

Dinnae take it personally.

Naw, dinnae. It's jist character buildin.

We aw hud it done tae us, eh.

Aye.

Some boys take it too far though.

Aye.

Maybe it's time things changed.

Aye.

We can dae oor wee bit for the good o society.

So whit are ye thinkin, Suthie … a hit oan Burgess? McQueen drew on his fag.

Ah think it's justified, don't you, McQue? Sutherland drew on his fag.

Blanco room?

Nah, that's a bit ower the top.

Pish in his locker?

Well ah might be up for that but it'd take a while tae prep. Ahm thinkin aboot how ye discipline a dog. It needs tae be a bit mair immediate, Sutherland drew on his fag an pondered in the risin smoke. *He needs tae ken whit it's in relation tae. Plus, a cunt like im isnae worthy o the logistics involved.*

Blanco room, then, McQueen tapped his ash.

Nah man, ahve jist telt ye that's ower the top, Sutherland tapped his ash. *Ah wis thinkin mair o a public humiliation. Ah wis thinkin o puttin im in his top box.*

An slidin im doon the stairs, McQueen showed his teeth.

Nah, that's too risky, the cunt might hae a herrt attack, Sutherland drew on his fag an pointed the lit end at Zander. *Ye've tae be careful wi top box pranks, eh. There wis a boy in basic trainin years ago, back in the seventies-*

Percy, McQueen nodded an tapped his fag. *The ghost-*

Ahm fuckin tellin this story, eh, Sutherland snapped. *Aye, the boy wis called Percy. He'd fucked up somehow. Been moothy tae a sweat ah think. So they locked im intae his top box an cerried im ootside an they cerried im doon tae the canal on their shooders. They lowered the box ontae the water an they laughed like fuck as the top box bobbed aboot an Percy screamed tae be let oot. They laughed like fuck right up till the top box tipped an the water started tae fill the box through the lid an ah imagine their smiles fuckin vanished when the box started tae sink. Well, some cunt shouted for the key tae the padlock an they'd left it in the block an some cunt sprinted off tae get it an by this time the top box wis under the water an some ither cunt dived in an tried tae yank the lid off the box. By the time they got the key an got Percy oot the box the poor cunt wis drooned.*

An noo-, McQueen's een were hooded in the dimness o his side light.

An noo, Sutherland held his han up tae McQueen an pointed his fag at the ceilin, *ye can still sometimes hear im. Up there bumperin the fleer. Ye can hear the metal clankin back an fore an ye can hear im greetin and spittin water oot his mooth.*

Zander shook his heed. He showed his teeth an siad that Sutherland wis jist windin im up.

Ahm fuckin nae windin ye up, Sutherland pointed his fag at Zander. *Sometimes ye'll hear the bumper goin back an fore up there, an if ye're brave enough tae go up an hae a look, there'll be nothin there but a couple o puddles o broon canal water.*

Zander's smile faded.

One ghost is enough for this block, Sutherland drew fae his fag, *so tae lessen the risk o permanent damage tae Burgess ah say we put im in his top box an gie im the auld tumble drier treatment.*

Aye, McQueen raised his eyebrows an showed his teeth. *That'd be funny as fuck. Spin im aboot a bit, the cunt.*

Aye, jist shake im up a wee bit in front o the boys.

Whit if they defend im, though? McQueen drew on his fag an the smoke drifted towards the dim light that spilled fae his side light.

They winnae, Sutherland drew on his fag. *They fuckin hate his guts as weel. They'll jist stand by an watch. Let's get a couple o boys the gither tae gie us a han wi the top box, eh. Shouldnae be difficult tae get some enthusiastic volunteers.*

They put oot their fags.

Zander sorted oot his bed an lay doon an listened for the clank o the bumper fae the fleer abeen.

Davie walked doon the passageway tae the door o his room an knocked.

Enter.

Davie opened the door an went in. As usual, his bed wis tipped upside doon an his stuff scattered aroon his bedspace. He righted his bed an started tae get his stuff the gither.

Leave that jist noo, Burgess put his drill boots on the fleer an the light glinted fae the sweat on his heed. *Ah need these bulled for drill the morn.*

Davie got his polish an rags oot an started tae bull Burgess's boots by his sidelight.

Put that fuckin light oot, Burgess got intae his bed.

Davie put the boot bullin kit an his alarm clock on his chair an cerried it oot intae the passageway. The clock telt im it wis efter midnight an he set it for four an he sat in the harsh light o the passageway an his finger rubbed polish intae Burgess's boots till they gleamed like Burgess's heed an he wis jist aboot finished when four boys came intae the passageway. They were dressed in green long-johns an shirts an trainers an army heedovers obscured their faces.

Bide oot here, they went intae Burgess's room.

Davie listened tae the heavy crashes o wid an metal. Muffled *fuck offs,* thumpin, *let me oot, let me oot.*

The door tae the room opened an the shaft o light fae the passageway shone intae Burgess's bedspace an Burgess's bed wis upside doon an his topbox wis on the fleer an the lid o it wis strainin against the padlock that held it. The boys came oot an the door swung shut.

Get tae yer fuckin bed, a muffled voice telt Davie.

Davie went back intae the room far a couple o boys were lettin Burgess an his streamin reed nose oot o his top box.

Gie's ma fuckin boots, Burgess held oot a shakin han tae Davie. *Ah'll finish them masel.*

XVI

As ah said, the boy thought he wis some kind o fuckin saint, but we ken better noo, eh.

...

Ah could ayeways rely on you, though, eh.

Ye were paid on Friday an were skint by Sunday. If scraped up yer shrapnel an clubbed the gither wi the boys ye could maybe get ten or twenty fags atween ye an ye sat aboot sharin fags an maybe a tin o irnbru. Maybe ye had enough for a pint an went ower tae the NAAFI bar. Sometimes there might be a boy that had plenty money or fags left an he could gie ye a lend.

Sometimes if boys needed tae be sorted oot they were taen tae the blanco room. The blanco room wis called the blanco room cause it wis far the boys whitened their spats. The blanco room wis long an hot an it had pipes runnin across the roof an roon the waas. There were rails at various heights up an doon the length o the blanco room far ye hung yer claes tae dry an it wis far ye left yer boots tae dry when they were soaked.

Maist misdemeanours were sorted oot internally by the boys themsels. Een o the main things boys wid need sorted oot for wis theft. It wis frowned upon if ye stole some army property fae anither boy, gloves or somethin, but if the theft wis discovered ye jist gave it back, nae hard feelins. If ye stole personal belongins or money or fags fae anither boy, that wis a different story. Ye'd get sorted oot for that, nae matter who ye were.

When ye were on Restrictions of Privileges ye had tae report tae the guardroom at eighteen hunner oors in workin dress an ye were gien a job tae dee till twenty-one hunner an then ye had tae report back tae the guardroom at twenty-two hunner in barrack dress. Ye were inspected by the orderly officer. If ye failed the inspection, ye had tae report back at twenty-three hunner.

An so on.

Gerrard needs tae be sorted oot, Sutherland sipped lager.

We wouldnae be haein a pint if it wisnae for him, McQueen took a draw o his cigarette. *Or a smoke.*

It's called profiteerin, eh. Lendin money at fifty percent interest, sellin smokes at a hunner percent profit, Sutherland sipped.

Twenty pee isnae bad for a fag, McQueen rolled the cigarette atween his fingers.

He disnae even smoke. He's the only cunt on the fleer disnae smoke, Sutherland sipped.

That's nae right, McQueen rolled the cigarette.

Fuckin right it's nae right. An he's ayeways got plenty money cause he never goes oot, the borin cunt. Ahve nothin against im lendin money an sellin smokes, but he shouldnae be makin a profit.

Shouldnae be makin a profit, McQueen shook his heed an rolled the cigarette.

Shouldnae, Sutherland took the cigarette fae ahin his lug an held the butt oot tae Zander. *Ah dinnae want his fuckin smokes.*

Zander reached oot for the cigarette, then drew back his han.

Dinnae worry, it's nae Gerrard's fag tae you. It's a gift fae me, Sutherland held oot the fag.

Zander took the cigarette fae Sutherland an sparked it an gave Davie a draw.

Cunt needs tae come intae the blanco room wi me an hae a wee chat, Sutherland slid the pint across the table tae McQueen.

Ye're nae long oot the nick, man, McQueen sipped an frowned an slid the pint tae Zander. *He'll grass ye up.*

Gie's a draw, Sutherland reached oot for the fag an took a long draw an kept it atween his lips an squinted at the snakes o smoke that slid ower his een.

Zander sipped an telt them he wid tak Gerrard intae the blanco room.

Sutherland drew on the cigarette an smiled through the smoke. He passed the cigarette butt first tae Zander.

A pillowcase clung tae Gerrard's heed makin it look misshapen an his feet clung tae the passageway fleer like misshapen hans an his taes curled tryin tae grip the fleer. Sutherland an McQueen bundled the misshapen Gerrard in through the heavy blanco room doors an he slammed intae the far wa an a han atween Zander's shooder blades put im through the doors as weel.

Gerrard pulled at the pillowcase an Zander moved quick an moved tae the brief. He threw a punch at the pillowcase an his fist hit bone an reed spread on the pillowcase an then Zander deviated fae the brief. He didna go wi the punch tae the stomach an the knee tae the heed. Instead he watched the reed misshapen pillowcase teeter back against the wa an then Gerrard pushed off the wa an his fists flailed in Zander's general direction. He wheeled his balled fists an caught Zander right on the eye socket an Zander saw stars an Gerrard wis up against im an his fists flailed at the air ahin Zander. He wrapped his erms aroon Zander an pulled im doon an Zander got on top o Gerrard an punched at Gerrard an tried tae keep the strugglin reed pillowcase fae risin.

The blanco room door battered open an a han gripped Zander's shooder an pulled im oot o the blanco room an Zander stumbled oot an slammed intae the wa at the opposite side o the passageway. He turned roon tae see Miller pull Gerrard oot the blanco room an pull the pillowcase off Gerrard's heed an Gerrard blinked an bled in the light o the passageway. He blinked at the boys standin roon aboot an blinked at Zander.

Fuckin nig, Gerrard bled. Reed spotted the fleer atween his feet.

Ye needed sortin oot, Sutherland crossed his erms.

If he's lendin money he should be charged, Miller crossed his erms.

We're soldiers. We dinnae grass boys up, we sort it oot oorsels, Sutherland uncrossed his erms.

Ahm nae forcin anybdy tae borrow money, Gerrard wiped blood fae unner his nose an looked at the reed on the back o his han.

Shut the fuck up, Miller uncrossed his erms. *Lendin money is a military offence.*

Who are you tellin tae shut the fuck up ye fuckin nig, Gerrard wiped blood fae his nose.

Ahm a nig wi a stripe on ma erm, Miller took Gerrard by the throat an put im against the blanco room doors.

Ye see Miller, it's better tae sort it oot the auld waye, eh, withoot charges, Sutherland crossed his erms.

Withoot fuckin charges? Miller let go o Gerrard an spun roon. *Have ye seen his fuckin face?*

Zander stood against the far wa wi his left eye swellin half shut.

Ahll sort im oot, Sutherland gripped Zander by the shooder an propelled im intae the ablutions. He ran the caal tap an wetted a wad o bog roll an he pressed the bog roll intae the swellin abeen Zander's eye. *Didnae go tae brief did it?*

Zander gripped the edge o the sink an shook his heed.

Whit happened?

Zander gripped the edge o the sink.

Dinnae think ah can keep the swellin doon on this, Sutherland kneaded the swellin. *Ahll gie ye a new brief. See if ye can stick tae this een, eh.*

Sutherland kneaded at the swellin eye an Zander gripped the edge o the sink.

Zander stood by his bed an Sergeant Fraser an Corporal Munro walked intae the room an checked the light switch for dust. He glanced at the counterpanes an saw that they were tight. He stood atween Sutherland an Zander an checked the windae for smears.

Sutherland, how's it goin? Fraser looked oot the windae.

Sound, Sergeant, Sutherland stood by his bed.

The Sergeant looked at Zander. *Aabdy oot.*

The colour drained oot o Zander as the boys drained oot the room. Their boots thundered intae the passageway an Munro shut the door.

The fuck happened tae yer eye? Sergeant Fraser turned tae Zander.

Zander stuck tae the brief an telt the Sergeant he wis in a fight. The colour drained doon his erms an he could feel it leakin oot o his palms.

Fight wi fuckin who? The sergeant paced aroon the room an Munro smiled an rubbed his hans.

Zander telt im he wis in a fight wi Gerrard.

Munro opened the door an screeched an Gerrard skidded intae the room an stood rigid against the wa. Munro shut the door an curled his fist aroon the door knob an curled the corner o his mooth.

That's some fuckin eye ye gave the boy there, Fraser wis in Gerrard's face noo an Zander could see the colour drainin fae his face.

Yes, Sergeant.

Why?

A disagreement, Sergeant, Gerrard stuck tae the brief.

A disagreement? Ye've near blinded the cunt.

Ah didnae mean it, Sergeant. He threw a punch at me an ah threw wan back. Ah jist caught im bonnie.

Sounds like pish tae me, Sergeant Fraser shook his heed. *Whit part does Sutherland play in this?*

He broke it up, Sergeant.

Yer baith charged. Corporal Munro, gie this pair o cunts the bouncin o their lives, the sergeant looked oot the windae.

Munro threw open the door an peeled back his lips an screeched.

Zander stood rigid against the wa ootside the OC's office an glanced at his feet an he could see Gerrard in the boots that Sutherland had polished tae mirrors the night afore.

You pair are goin away, Munro appeared in Zander's boots. *You cunts are goin where the sun disnae shine an the craws dinnae shite.*

The OC's door opened an the Company Sergeant Major stuck his moustache oot.

Get them in here Corporal Munro, the moustache bobbed.

The screechin started an Munro bounced them in an their feet went *left, right, left, right,* in time wi the screechin an they kept their *knees up* an *mark time*-d in front o the OC's desk. Munro *halt*-ed them an they stood rigid an reed faced. Zander's een throbbed.

Thank you, Corporal Munro, that'll be all for now, winced the OC fae ahin his large desk.

The CSM shut the door an the OC tapped the charge sheet.

You understand why you have been brought here today, he tapped.

Yes, Sir, in unison.

And do you have anything to say for yourselves?

Zander's brain ticked.

Answer the Company Commander, the CSM growled.

No, Sir, in unison.

Very well. The OC picked up a silver fountain pen an tapped the charge sheet an tapped his chin. He swivelled in his chair an looked oot the windae.

Zander's brain ticked. They could get seven days in nick or they could get fourteen days in nick. Zander had had a half oor's beastin fae the Provost Sergeant efter bein bounced off the parade square an the thought o bein in the custody o the Provost Sergeant for a fortnight made his palms leak. Sutherland said they wid probably only get seven days at maist, but Sutherland telt them tae prepare for the worst. Zander's palms leaked an the OC looked oot the windae an tapped his chin wi his pen.

The OC swivled back tae the charge sheet an put the pen tae the paper an his pen looped an stroked an he handed the sheet tae the CSM.

I understand that spirits can get high in the barrack room, he tapped the empty space on the desk far the charge sheet had lain. *Young chaps like you, full o vigour. You need to find alternative outlets for your energies. You young man*, he tipped his pen at Zander, *have sustained a nasty injury and you can both count yourselves lucky that it is not more serious. Perhaps you could consider some sort of hobby in the evenings. There are plenty of opportunities here in the training depot. A sport perhaps. Rugger or athletics. Football if you must. In the meantime however, I have a further suggestion for using up your superfluous vivacity. I'm sentencing each of you to five days restrictions of privileges.*

The OC swivelled tae look oot the windae again an the CSM opened the door an bounced them oot the office an handed them back tae Munro.

Five fuckin days restrictions ye jammy cunts, Munro bounced them back tae the platoon. *Ah better make the maist o them then.*

Zander an Gerrard were on their knees an they scrubbed the officers mess kitchen fleer wi toothbrushes fae een side tae the ither.

Ah send ma money hame tae ma maw, Gerrard scrubbed atween the fleer tiles.

Zander scrubbed.

Ma maw has boyfriends sometimes, but they dinnae gie her money. They usually take money fae her. They're usually oan the brew. Aa cunt's on the brew whaur ah come fae. Hauf the boys ah wis at school wi are oan the brew. A few stack shelves in Gateway. A couple wi faithers in the right place have got joabs. Apprenticeships an that. Ah had tae get oot the shitehole, so ah joined up. Ah'll stop lendin the money. It's a hassle getting it paid back anywaye. Ahll still sell the fags though. Ahm providin a service.

Zander loosened his shooders.

We need tae slow doon a bit or they'll gie us anither joab tae dae, Gerrard loosened his achin shooders.

XVII

We'll get some scran an head tae the Grassmarket.

...

Aye, ah bet it's a while since ye had salt an sauce, eh.

...

You were good cunts, even though he wis a blue nose an you were a sheep shagger.

The boys went intae different regiments. Ye were the gither but ye werena. Ye didna even have tae learn it. It wis conditioned intae ye long afore ye joined the army. It started when ye could first walk oot yer hoose tae go an play. Some boy wis fae anither street. Some boy wis fae anither class at yer school. Some boy wis fae anither school. Then ye went tae secondary school an they were aa the same as ye, but anither heap o boys were fae anither part o the toon.

In the trainin depot ye were set on a map. Ye were on the opposite side o the road fae some boy but in the same grid square as im. Ye were on the same side o a river as some ither boy, but on the lower side o a contour fae the same boy. Then ye passed in an ye were integrated intae the platoon an there were the boys in yer new room. Ye trained wi the boys in yer intake an ye lived wi the boys in yer room.

The roads an rivers an grid squares sorted boys intae groups an lines were drawn through the groups an there wis a complicated order tae it. Some boy wis aaright cause he wis in the same intake as ye, next day he wis a dick cause he wis in a different block. Some days a boy wis aaright cause he supported the same fitba team as ye, next day he wis a dick cause he wis goin intae the gunners an you're goin intae the rifles. The contours that grouped ye an the rivers that divided ye caused rivalries an competition.

The instructors were supplied fae the various regiments o the Scottish Division. They were infantrymen an tankies an artillerymen an guardsmen an they were posted back tae the depot tae train recruits an they took their rivalries back wi them. They favoured ye if ye were goin intae their regiment or took the piss oot o ye if ye were joinin some regiment they didna like. Maybe if ye were joinin their regiment an they didna like the look o ye they'd make it difficult for ye tae reach pass oot an join their regiment.

Boys that joined the infantry were usually recruited fae historical geographic areas that the regiments had recruited fae for centuries. Sometimes though, some boy might join a Highland regiment even if he wis a Weegie, cause maybe his granda had served wi them in the war an he'd gazed at that grainy sepia picture on his grannie's mantelpiece while he grew up an he'd been mesmerised by the soldier in his greatcoat an Glengarry an longed tae be a soldier like im. Or if ye were fae the north an ye were joinin a Lothian regiment some instructor might bring it intae question, might ask ye whit a fuckin Tuechter wis daein joinin his regiment. A few of the boys were English, joinin the highland regiments because their name began wi Mac.

Then sometimes ye were aa the gither. This wis when English regiments were discussed. Or the RAF or the Navy.

An the military liked it that waye – even when the RMPs were goin intae a bar tae break up a brawl. The divisions an the rivalries were there tae create competition, tae make ye strive tae be better an tougher than the rest.

Zander sat in the NAAFI wi Sutherland an McQueen an Davie an Miller. There wis a heap o boys fae the senior intake as weel, includin Gerrard.

We had a good laugh, Sutherland beamed ower his gless. He wis a couple o pints in an he wis in the past. He wis speakin aboot basic trainin.

Did we fuck, McQueen frowned ower his pint.

Ye can laugh noo, though, eh.

No ye fuckin cannae, McQueen frowned.

Aw come on, McQue. Ye have tae laugh cause if ye dinnae laugh ye'll greet. Ah fuckin loved trainin, Sutherland swigged. *Ah love the fuckin Army.*

Even though they jailed ye an bust ye? McQueen swigged an wiped his chin.

Even though, Sutherland put his pint doon. *Ahll get ma stripe back, an anither wan on top. Nae long noo till we pass oot. When ah get tae the battalion, they'll see whit ahm made o. Ah got that recruit stripe in nae time, did ah nae.*

So did I, Miller tapped his erm.

Aye, ye did. We're cut fae the same fuckin greatcoat, eh, Sutherland picked his pint up an tipped it at Miller.

He's still got his stripe on his erm, though, McQueen smiled through his pint.

That's cause ah had the baws tae stand up tae Munro, eh. But ahll tell ye this, Sutherland tipped his pint at McQueen, *the CO as good as telt me he admired whit ah did. He kens ahm ten times the soldier Munro is, but the CO's hands were tied an he had tae bust me. The only reason Munro's here is cause the fat cunt's fuck all use at the battalion.*

Maybe they're aa like im in the Rifles, A tall boy called Ferguson, peered ower his pint.

Fuck off, Sutherland bit. *The Rifles are fuckin Highland warriors, feared throughout history the world over. That fat cunt wisnae good enough so they punted im back tae the depot tae abuse young recruits.*

They widnae trust im wi trainin recruits if he wis that pish, Ferguson sipped his pint.

Whit the fuck does it matter tae you, Sutherland tipped his pint at Ferguson. *You're goin intae the Guards where ye'll be bullin leather an marchin aroon a square for the rest o yer fuckin career, ye cunt.*

Awa an fuck, the Guards were in the Falklands, the Rifles wernae in the fuckin Falklands, Ferguson looked doon through his pint.

The Rifles were engaged elsewhere. The Guards went cause it wis aboot time they got some fuckin mud on their boots.

Where were the Rifles durin the Falklands, Soothy? Gerrard stirred his spoon in Sutherlands pot.

Hong fuckin Kong. Keepin the empire secure. Ah ken aa the campaigns, eh. Ahve read aa the history o aa the regiments. That's how ah ken you're perfect for the Watch, Gerrard, Sutherland tipped his pint.

How am ah?

The Watch were set up by the British Government tae police the glens. Tae stop the smugglin o whisky, so they could cash in on the tax. But The Watch liked their whisky as much as the next man an they took their cut, Gerrard. d'ye see whit ahm sayin'?

Fuck off.

Aa the Highland regiments were set up by the British, Miller sipped his pint.

Aye, tae go an sort Napoleon oot, Sutherland sipped his pint.

They aa took the King's shillin, though, McQueen said.

They had nae option. They were put off their land tae make waye for sheep, Sutherland emptied his pint intae his mooth. *Jist like us.*

Fit land were you put off o, Suthie? McQueen emptied his pint intae his mooth.

Maist o us are sittin here cause we've fuck all option. Maggie's ripped the heavy industry an the work fae Scotland. It's only a few year ago Thatcher had the polis clubbin their ain brothers an faithers on the picket lines. She wants a cheap army while at the same time keepin the boys off the dole queue. Sutherland tipped his pint gless an let the last drops drip intae his mooth. *We're under their supervision where we're easy tae control. Fuck, we even dae their job for them.*

How? McQueen drained the last drops o his pint intae his mooth.

When we go tae oor different units we'll nae see each ither again, but we'll ayeways ken where each battalion is cause they'll make sure we ken. We'll ayeways be in competition against each ither, ayeways tryin tae prove who's the best. When ye get posted, yer biggest enemy winnae be the IRA or the Soviets, it'll be the regiment in the next camp. That's why the Tories like competition. They like us tae be fightin amongst each ither an missin the big picture. That's why they fuckin let folk buy their cooncil hooses for peanuts. They kent maist folk wid get greedy an sell them on. They kent they'd break up communities. They dinnae want ye getting the gither an getting ideas aboot social equality. They want ye bitchin an squabblin an bein a selfish cunt. They ken the next generation winnae hae social hoosin an they'll be scrapin their wages the gither tae pay inflated rent tae Tory fuckin landlords.

Whit's the big picture, Soothy? Miller finished his pint.

The big picture is that some cunt's sittin back an puffin on a cigar an makin a fuckin fortune an lookin at us peasants an fuckin laughin.

Ah dinnae gie a fuck aboot that pish, McQueen tapped his pint gless. *Ah jist want tae get tae Germany for the cheap beer an the hoors.*

Aye. Ye can get a beer for a mark in Germany. Gerrard finished his pint.

Aye, bread an circuses is how the Romans controlled their population an cheap beer is how Government controls the army.

That's aboot thirty pee, though, Gerrard put his gless doon.

Trust you tae've sussed oot the market prices, Sutherland tapped his empty gless. *How d'ye nae suss oot the price o a roon an get yersel up tae that fuckin bar.*

XVIII

Normally, ah wouldve let that kind o thing go. It had tae happen sometimes.

…

Aye, ah ken. He wis a good lad. Ah liked im.

…

Aye, they're good chips oot o there. Italians, eh. Chippers an ice cream. Scotland's greatest immigrants since the Beaker people brought us cups for oor whisky.

If ye didna wash properly or keep yer kit clean ye could be accused o bein a grot. If it wis minor things the boys might tak the piss oot o ye but if ye were a proper grot ye got a reggie bath.

Zander an Sutherland sat at the table in their room with a boot on een han an a bullin rag in the ither an bulled their boots.

Zander spat an polished an telt Sutherland aboot Davie getting anither kickin fae Munro.

Whit for? Sutherland spat an polished.

Zander put mair polish onto his bullin rag an telt Sutherland that Munro wis inspectin their kit durin a field craft exercise an he found some dried bean juice in Davie's mess tins.

So Davie's a grot? Sutherland spat at his boot.

Zander held his boot up tae the light an breathed on the shinin surface an telt Sutherland that it wisna really Davie's fault.

How nae? Sutherland held his boot up tae the light an inspected the boot's surface for smears.

Zander spat an polished his boot an telt Sutherland that last week they had a field exercise an when they came back Munro made Davie go tae the NAAFI for him while the rest o them cleaned their kit an Davie didna hae time tae clean his kit an he must o forgot tae dee it later. Zander put mair polish on his rag an telt Sutherland that he thought Munro had been bankin on Davie forgettin.

Whit makes ye think that? Sutherland breathed on his boot an polished.

Zander spat an polished an telt im that Munro inspected Davie first an went straight tae his mess tins.

Munro's a sadistic enough cunt tae dae that, Sutherland spat an polished his boot. *Wis it a bad kickin he gave Davie?*

Zander polished an telt Sutherland that Munro took Davie intae the trees an telt im tae get on his knees an he kicked im an kicked im an Davie couldna march right on the waye back. Couldna swing his erms right. Couldna breathe right.

I'd like tae take Munro intae the wids an gie im a kickin the fuckin wanker, Sutherland spat at his boot.

Davie's gettin a reggie bath, McQueen burst intae the room an leaned breathless against the table.

Zander an Sutherland ungloved their boots an headed oot intae the stairwell an boys were streamin doon the stairs. Word had spread up the stairs like a stink an they were followin their noses. There wis a crowd in the bottom passageway an they heard cheerin fae Davie's room an they couldna get near Davie's room.

Go in there an tell them tae go easy on im, Sutherland telt Miller.

How? They're sortin im oot army style. Accordin to you that's how it's supposed tae be done, Miller shrugged.

Fuck off, Miller, Sutherland frowned. *This isnae right an ye ken it isnae. Plus, he's aaready had a kickin fae Munro.*

Ah jist wanted tae hear ye say it, Miller nodded an tried tae push forward but the passageway wis packed tight wi boys an they aa cheered.

Zander saw naked bits o Davie bein dragged oot o the room through the crowd an Davie's white skin thrashed abeen the heeds like foam on the sea an he could see the dome o Burgess's heed bobbin abeen the crowd as weel. Burgess wisna goin easy on Davie an Davie wisna goin easy.

The bits o Davie were cerried towards the heavy black ablutions door an the door wis booted open an the crowd an the bits o Davie were sucked intae the ablutions an Davie's han gripped the door jamb tae try an stop imsel bein pulled intae the ablutions. A fist thumped Davie's fingers an Davie wis sucked awa inside the ablutions an the boys cheered louder an the cheers echoed oot o the throat o the bogs abeen the heeds o the crowd.

Oot ma fuckin road, Miller an Sutherland pulled boys oot the road an fought their waye intae the ablutions.

Davie sat in the corner an shivered an his een were reed an streamin fae the vim an the shampoo an the washin pooder an fitever ither stuff they'd scrubbed im wi.

Zander, Miller an McQueen cerried the last o his kit up fae the bottom fleer.

Ye're in the best room noo, Sutherland packed Davie's stuff intae his locker. *This is your bedspace noo. Ye'll be fine here.*

Davie nodded an managed tae gie Sutherland a smile. Davie's skin wis reed an looked raw in places far he'd been scrubbed wi the fleer brushes. There were bruises on his erms an ribs far Munro had kicked im.

XIX

There wis a lot o good times, though. Ah wish ah could go back tae them days.

…

There's nae much ah regret.

Ye had tae wear bulled boots an best combats for guard duty. Ye had two sets o combats. Een set wis for field craft an the ither wis for guard. The creases on the sleeves an legs were starched an ironed an some boys taped the insides o their creases tae make them sharper. If ye taped the inside o yer creases the tape had tae be spot on. If the tape wis offline or kinked then the crease didna sit right an that wis bad. That wis worse than reportin for duty wi yer kit nae ironed. Yer boots had tae shine like gless. If ye wore yer best boots then they got fucked durin yer shift, so ye had tae bull yer workin boots for guard.

When ye were on guard it wis called staggin on. There wis a big blackboard screwed tae the wa in front o The Sheriff's desk. The board wis divided intae columns wi the various gates an patrols an the times an yer name went next tae the shifts. The Sheriff nominated an NCO tae put the names next tae each stag.

The Sheriff wis the provost sergeant an The Sheriff wis in charge o the guard an the prisoners an The Sheriff enforced military law in the barracks.

The guard room consisted o the provost staff office, the cells, an the main guardroom itsel. There wis a dozen bunks in the guardroom wi a table an chairs an an aul telly an VHS player at the far end. If The Sheriff wis in a good mood ye got tae watch a video that ye rented fae the NAAFI an if he wis in a shite mood ye were polishin shells or bullin the fleer an nae allowed tae kip. When The Sheriff shouted *runner* somebdy had tae appear in front o his desk pretty sharp an if naebdy appeared in twa-three seconds his mood wis likely tae decline sharply. Ye decided afore han who wis next for runner so that ye didna stand lookin at each ither when a runner wis called, losin valuable seconds an pissin off The Sheriff. Ye were on guard for twenty-four oors fae six in the mornin til six in the mornin. The Sheriff wis only there durin the day an at night there wis an orderly officer an an orderly corporal. Ye only saw the orderly officer when he inspected the guard at oh-six-hunner an at eighteen hunner when he inspected the ROPs an the prisoners.

Zander an Miller were on perimeter patrol an they walked aroon the inside o the fence an they patrolled along the fence at the top o the drill square far the senior intake were doin their final rehearsal accompanied by the band. The senior intake looked good an they were ruler straight an their feet were crisp, clear gunshots in the early mornin air.

Zander an Miller's patrol took them past the guardroom again an they nodded tae Davie an Sharpe on the main gate. They kept their rifles pointed at the grun an scanned the roads ootside the camp an looked for suspicious vehicles or loiterin civilians. They followed the fence aroon tae the back o the barracks aroon past the NAAFI block far anither platoon wis cerryin chairs an tables intae the function room for the families o the boys passin oot. They passed ahin their ain block an there wis a shout fae een o the windaes.

Stag on nigs, Sutherland an McQueen pointed their bare erses oot the second fleer windae an slapped their cheeks an bounced on Zander's bed.

We're only nigs for one more day, Miller shouted.

Jist you keep yer eyes on that perimeter fence, boys, laughter came fae the windae.

They patrolled along the crazy pavin at the back o the officer's mess far the officers could sit on benches set amongst the shrubbery an they patrolled past the sergeants mess an the garages far the four-tonners an the lannies were kept an then they were in the car park far the instructors parked their cars. Sometimes, The Sheriff taped a Tupperware box wi some wires hingin oot unner a random car tae make sure that the guard checked unner the cars, so Zander an Miller made sure they checked unner the cars.

Zander looked unner a car an telt Miller that the carpark wid be heavin wi motors in a couple o oors.

Aye, that's why we're nae on patrol later, Miller looked unner the next car, *an why we're on the gate when the femilies are leavin.*

Zander nodded an smiled. Miller had chalked up the roster.

Up here for thinkin, Miller tapped his heed, *an doon there for fitba an dancin,* he pointed at his feet afore checking unner anither car.

When Zander an Miller got back tae the guardroom there wis a buzz aboot the place, cause the senior intake passin-oot parade was due to commence shortly. Boys looked oot the high windaes in the bunk room an watched cars arrive an craned their necks tae see mithers an faithers an sisters an brothers an girlfriends walk up tae the stand at the top o the parade square. The boys made comments on the female femily members an rated them oot o ten.

The boys looked oot the windae an The Sheriff called for a runner an een o the boys went an Miller reminded Sharpe that he wis next. The boys stood on chairs an looked oot the wee high windaes an they could see the road that led tae the parade square. They could see the parade square an they could see the band an they could hear the pipes an they could hear the bass drum beatin the step.

Zander peeked atween twa heeds an he could see the senior intake marchin up the road past the guardroom. He caught sight o Sutherland in the near rank an Sutherland looked good wi the pleats o his kilt swingin an his rifle in his erm.

Ah canna wait till we get oor kilts issued, Davie peeked through the windae.

Runner, The Sheriff bawled intae the guards bunk an aabdy looked oot the windae.

Miller wis off his chair an flingin Sharpe towards the office afore The Sheriff *Runner*'d a second time. The Sheriff blasted Sharpe oot the guardroom door an then he stomped intae the bunk room an the boys pulled themsels awa fae the windae an thumped doon off the chairs an the bass drum thumped through the windae abeen them an at The Sheriff's request they bulled the guardroom in time tae the band.

The CO gave a speech an there wis applause while Zander an Davie polished the artillery shells flankin the guardroom entrance an then the RSM ordered the parade off the square. Zander looked up fae his tin o brasso an the parade wis in the shell an golden reflections swaggered by an golden kilts swung an brass boots crunched. He looked up fae the glitterin shell an Sutherland gave im a wink.

The main gate wis usually the worst stag cause ye were in sight o the guardroom aa the time an ye had tae be standin still an vigilant an the time dragged. Pass oot day wis an exception though an there wis plenty tae keep the boys occupied. Zander an Miller were on the main gate an the femilies were leavin an they watched the cars drive up the road fae the carpark at the back o the camp an Zander raised the reed an white pole an Miller stood tae the side beyond the barrier. The cars drove past the barrier an they saw the beamin faces o the boys fae the senior intake sittin in the passenger seats aside their proud mithers an faithers an they saw them in the back seats wi their brothers an their sisters an wi their erms aroon their girlfriends an the cars drove ontae the main road an the beamin faces o the boys in the senior intake didna look back.

There wis a queue o cars an Zander kept the barrier up tae let the cars an beamin faces oot. A couple o femilies stood ootside an waited for a taxi or walked doon the road for the bus.

When aa the cars were gone Sutherland walked past the guardroom luggin his sausage bag an holdall.

See ye later, Provost Sergeant, Sutherland called atween the glitterin shells.

Get the fuck oot o ma barracks, Sutherland, rumbled back oot fae atween the shells.

Sutherland ducked unner the reed an white stripes. He wis wet haired fae a quick shower an reed faced fae a quick drink.

Managed tae stow awa a couple o bottles o the aul port, eh, slurred Sutherland. *Ah left ye a half-bottle on yer bed Zander,* Sutherland slapped his shooder. *Ah ken how much ye enjoy a wee gless o port efter yer supper.*

A black cab rolled off the road an waited at the main gate.

That's me eh, boys. A wee spot o leave an then ahm bound for Deutschland. Cheap beer an hoors, here ah come. Sutherland piled his bags intae the cab. *See ye's at the battalion if ye's make it through the rest o trainin,* Sutherland pulled the door shut an the cab pulled awa.

XX

Up an doon hills an steps aawaye ye go. Ye forgot aboot that, eh. Ye look like ye need the exercise anyway.

...

Ha, ha. Fuck you an aa. Intae this pub here.

...

Drams fer me noo. Ah couldnae hae a pint on top o that chip supper. Let's go intae this pub here.

When ye were in trainin ye had tae sign in by eleven thirty. That wis the curfew unless ye had a late pass. On a rare occasion ye got a weekend pass. The boys that lived fairly near the barracks went hame for the weekend an got their mithers tae dee their washin. The boys fae further afield bed on camp an rented oot videos or went intae the toon an wandered aboot the shops an went tae the bookies an the pubs for efterneen pints.

It wis a Thursday night near the end o the month an the bar wis quiet an Zander an Davie stood at the end o the bar. They were jist oot for a couple o pints cause there wis nae late passes on a Thursday night an they didna hae much money onywaye. A group o civvies stood at the ither end o the long bar an a group o nigs that had nae long passed in were playing pool an Soul to Soul wis playin on the jukebox. Twa quines sat at a table an een had dark hair an lots o dark make up aroon her een an the ither had big blonde hair.

Zander an Davie leaned on the bar an looked ower at the quines an the quines looked back an smiled an Zander an Davie leaned on the bar an spoke tae each ither oot the sides o their mooths an they looked ower at the quines again an the quines looked back an Zander an Davie propped up the bar an pretended tae speak aboot somethin funny an pretended tae laugh. They looked at the quines again but the quines were lookin ower at the nigs. They dooned their pints an went ower tae the quines. Zander leaned on the table an asked if he could get them a drink.

Aye, okay, the quine wi aa the makeup looked up oot her dark een.

What d'ye drink? Davie leaned on the table.

— 102 —

We drink vee-an-oh, the quine wi aa the hair smiled.

Aye that's right, two vee-an-oh's, thanks, she looked up fae the dark circles aroon her een. *Fresh orange, no fizzy.*

Zander an Davie went back tae the bar an ordered the vodkas an anither pint for theirsels an cerried the drinks tae the table an Zander sat across fae the quine wi aa the makeup. They telt the quines their names an the quines telt them theirs an then they sat an sipped their drinks for a wee while an looked at each ither. The quine wi aa the makeup looked ower at the civvies an Zander asked her fit she did an she telt im she worked in Timpson's.

Davie got up tae go for a pish an he had tae go past the civvies at the end o the bar. They blocked his path an he had tae squeeze past them an Zander watched for Davie comin back fae the bog an when he wis on his waye past een o the civvies shoodered intae im. Davie came back tae the table an offered the quines anither drink.

D'ye think we should go somewaye else for a drink? The quine wi aa the hair looked ower at the civvies an the civvies were laughin an lookin ower at Davie.

Nah, we'll be fine, Davie looked back at the civvies.

The quine put her erm aroon Davie's waist an pulled im closer tae her.

Zander watched the civvies watchin Davie go back up tae the bar. Davie dug in his pockets an counted the money in his han an een o the civvies walked doon the bar an when Davie had the drinks in his han an wis turnin aroon the civvie bumped intae Davie an some o his beer slopped ontae his hans an intae the vodka.

Watch yersel, Davie put the drinks on the table an shook off his hans an the rest o the civvies walked doon the bar.

You watch yersel ye squaddie cunt, the civvie pushed Davie in the chest an Davie steadied imsel against the table an his heed shot forward an then the civvie wis kneelin on the fleer tryin tae stop the blood pourin oot his nose. Zander got off his chair an started throwin his fists at the faces o the civvies at the bar an Zander felt a fist hit the side o his heed an there wis ringin in his lugs an his legs went rubbery an in the distance he could hear screamin an gless breakin an then he wis sprawled on the table amongst spilt beer an vee-an-oh's an redness blurred the edges o his vision. The last o the drink wis aa up his erms an on his good shirt an the quines were gettin up an huddin each ither's hans an headin for the door an the barman had the phone in his han an he wis shoutin at the boys *take it ootside*. Zander got back tae his feet an the nigs were layin intae the civvies an Zander headed oot the door efter the quines an Davie followed Zander oot the door an there wis blue flashin lights at the top o the road. Zander an Davie caught up wi the quines as the police car went past an they didna look back at the police car haltin ootside the bar.

Telt ye we should've went somewhere else, the girl wi aa the makeup looked ower her shooder. The bobbies jumped oot their car an slammed their doors an slammed their hats ontae their heeds an dived intae the bar wi their truncheons drawn.

Zander hurried aroon the corner an the quine wi aa the make-up took his han.

So where are we goin noo? The quine wi aa the hair smiled at Davie.

Davie looked at Zander an shrugged, nae askin how much money he had left.

Zander looked back at Davie, nae tellin im that he didna hae a lot left an nodded at the Vicky Wines jist up the road an Zander went in an asked for a bottle o cheap vodka. The wifie ahin the coonter asked for his ID an he showed her his railcard. She gave im the bottle an he paid wi the shrapnel left in his pocket. They wandered through the park an stood unner the trees an passed the bottle atween them an Zander tilted the bottle up an the vodka wis like paraffin in his mooth an the quine wi a the makeup kissed im an her lips were like paraffin an her tongue wis like paraffin slidin intae his mooth. They stood an passed the bottle till the vodka wis half gone an half the light wis gone. The quine wi aa the make-up pulled Zander towards the railin at the back o the park. There wis an aul cemetery on the ither side an Zander climbed on a bench an put his foot atween the spikes an jumped ower. Davie stood on the back o the bench an helped the quines ower an Zander helped them doon on the ither side. He lifted the quine wi aa the hair doon first an then the quine wi aa the makeup an she kneeled on his shooder an he swayed on his feet an she slid doon im an his hans were on her erse an her een were dim an then they were closed an the paraffin in her mooth wis warm an smooth. Their erms were wrapped aroon each ither an their feet moved the gither an they moved deeper intae the cemetery awa fae the fence. Their feet found their waye tae a stane sarcophagus an their knees bent an she lay back smooth an warm on the rough lichen covered stane an Zander saw far the name wis worn awa on the stane an he couldna mind her name. She rubbed at his crotch an he wis hurtin against the denim so he unbuckled his belt. He reached up unner her skirt an the cotton wis damp an a wee bit caal far the night air wis gettin atween her legs. His fingers reached up an found their waye intae her knickers an his fingers probed but he couldna twist his han aroon right an he couldna feel her right so he pulled at the elastic o her knickers an she lifted her erse so he could pull them right off an her knickers were a flash o white in the dark cemetery. He stuffed them intae his back pooch an he leaned ower her an she wrapped her legs aroon his hips an pushed towards im an her een were dark an awa somewaye. Her han went atween them an she wis pullin aboot at im an then she wis hot an smooth an his face wis in her neck an his elbows rubbed at the rough caal stane an his fingernails gripped for purchase at the aul worn name an then she wis pushin ersel up intae im an he wished he could mind her name an then she wis sighin, fast sighs an then he shuddered an she lay back on the sarcophagus an panted. He felt the caal night on imsel an she sat up an straightened her skirt an picked up her shoes an sat wi them in her lap.

Any o that voddy left? She brushed the grey lichen fae her shooder.

Zander buckled imsel up an walked on the soft, thick gress ower tae far Davie an the quine were up against a mausoleum wa an got the bottle fae far it wis lyin on the gress at Davie's feet. He gave the quine wi aa the makeup the bottle an they waited for the ither twa tae finish.

Zander gave the quine her knickers oot o his pocket.

Yer a gentleman, so ye are, she kissed im an swigged the vodka.

You two look like shite, Miller sat doon aside Zander an Davie wi his plate in his han an his three reed stripes on his erm. *Whit time did ye get in last night?*

Zander shrugged an put a forkfae o beans in his mooth.

Late, Miller drank some tea.

Aye, late, Davie put a forkfae o beans in his mooth.

Ye get lucky?

Zander nodded.

Ah dinna feel lucky, Davie lifted his heed fae his hans. *It wis jist a ride. Noo we're goin tae get fucked by Munro. Plus ah think ahm goin tae puke.*

Ah wis on duty this mornin, Miller cut a sausage in three.

Ah dinna kain why ye dee that shit, Davie pushed awa his plate. *Yeve the junior stripes, but ye dinna get paid any mair than us.*

Well, Davie boy, there's perks. Miller put doon his fork an knife an pointed at the perks on his fingers. *Ahve got ma ain bunk,* index finger. *Ah get tae make up the block job list an the guard roster,* middle finger. *The instructors think the sun shines oot ma erse,* ring finger. *Ma junior record means ahll get quick promotion at the battalion,* pinkie. *Ah dee duty in the company HQ,* thumb.

How's deein duty a perk? Davie sipped his tea.

It's a perk for you boys, Davie. Ye were a lot luckier than ye think last night, Miller grinned aroon a rasher o bacon.

How? We're goin tae end up deein ROPs, Davie pushed his cup awa.

Miller got his fingers oot an pointed at them again. *The guard commander wis distracted last night by a heap o nigs that the bobbies brought back tae camp,* index finger. *Ye's got yer end way,* middle finger. *Ah wis on duty,* ring finger. *Ah wis in charge o the signin in book,* pinkie. *Ah signed ye back in afore it went up tae company HQ,* thumb.

Ah didna think you were one tae break the rules, Davie cradled his stomach.

Rules arna always right, Miller raised his eyebrows.

Davie smiled an then didna smile an held his stomach.

You boys owe me a pint or two, Miller put a forkfae o beans in his mooth.

We're skint till pay day, Davie tried anither sip o tea.

Pay day's nae far awa, Miller held a fag oot tae Davie. Davie's face wis as white as the cigarette paper an he scraped his chair back an hurried awa tae the bogs.

XXI

There wis an order tae things.

...

The world has changed.

...

Aye, some things have changed for the better.

When ye started tae get yer best boots ready for pass oot ye had tae burn them doon wi a blow torch, or if ye couldna get a hold o a blow torch ye had tae use an aerosol can an a lighter. Ye had tae kain fit ye were deein. Ye had tae watch somebdy else dee it that kaint fit they were deein or get somebdy that kaint fit they were deein tae dee it for ye. If ye deen it wrong, if ye fucked yer boots ye'd be charged wi damagin army property. When they were burnt doon the leather wis hard an widna bend at the creases on the instep or at the ankles an so the polish widna crack when ye were marchin. Efter they were burnt doon ye had tae layer on the black polish. Ye put a thick layer on wi yer fingers an then melted it smooth wi yer lighter an then ye waited for it tae dry an then ye bulled it in wi a rag an spit an polish. Ye could maybe dee a few layers a night if ye sat aa night deein it an ye needed lots o layers, maybe aboot twenty layers an it depended on many factors, like how good ye were at deein it, an ye kept goin till ye got a good, deep shine. Then ye started tae mix dark tan or ox blood polish in tiny amounts intae the black an that helped tae make the shine even deeper. Some boys were experts at bullin best boots an they had different techniques an methods. Some boys said it mattered fit kind o rag ye used or if ye soaked yer rag or if ye used cotton wool instead. Some boys said it mattered fit ye ate or drank cause ye had tae spit on yer boots. Some boys jist had a natural talent for it an their boots were ayeways better than yours, even if ye copied aathin they'd deen tae the letter. Some boys made money oot o deein boots for ither boys. If ye were a nig an ye were good at deein boots ye could be forced tae dee ither boys' boots.

Zander an Davie finished their block jobs an sat at their table wi their best boots an their bullin gear. Zander had his boot on like a glove an he held it up tae the light an watched the florescent tube slip along the polish. He looked across the table at Davie's boot. The light sank intae Davie's boots an made deep, dark pools that ye could dip yer fingers intae.

Zander asked Davie how he wis so good at bullin an dipped his cloth in the ox blood an spat on his boot an made the wee, gentle circles on the toe cap.

Ah dinna kain, Davie held his boot up tae the light.

Stew, een o the new nigs, walked intae the room, bare chested an sweatin. *Ah canna wait till you boys pass oot an ah can start deein a piss easy job like sinks an fuckin mirrors,* he flexed his hans an blew on them.

Nae long tae wait noo, Davie spat on his boot. *Jist a month tae go.*

Zander watched the light slide off his boot.

Is that yous finished the passageway, Davie made the wee, gentle circles.

Jist aboot, Stew sat at the table an took a fag packet oot o his pocket.

Davie got up an leaned on the door jam, still wi his boot on his fist. He looked oot at the passageway. *Nae bad but nae as good as when we did it,* he sat back doon at the table. *Mind an dust the skirtins.*

It's nae finished yet, Stew opened the fag packet an looked inside an crushed the packet.

Zander put his boot doon an got up tae hae a look an telt Stew that he'd need tae spend a bit longer on it if he didna wint Munro on his case.

So, did ye get yer kilts issued the day then? Stew looked intae their lockers.

Zander went tae his locker an took oot his kilt bag an laid it gently on his bed. He unzipped it an opened it up like a mither openin up a pram tae show off her baby. He gently lifted aside the breast panels o the green number two jeckit, like foldin back swadlin.

Goin tae take it oot then, an gie's a proper look? Stew wis leanin in close an reachin oot towards the black an white hair on the sporran.

Zander shook his heed an zipped up the bag an carefully hung it back up in his locker.

Can ah hae a look at yours, then? Stew turned tae Davie.

Ahve nae got mine yet, Davie shook his heed. *It's at the tailor's gettin altered,* Davie kept his heed doon, dippin his bullin rag in the ox blood. *But ah can show ye ma sporran, though,* he lifted his heed.

That's okay, ah jist seen Zander's, Stew flexed his fingers an admired the light that pooled on Davie's boot. *Ye got a spare fag, Davie?*

Davie put doon his boot an threw a cigarette at Stew.

If yer nae finished the fleer yet, how come yer sittin here smokin? Davie picked up his boot again.

Jist waitin for McBride tae come back fae A company wi the lecky bumper, Stew lit the cigarette.

Fuckin lecky bumper, Davie put his boot doon again.

Aye. The civvie cleaners've got one for the fleers up at depot H.Q. We're allowed tae use it.

Zander shook his heed an put doon his boot.

Jist goes roon an roon. Has a pad on the bottom. Ye jist have tae put a layer o polish doon an go back an fore wi this lecky bumper.

That's fuckin cheatin, Davie lit a cigarette.

The passageway door slammed an McBride rolled the lecky bumper ootside the door o the room. He unrolled the lead an plugged it intae the wa socket unner the telly.

Check the nigs oot wi their fancy gadgets, Miller followed McBride intae the room. He wis cerryin his boots wrapped in bullin rags.

Well, it's jist tae finish off the final layer. McBride needs tae get finished so he can go an bull Sharpe's best boots, Stew put his fag in the ashtray an blew on his blistered fingers.

Sharpe's fuckin boots? Davie tapped ash in the ashtray.

Aye, Sharpe's boots.

Whit's the score there, like. Sharpe can dee his ain fuckin boots. Miller sat at the table. *I dee ma ain fuckin boots.*

Sutherland an McQueen did their ain fuckin boots, Davie held oot a cigarette tae Miller.

Sutherland an McQueen? Stew took a draw o his cigarette.

Zander telt Stew that Sutherland an McQueen were platoon legends, gone tae their battalion noo, an blew smoke intae the air.

Aye, they'd've kaint how tae sort Sharpe oot, Davie blew smoke up toward the florescent tube. *Ah think it's time for us tae don the balaclavas an gie Sharpe a visit.*

There'll be nae need for that, Miller lit his fag.

Sutherland an McQueen did the same for me, Davie tapped his ash. *Ah canna jist sit here an ignore some sweat abusin a nig.*

Ahm nae Sutherland though, Miller blew smoke up at the light. *Sutherland did things the aul way. Ahll sort it oot properly. Ahll speak tae Sharpe, teach im aboot progress.* Miller put his boots doon on the table an uncovered them an the strip light slipped off o them. *Anyway, the reason ahm here is tae ask ye a favour, Davie.*

Oh, aye?

Ye couldna finish off ma boots for ma could ye?

How much? Davie stubbed oot his cigarette.

Fiver?

Aye, nae worries.

Ah thought ye did yer ain boots, Stew stubbed oot his cigarette.

Davie here's a craftsman, an ahm employin his services. Miller turned in his seat tae face Stew. *An ahve already done aa the hard work, he's jist finishin them off. Aabdy else gets Davie tae finish their boots off.* Miller stubbed oot his smoke an got up. *If that's you finished yer smoke ye can get back tae bumperin that fleer. Ahll go doon an see Sharpe.*

Aye, so ye'll nae need the lecky bumper noo, Zander stubbed oot his cigarette.

But we're jist usin it tae finish off the final layer, Stew got up an smiled at Miller. *We're jist employin a tool o the trade. You boys did it the aul waye an this is progress. Besides, aa the ither platoons are deein it.*

Miller slapped Stew's shooder an McBride started up the lecky bumper.

XXII

Aye, it's a proud day.

…

Aw that drill paid off, eh.

When ye finished yer trainin ye had yer passin-oot parade. It wis a much grander affair than yer passin-in parade. Ye wore yer full number-two dress an yer kilt.

Zander stood tae attention an looked at the parents in the stands at the top o the square. He stood in his kilt an wriggled his taes in his boots. He could feel the tails o his Glengarry hingin at the back o his neck. Fae the corner o his een he could see the CO an his entourage finish the inspection o the front row an move aroon tae the end o the centre rank. He fixed his een on the parents an tried tae hear the questions that the CO asked. Davie wis tae Zander's right an even afore the CO got tae Davie, Zander could hear the plums in his mooth.

Off to the Highland Rifles I see, young man, the CO stood in front o Davie.

Yes, sir.

And did you enjoy your training?

Yes, sir.

Very good, young man. And what did you enjoy most about training?

The CO waited tae hear fit Davie enjoyed maist while Zander waited to hear fit Davie enjoyed least. Davie didna say that he didna enjoy the torment inflicted upon im by Munro. Davie didna say that he didna enjoy the beatins fae Munro or getting a regimental bath. Davie didna say anything an the CO waited, an Zander an Sergeant Fraser an Corporal Munro waited.

Answer the Commanding Officer, Sergeant Fraser flushed.

It must be a difficult choice, young man, the plums rolled oot o the CO's mooth.

Bullin ma boots, sir, Davie managed.

And immaculately turned out they are too, Rifleman, the CO moved on an Zander kept his een tae the front an didna let them flick in

Munro's direction. The CO stepped intae Zander's line o vision.

Another one for the Rifles I see, the CO plummed an looked Zander up an doon. *Are you looking forward to your posting, young man?*

Zander *yes sir*'ed an didna say that he couldna wait tae get awa fae the training depot.

The Highland Rifles are currently deployed in BAOR, are they not?

Zander *yes sir*'ed an didna say that he knew exactly far the barracks were because he'd studied it on the big map of BAOR pinned tae the wa in the NAAFI function room. The map wis dotted wi reed pins that marked aa the camps.

Very good, the CO nodded. *I am certain that you'll enjoy Germany.*

Yes, sir, Zander didna say that Sutherland had aaready filled the boys wi excitement aboot the life that awaited them in Germany.

The CO's een moved tae Kenny.

Very smart young man. Off to the Borderers I see,

Yes, sir.

A proud day for your parents.

Yes, sir.

Any siblings?

No, sir, Kenny didna say that his girlfriend wis here. He didna say that he wid hate tae say her name an free it intae the air far it could be ingested by Munro.

Very good, young man, the CO moved along an Fraser an Munro followed along an listened tae the CO's comments an kept their ain comments tae themsels. They looked the boys up an doon an Munro looked intae Zander on his waye past, an Zander could feel his een like hooks, an could feel the baas o his een bein pulled fae his heed so he stared through Munro tae the stands an then Munro moved doon the line.

The CO an his entourage finished their inspection an made their waye back tae the front o the squad an the CO stepped back up ontae the dias an he gave his permission for the senior intake tae be marched off the square.

Zander marched an the bass drum beat intae his chest an the pipes flowed in his veins an the pleats o his kilt swung.

Eyes right, an Zander smacked his rifle wi the heel o his han an snapped his heed tae the right an watched the CO gie his camp wee salute.

Eyes front, an Davie's heed snapped back tae the front an his heels dug intae the parade square an he didna lose step an they marched off the square past the blazin een o Sergeant Hoose an awa fae the gaze o the watchful clock an along the road tae the armoury.

Zander an Davie got oot o their parade kit an packed quickly. They showered an ran doon the passageway an their bare feet slapped the fleer an echoed aroon the deserted block an they left a trail of drips ahin them. They smiled an dried theirsels an pulled on their civvies. They hung their kitbags ower their shooders an lifted their holdalls an lugged their kit ower the passageway fleer an didna look doon at it. They rushed oot ontae the stairwell an the big heavy door wi the wire mesh windaes slammed shut an they didna hear it. They lugged their kit tae the main gate an their legs moved in short sharp strides unner the weight o the kit an their een took short sharp looks aroon aboot so that they wid see Munro afore he saw them. They went the long waye aroon an kept awa fae the gym, far the parents were bein wined an dined. They hurried past the gleamin shells that stood ootside the guardroom an hoped The Sheriff wis busy at his desk. They ducked unner the reed an white an Stew wis there on the gate.

Zander telt Stew that this wis a good day tae be on the gate an cerried his kit oot ontae the road.

Aye, Davie smiled. *Ye'll get tae check oot aa the talent.*

There wis nae taxi comin for them. The phone box wis too near tae Munro. They lugged their bags doon the road along the high metal railin an unner the flags hingin fae the poles an the clock that watched fae the tower. They sat on their bags at the bus stop an smoked an waited for the bus an in a while they watched boys fae the intake drive up the road wi their families.

Then the bus came up the road. Zander hoisted his bags ontae his shooders an dropped his fag ontae the pavement. He stepped on the butt an stepped ontae the bus.

XXIII

Aye, it wis good ower there.

...

Ah went back a few times.

...

Wee jobs. Deliveries. Collections.

...

Dinnae you worry aboot money. Here, put that in yer skyrocket.

...

Plenty o opportunities tae make a wee bit o cash. Ye can paye me back later.

When ye were posted ye were gien a bit o paper wi joinin instructions. Tae get tae Germany the army gave ye a one-way flight. Ye had tae get the train doon tae London an go on the tube an find oot how tae get tae the airport. If the flight wis early in the mornin ye were gien accommodation the night afore an the accommodation wis an RAF hotel that had an Orwellian reception an a cheerless grey NAAFI bar an grey four-man rooms wi army beds in them. Ye shared yer room wi ither boys goin tae Germany or Cyprus or Hong Kong.

The barracks at yer unit were mair relaxed than in the trainin depot. There were nae counterpanes an nae bedblocks. Ye were allowed yer ain furniture in yer room. The frequency o block inspections depended on the leniency o yer company sergeant major, an generally they were only lookin for the blocks tae be clean an tidy. There were never locker inspections. There wis a CO's inspection aboot twice a year an that wis the only time fleers were polished an taps an pipes were polished.

There wis a row o buses ootside the RAF airport in Germany. Written on chalkboards propped at the front o each bus were the names that Zander recognised fae the reed pins on the BAOR map at the trainin depot. Davie an Zander followed Miller ontae the bus an the bus took them oot ontae the autobahn. The boys looked oot the windae at a new country an looked at the unfamiliar coins an notes in their hans.

Feels funny bein on the wrong side o the road, Davie looked oot the windae.

We're on the right side o the road, though, Miller looked ower the back o his seat.

How fast is a hunner an twenty kay? Davie looked oot the windae.

It's only aboot sixty mile an oor, Miller looked ower the back o his seat.

Ah thought ye could go as fast as ye wanted on the autobahn? Davie looked forward at Miller. *Is at nae fit Suthie telt us?*

Dinna believe aathin Sutherland tells ye, Davie.

He kains an affa lot o stuff, though. He reads a hoorna lot o books, like.

High green barricades lined the perimeter o the autobahn an the traffic flowed along like a canal an there wisna much tae see an their eyelids drooped. The bus came off the autobahn an they saw signs for Dortmund. On the outskirts o the city the bus stopped at a large barracks wi five storey brick buildins ahin high iron railins an some boys got off an the bus moved on an then there wis a smaller barracks an mair boys got off an then there wis a smaller stadt wi a barracks that had low buildins like hangars an mair boys got off. They stopped at Artillery camps an Engineer camps an Tank camps an boys got off the bus wi their kit an headed tae the reed an white poles at the gates. Zander, Davie an Miller were the last boys left on the bus when they passed through a wee *dorf* wi hooses fae the pages o a fairy-tale book. The *dorf* wis built on the side o a hill an the hooses climbed up the hill amongst spires an tall trees. The bus drove doon through the *dorf* an at the foot o the hill the land became flat an wide an the rows o barracks were sat there ahin high fences an rolls o barbed wire. The bus pulled in at the gate an they cerried their kit tae the reed an white barrier. The boys on the gate checked their ID an they headed past an aul German artillery gun that sat on the gress ootside the guardroom. They piled their kit aside the gleamin brass shells that stood either side o the guardroom doorway an marched intae the sheriff's office an halted at his desk.

Whit the fuck dae ye think yer daein comin in here withoot ma permission, Munro wis ahin the desk an he screeched at them an made them stand aside their kit an the brass shells. Munro rolled oot tae them wi his beetroot face an telt them, *ye can put yer hans on Hans,* an he threw them some brasso an bullin rags an pointed at the big German gun. Munro rolled back intae the guardroom an they started polishin the gun. The guards on the gate smiled an turned tae watch the road.

See ye've met Hans, aaready, boys in civvies walked past them oot through the gate an climbed intae a cream-coloured taxi.

They polished the gun till it got dark an the lights fae the guardroom glinted off the spokes o the big carriage wheels an slid along the barrel an some mair boys in civvies wandered up the road fae the blocks.

Fuck me, it's the nigs, McQueen stopped on his waye tae the guardroom windae.

Aaright, boys? Sutherland walked up tae Hans an put his foot on a spoke.

Zander an Davie stood an grinned an Miller looked at Sutherland's foot on the wheel.

Whit's the script here? McQueen punched an slapped their shooders. *You boys fucked up aaready?*

We're waitin for an NCO fae oor new company tae come an show us tae oor block, Miller looked at Sutherland's foot.

Who's the Orderly Corporal? Sutherland took his foot off the spoke. *He should've sent me a message.*

Munro, Davie stopped smilin an started polishin the barrel again.

That wis a surprise, seein im here, Miller rubbed brasso ontae a spoke.

He wis posted oot here aboot a fortnight ago, McQueen shook his heed. *He's nae even any use for showin nigs how tae make their beds so they've sent im back oot tae the battalion.*

Never mind him, though, Sutherland turned towards the guardroom entrance. *Ye're movin intae oor platoon. Get rid o the brasso an grab yer kit.*

Wha said you craws could take yer hans off Hans? Munro appeared atween the brass shells like a bowlin ball reappearin at the top o a lane.

Ah fuckin said, Sutherland stuck his fingers intae Munro. *Ahm their section leader an ahm takin them doon tae their block.* The boys paused wi their kit half lifted tae their shooders.

Ye're only a lance-jack, Sutherland, the beetroot seeped into Munro's face. *Ye clear it wi me first.*

Awa an fuck, Munro.

Zander lifted his een fae Munro an lifted his kit ontae his shooders. *Fuck off doon tae yer block,* Munro rolled back intae the guardroom. *Ye've a stripe aaready, Suthie?* Miller lifted his kit.

Sutherland turned tae Miller an put plums in his mooth, *The OC's exact words were, Sutherland, you are a first-rate soldier and a born leader of men.* Then he took the plums oot o his mooth an pointed doon towards the accommodation blocks. *Noo, follow me.*

The block wis a low Y shaped buildin standin in a row o low Y shaped buildins. There wis a door at the end o a long corridor that ran along each erm o the Y. The ablutions were situated in the hub far the three erms met. Sutherland led them intae the block an there wis naebdy goin aboot. He pointed tae the first door they passed.

That's ma bunk, he smiled at Miller.

Sutherland came tae the second door an took a bunch o keys oot his pooch an let them intae the room. There were large windaes at the ither side o the large an bright room. Unner the windaes there wis a telly sittin on a unit wi a video player an some video tapes sittin on a shelf unnerneath. A double cassette stereo sat aside the telly wi large speakers sittin either side. There wis an occupied bedspace in een corner unner a windae wi a Rangers quilt spread ower the bed. On the wa an on the locker door there were naked women leanin ower the bonnets o cars an sittin astride motorbikes an hitchin their knickers unner short tennis skirts. There wis a sofa in the middle o the room an a coffee table in front o it. The ither three beds stood up on their heedboards. A locker stood half open aside each bed an a mattress wis rolled up in each.

This is McQue's room, he sat on the sofa an put his feet on the coffee table. *Yours as weel, noo. As ye ken, Rifleman McQueen is a man o taste,* Sutherland waved his han at the posters.

Zander went ower tae the bed unner the windae in the opposite corner fae McQueen's an lowered the bed ontae its feet. He dumped his kit ontae the springs an sat on the sofa aside Sutherland. Davie lowered his bed an opened his locker doors an his mattress flopped oot. Miller started tae make up his bed.

You's two are on passageway for yer block jobs, Sutherland took a packet o fags oot his pooch an threw een tae Zander an Davie. *An dinna look at me like that, ye jist have tae sweep it an mop it.* He threw a cigarette at Miller. *You're on sinks.*

There's a parade at nine the morn, workin gear. Ye'll get tae meet maist o the platoon up at the NAAFI. He got tae his feet an lit his cigarette. *Throw yer kit in yer lockers an we'll get up there noo.*

The NAAFI wis carpeted in dark blue an had soft seats an tables in booths. There wis a long bar but there wis nae beer taps on the bar. There wis jist tinnies. If ye winted lager ye asked for blue an if ye winted beer ye asked for red. Sutherland ordered their drinks an the barmaid gave Sutherland the tins an pint glesses an Sutherland gave the barmaid ten marks an a wink an the barmaid gave Sutherland the change an a smile.

McQueen called them ower tae a table far he sat wi some o the boys fae their platoon an the boys fae the platoon gave them their names.

How d'ye like ma room? McQueen tapped the top o his tin o blue.

Zander telt im he thought the room wis smart as fuck an tapped his tin o red.

Best room in the block, McQueen cracked his tin.

Scavengin cunt goes oot an gets the stuff on bulk rubbish day, een o the boys called Duffus cracked his tin.

The boxheeds are fuckin loaded, McQueen poured lager intae his mooth. *Drive aboot in beemers an mercs an throw oot the best o stuff.*

Makes ye wonder who won the war, een o the boys called Mayne poured lager intae his mooth.

It's cause o the post war politics, Sutherland poured lager intae his mooth. *The Yanks needed the Germans an the Japanese up an tradin so they could get their ain economy back on track efter spendin so much money flattenin Europe an Asia.*

The boys nodded an then gave the new boys some stories aboot who tae watch oot for in the battalion. They telt them the NCOs an officers that were cunts an the eens that were aaright. Duffus wis full o stories aboot the razzman an how he ran the camp an fit he'd dee tae ye if ye fucked up an *he'll send ye tae The Sheriff for a beastin an The Sheriff here makes The Sheriff in the trainin depot look like Winnie the fuckin Pooh.*

The boy called Mayne telt them *it's nae as bad as aa that.* He telt them there wis good times tae be had in Germany. He telt them that *ye jist have tae toe the line an put up wi the shit when ye have tae. It's better than the shitehole postin we had in England afore the battalion moved tae Germany, an it's better than bein in Belfast where we've jist finished a six-month tour.*

Aye, McQueen nodded, *me an Suthie hardly had time tae unpack afore we were goin ower tae En Aye.*

Zander sat an drank an listened tae the boys tellin their stories till the barmaid started tae pull doon the shutters an Sutherland jumped up an stuck his face unner the gap an smiled an winked an pleaded wi the barmaid till she passed im some mair tinnies an he passed her some mair dees an he begged for a kiss but she pulled doon the shutters.

XXIV

That wis a great wee boozer. That wis oor place, eh.

...

Aye, you loved them.

...

Aye ye did. You fell in love too easy.

Yer wages were paid intae a German bank account, so an NCO took ye tae the nearest *stadt* tae open a German bank account. He'd phone a taxi fae the paye phone in the NAAFI an it'd pick ye up ootside the gate. Ye might've been surprised tae see it wis a cream-coloured Merc wi a walnut dash an leather seats. Ye'd probably only sat in a car wi vinyl seats afore.

Maist boys jist got by speakin the minimum amount o German, but some boys could speak nae bad German if they'd been there a while. They'd maybe been posted tae Germany afore or they maybe had a *frau*. Maist Germans could speak good English though, especially the younger eens, an in places like the bank they could speak better English than ye could yersel. Ye had tae use yer best English that ye learnt in school or they werena able tae unnerstand ye. Efter ye'd opened yer bank account the NCO might've taken ye for a wee look aboot. The boys called the *Deutsch Marks* dees an the NCO might've taken ye aroon the shops so ye could spend some dees. He might've taken ye tae Woolies an ye might've walked aroon Woolies lookin at the same stuff the Woolies at hame had, except the prices were marked in dees.

If ye were posted tae a wee German *stadt* ye might've wandered aboot an looked at the buildins an if ye hadna noticed yersel or if the NCO wis Sutherland he might've pointed oot that there wisna a lot o aul buildins. He might've telt ye that this wis due tae the RAF flattenin the industrial belt o the Rhineland. He might've telt ye that the boxheeds started rebuildin the very next day. He might've also taken that opportunity tae point oot that squaddies called German's boxheeds due tae them bein square. Ye jist had tae hae a wee look aboot yersel tae see them walkin aboot in drainpipe jeans wi leather jeckits an mullets an Graeme Souness tashes fae years ago, an the music in the bars an shops wis aa Whitesnake an Rainbow soft rock.

The NCO that'd taken ye tae open up yer bank account widve been gien the efterneen off so he'd probably've been keen tae go for a beer. Ye'd probably speak yer first German in the bar. He might've taken ye tae een o the wee bars in the shoppin centre that wis mair like a café than a bar an they called them bistros. They were shiny an light wi aluminium stools an tables an high conservatory roofs. Ye sat on the stools at the bar or at the tables an the shoppers walked aboot wi their shoppin bags.

He might've ordered a roon for ye, *vier bier, bitte,* an ye'd watch in amusement as the barmaid poured *bier* straight oot the tap intae the stemmed gless an the froth filled the gless an there wis jist a quarter o the gless filled wi *bier* an she'd scrape the froth off wi a plastic spatula an leave the *bier* tae settle while she filled the rest o the glesses wi froth an she'd top them aa up again an scrape the froth off again an she'd put a wee paper doily roon the stem o the gless an she'd put the *bier* on a mat in front o ye an the gless wid still be quarter full o froth an the froth wid be runnin doon the side an soakin intae the doily.

Ye'd sit on the stool at the bar watchin the boxheeds dee their shoppin an the *bier* wid go tae yer heed an the NCO might speak aboot movin on tae a better bar. He might speak aboot goin tae a bar far he could show ye a German pool table an then maybe he'd take ye tae a brothel.

If the NCO wis Sutherland he might tell ye aboot the different kinds o hoors in Germany. Different levels, dependin on yer location an how much money ye had tae spend. If ye were in a big city there wis probably a ten-mark alley far ye could get a blowjob for ten dees an a ride for nae much mair. A dingy alley off the neon lit glory, an loads o dodgy cunts goin aboot bringin the risk o muggin. He wid tell ye that if ye were drivin through the countryside at night ye might come across a Lay-by Lil. That wis a hoor in a caravan parked in a lay-by. There wis a reed light in the windae o the caravan an that's how ye kaint. They were maistly auler hookers, a bit too aul for the middle-aged taxi drivers that seemed tae prefer younger women, but the NCO might tell ye that they were still nae bad though an jist the thing for the auler gent or widower or a young an inexperienced squaddie. In the *burgs* an *stadts* ye also had the chain hoor hooses, like the prostitution equivalent o McDonalds. It wis a proper brothel wi a bar an rooms an could get a ride there for twa-three hunner dees. Further up the scale were the independent brothels. They had nice bars an women that were fit as fuck an well oot o yer league unner normal circumstances. The hospitality wis greater but so wis the price. If the NCO wis Sutherland he wid probably tell that prostitution wis legal in Germany an the women were clean an protected an they made mair money in a night than the squaddies earned in a month.

The boys played pool in Klara's Bar on a big table wi big pockets an wi big green illuminous cues.

It's a piece o piss playin pool on these tables, Davie lined up a shot.

Zander leaned on the big green cue.

If you boys are so confident, ye'll no mind playin me for a ten spot then, Sutherland leaned at the bar.

Why you Scotch boys here so early? Klara poured *biers* ahin the bar.

We've got the afternoon off tae open a bank account for these new boys, Sutherland took his wallet oot.

So you take them to bar? Klara poured the *biers* an swiped the froth off the *bier.*

We've done the personal admin bit, Sutherland passed the first *bier* tae Miller, *now ahm showin them a wee bit o German culture.*

And you will steal money from them at the pool table, Klara handed ower anither *bier.*

Well, they think it's easy, Sutherland passed the *bier* tae Davie, *so they should be stealin the money off me.*

I have seen you play pool, Suvvie, Klara handed im anither *bier.*

Well, it's their choice, Sutherland handed the *bier* tae Zander.

Ahll play ye, Davie dug some paper money oot his pooch an looked tae see which een wis a ten-mark note.

And what other sights will you show to the new Scotch boys? Klara handed Sutherland his *bier* an he sauntered ower tae the juke box an dug some coins oot his pooch an he picked oot a couple o one-mark coins an fed them intae the jukebox. He flicked quickly through the discs.

Ahve nae decided yet, Sutherland punched a selection intae the jukebox an got imsel a cue off the rack.

Davie racked up the baas an Fish sang *Lady Nina* on the jukebox.

The girl slipped ontae the stool aside Zander. She crossed her long bare legs an leaned against im an looked intae his een. The reds an purples fae the low lightin ahin the bar glittered in her een an sparkled on the clasp holdin the long blonde hair off her face.

Lucy's ma favourite, Sutherland leaned intae his ear. *But she's aa yours. Ah fancy a bit o oriental the night, eh,* he clapped the erse o the girl by his side.

My name is Lucy, she moved her han ontae Zander's thigh.

Zander took a swig fae his *bier* an watched her han goin up his thigh an looked at her thighs goin up intae her reed mini skirt an her smooth stomach an her reed lacy bra.

Would you like to buy me piccolo, her voice sparkled in the lights.

Zander shrugged.

Dinnae buy her a drink, Sutherland leaned intae the ither side o im.

Ja, drink, Lucy rubbed at his thigh. *You buy Lucy piccolo?* She raised her eyebrows.

Zander reached for his wallet an Sutherland stopped his han.

Dinnae.

Zander raised his eyebrows.

It'll cost ye twenty dees, Sutherland smiled at Lucy.

Lucy rolled her een at Sutherland an raised her eyebrows at Zander. She pursed her lips an Zander signalled tae the barmaid. She came ower an poured Lucy a tall, clear sparklin drink filled wi ice. The light danced aroon in the piccolo an the barmaid put a straw an an umbrella in the drink.

Mug, Sutherland leaned intae im.

Thank you, soldier boy, Lucy put her lips on Zander's cheek an then put her lips on the straw. Then she raised her een fae the piccolo an put them on Zander. *You would like to fuck me?* She moved her han up his thigh again.

Zander sipped his *bier* an nodded.

Awa ye go then, eh, Sutherland clapped im on the shooder.

Lucy slipped off the bar stool an slipped her han intae Zander's.

She led im through the soft light an along a corridor wi low lit lamps an intae a room. She led im tae the edge o a large bed.

You pay me now, she raised her eyebrows an Zander dug the notes oot. Lucy tucked the money intae the waistband o her short, short skirt an smiled. She pulled Zander's t-shirt ower the top o his heed an unbuckled im an pulled doon his jeans. She sat im on the edge o the bed an pulled off his trainers an jeans an laid his claes on a chair. When he wis naked she led im by the han tae a sink in the corner far she washed im.

You wait ein moment, she handed im a towel an left the room. Zander stood at the end o the bed dryin imsel an when Lucy came back she wis undressed. She took a condom fae the drawer at the side o the bed an held Zander gently in her han an then she climbed ontae the bed an pulled Zander on top o her an the light wis soft an warm an the bed wis soft an warm. Lucy telt im he wis strong an she pushed im off an she sat on im an her soft golden hair spilled ontae im an she rode im an telt im he wis strong an he wis her soldier.

She kissed im an licked the sweat fae his lips an her tongue wis soft like the light an then she got off im an left the room. Zander put his claes back on an sat on the end o the bed an then she came back intae the room an took im by the han an led im back intae the bar.

None o the boys were there, jist taxi drivers talkin tae the girls. Lucy sat at the bar wi Zander an put her erm aroon his waist an put her heed on his shooder.

You buy me piccolo? She raised her eyebrows an pursed her lips.

Zander raised his han ower the bar. A *bier* an a piccolo were put in front o im an Lucy put her lips tae Zander's an then put her lips tae the straw. Then she looked across the bar as an overweight middle aged taxi driver came in an hauled imsel ontae a stool. Lucy slipped off her stool an slipped Zander a kiss an then she slipped ontae the stool next tae the taxi driver. She spoke tae im in German an then she led im through the soft light.

Zander swallowed his *bier*. He picked up Lucy's gless an swirled the liquid an watched the umbrella an the straw dance in the soft light an then he tasted her piccolo. It wis sparklin mineral water. He drank her piccolo afore Sutherland came back oot.

XXV

Ah warned ye aboot her fae the start did a no. Ye widnae listen, though. Too loved up.

…

Right, let's get oot o here. We'll go tae a club, see if there's any talent on the go.

The Highland Rifles were mechanised infantry an they were trained tae go intae battle in Armoured Personnel Carriers. Each section o the platoon was assigned tae a Warrior APC. The Warriors were kept in the big sheds at the back o the camp, where they could be driven oot through the back gates intae the adjacent trainin area. The boys learned their place in the back o the Warrior, an learned the roles o the gunner an the driver an the commander up top in the turret. If they werna trainin in the APC, they were deein general maintenance an cleanin the Warriors in the sheds.

At the weekend ye'd hae a couple o days off if yer company wisna on guard or yer OC hadna decreed some kind o compulsory activity, like an orienteerin competition or somethin tae try an keep the boys oot o the bars.

The pads wid sometimes invite singlies tae parties at their hooses.

Pads were merried personnel that lived in quarters on the ootskirts o *dorfs* an *stadts* near the barracks. Junior ranks usually bed in blocks o flats. A full-screw or even a lance-jack might get a hoose if they were lucky, but they were usually reserved for senior NCOs. They might get a hoose wi a bit o gerden. Officers got nice hooses wi drives an conservatories an studies an big kitchens an maybe somebdy tae come in an cook an clean for them if they were high enough rankin. There were MOD schools for the pad's brats. Nae for the officers bairns though, they went tae boardin schools back in the UK. There wis coffee mornins an whist drives for the officers wives an there wis jobs workin in the NAAFI or cleanin pans in the mess for the junior ranks' wives.

Een o the merried full-screws invited aa the singlies in the platoon tae a barbeque. The full-screw bed in a block o flats on the ootskirts o the *stadt*. Maist o the junior rank pads in the platoon bed in the blocks o flats wi their wives an their bairns. The singlies got a lift oot in een o the platoon four-tonners on the Setterday mornin. They cerried yella cardboard boxes o wee stubby bottles o German *bier* that they'd bought in the NAAFI. The boxes had handles that folded oot and earned them the nick-name yella handbags. The singlies poured oot ower the tailgate o the four–tonner ontae the hot bit o gress at the back o the block. Cars wi British plates were parked up an doon the road an British women in tracksuits an white stilettos tottered up an doon the road.

They're ayeways bangin on aboot the IRA threat an look at this place, Sutherland pulled a stubbie bottle oot o its yella handbag.

The barbeque wis made oot o an aul oil drum cut in half wi legs welded ontae it. It had nae long been lit an there wis plenty o smoke pourin ower the white plastic gerden furniture. Music poured oot a CD player that wis on an extension cord that ran intae the windae o a doonstairs flat. The boys lifted a couple o six-foot widden trestle tables oot the back o the four-tonner an the full-screw helped tae set them up. There wis loads o women an bairns goin aboot an some o them were puttin trays o food ontae the tables.

Put yer beer in there, boys, the full-screw pointed oot a couple o plastic water butts standin in the shade o the block. They were filled wi water an ice an stubbie bottles o *bier* an the singlies split open their yella handbags an submerged their stubbies in the caal water. Zander scooped some o the water ontae his face. Sutherland pulled some bottles oot that were already caal an handed them oot. *German bottle-opener, eh,* he flipped the lids off wi the bottom o a Bic lighter. Zander poured maist o the caal *bier* intae his dry throat in a oner.

Mair pads were comin oot o the block wi *bier* an food an een boy started puttin big German bratwursts on the barbeque. The boys sat doon on the plastic chairs wi their *bier* an the women buttered the rolls. The pads pulled mair caal beers oot o the bins an chucked them at the singlies. Zander tried tae flip the top off his stubbie wi his lighter an he scored his knuckles on the lid in the process.

Ye'll get the hang o it soon enough, Sutherland flipped a lid intae a bucket six feet awa.

Zander drank his *bier* an tapped his foot an walked ower tae the bins for anither *bier*. He sat back doon an watched the full-screw puttin meat on the barbeque an he levered his lighter unner the lid an got the lid off the stubbie an he had anither three scores doon the knuckles o his right han. He sooked his knuckles an spilled his *bier* doon his throat an the stubbie wis finished afore the full-screw had turned the bratties. The wives put them intae rolls wi a dollop o hame-made curried ketchup an some o the boys got paper plates an helped themsels tae food.

Ye cannae beat currywurst, man, Sutherland filled his mooth. *Invented by the British Army, eh. First thing they did efter defeatin Hitler.*

When mair stuff wis ready the full-screw piled it ontae metal trays an Zander went up tae get a plate an swayed in front o the table. He put a burger an a couple o chicken drumsticks on his plate an swayed back tae his chair. He ate his burger an got ketchup on his fingers an wis aware o it stingin his scored knuckles an he licked sauce an blood oot his knuckles an chewed his burger. He sat atween Sutherland an McQueen an they had banter wi the pad's wives an he noticed Davie talkin tae a bonnie quine ower by the door. Then een o the pads came by wi an ermfae o stubbies an stuck een in Zander's free han. The full-screws wife came ower an took Sutherland's han an pulled im up tae dance an they were dancin tae Erasure an Sutherland wis complainin like fuck. McQueen got up an looked at the *Now That's What I Call Music* CD box an he skipped it ontae Adamski an Sutherland wis even less happy. The singlies an the pads wives danced an sang an drank an the sun started tae slide doon the sky.

A few o the boys cleared a table an put a candle an a bottle o *apfel korn* in the middle an shouted on the rest o the boys tae join them. Zander sat at the table an McQueen gave im a blurry description o the game. Sutherland dragged Davie awa fae the quine that he'd been sittin wi aa efterneen an the game started. The cork wis blackened on the flame an passed roon the table an when it got tae Zander he remembered his number an that he had nae marks on his face an passed the cork on. Een o the pads could hardly sit in his seat an couldna mind his number an the boy next tae im burnt the cork an twisted it ontae the boy's foreheed an made a black spot. Then the boy had tae drink a shot o *apfel korn*. When the cork had gone aroon the table, the boys numbers went aroon one place an the full-screw kept tabs on fit wis happenin an he kaint aabdys numbers.

The cork came aroon the table again an Zander wis confident aboot his number but his number wis wrong an he got a circle o burnt cork on his face an a shot o *apfel korn*. The cork cerried on aroon the table an made marks on the boys' faces when they couldna mind their numbers or the amount o marks on their faces. The pad that rolled aboot in his chair hit ten first an he rolled off his chair an ontae the gress. Zander hit ten marks nae long efter an he swayed awa fae the table an sank doon an stared at the gress as the evening darkened. The CD player wis blarin an the boys were singin *Ride on Time*.

He looked up at the table an there wis only Miller an Sutherland an the full-screw left an the cork wis still goin roon an roon. They looked doon at Zander an laughed an Zander laughed at imsel. Then he pulled imsel tae his knees an the *korn* wis stirred up wi the beer an food in his guts an the cocktail began tae rise an the boys at the table laughed even mair as the smile disappeared fae Zander's face an Zander disappeared roon the corner. He propped imsel against a wheelie bin an the *bier* an the *apfel korn* spilled oot o his mooth an oot o his een. The orange fae the streetlights made strange shapes o Davie wi his han doon the bonnie girl's jeans. When Zander wis sure that the drink had finished spillin oot o im, he staggered back roon tae the barbeque. He picked up an empty stubbie an filled it wi water fae the beer bin an drank the bottle o water an filled it again an drank again.

The pad's wives started tae pack up the stuff an maist o the boys were up for goin intae the *stadt*. The boys toppled ontae their feet an headed up the road an Sutherland wis singin *Anarchy in the UK* an McQueen wis singin *Flower o Scotland* an Zander wis laggin ahin tryin nae tae puke again an Davie wis walkin aside Zander tellin im that he wis in love, an his herrt wis breakin cause he'd never see the bonnie quine again cause she wis a pad wife's sister an she wis on holiday an goin back tae Scotland the morn.

Zander peeled the lids off his een an peeled imsel off the bench an he put a han on his heed an a han on his belly. He wis in a booth in Klara's bar an he turned tae look at Davie sleepin on the bench opposite. He got up an stumbled tae the bog an gripped the porcelain an aathin came oot o im that hadna come oot o im the night afore.

He stumbled tae a sink an filled it wi caal water an dipped his heed in the water an held his breath. He let his breath oot in trickles an the bubbles rolled past his lugs an cerried awa the fog. He pulled his heed oot the water an stumbled oot the bog an McQueen wis leanin against the jukebox an slottin coins in an *Bob Marley* came on an *Three Little Birds* came flyin through the bar. Sutherland wis ahin the bar fillin a *bier* gless wi water an Klara appeared fae a door at the back o the bar.

Guten Morgen, Scotch boys, she pushed Sutherland oot fae ahin the bar. He sat doon on a stool an she filled his gless wi ice water. *You want breakfast Scotch boys?* Klara emptied ashtrays an Zander looked ower at the bog door tae judge the distance.

Can we hae a Scottish breakfast? McQueen shuffled ower tae the bar.

What is Schottisch breakfast?

It's like English breakfast, but wi Lorne sausage an tattie scones.

Lorna sausage?

Aye. It's square, like a German, McQueen dug his elbow intae Sutherland.

Dinnae listen tae him, Klara. Scottish breakfast is porridge, Sutherland dipped his fingers in his pint o ice water an slopped water intae his face.

I don't have porrich, I only have sausage and egg, Englander breakfast, Klara wiped the bar.

That's fine, Sutherland slopped water. *If there's one thing the English have got right, it's the breakfast.*

An the Yorkshire puddins, McQueen leaned on the bar.

Klara put four cups o black coffee on the bar an Zander slouched ontae a stool an cradled his cup. He stared intae the blackness an the steam rose intae his face an the smell o coffee rose intae his heed.

Full Englander breakfast, Klara came through the door again an put the plates on the bar. *Zwanzig mark, bitte*, she held her han oot tae Sutherland.

They took their plates ower tae the booth far Davie snored.

Breakfast, lover boy, McQueen kicked Davie's feet.

Sutherland spoke a wee bit o German an paid them intae the *freibad*. None o them had their dookers so they jumped intae the water in their boxers. It wis a hot efterneen an the water wis cool an Zander dived in tae the water an stayed unner the water as long as he could an broke the surface an sooked in the clean air. He swam tae the edge an hooked his elbows on the side o the pool an let his legs float oot in front o im. Davie swam ower an hooked his elbows an let his legs float oot in front o im an they watched Sutherland an McQueen tryin tae chat up a couple o German quines.

Zander asked Davie if he wis still in love.

Nah, Davie looked awa.

Zander let his elbows slide off the edge an he slipped unner the water. He kicked his feet off the side o the pool an swam a couple o breadths an pulled imsel oot o the water an sat wi his feet danglin in the water.

A quine came ower an sat next tae im. Zander watched the sun glintin on the water an glanced at the glint in her een.

Hi, she kicked water in his direction.

Zander looked at her an her een were dark an her hair wis pulled awa fae her face an her face wis curious. Zander smiled at her an she smiled an her teeth glinted.

You're Scottish, she poked the tattoo on his erm.

Zander confirmed that he was.

Aye, she lowered the pitch o her voice an furrowed her eyebrows.

Zander smiled.

Sorry, she cocked her heed. *I'd love to go to Scotland. It looks beautiful in the pictures. Do you like it there?*

Zander shrugged.

You must love it, you've got it tattooed on your arm, she stroked the tattoo on his erm.

He asked her far she wis fae while her fingertips sent sparks across his skin.

You tell me, she took her fingertips off his erm an sat on her hans.

He telt her she sounded like she wis fae the south o England somefar.

No, she flipped her toes in the water. *I'm from here.*

Zander raised his eyebrows.

Ja, ich bin Deutscher.

He telt her that she spoke good English.

Better than your English, Jock.

Zander raised his chin an looked along his nose at her an let plums faa oot o his mouth.

Now you sound ridiculous, she scooped a hanfae o water at im. She got up an walked awa tae far a group o Germans had spread their towels on the gress. She sat wi them an some o them looked ower an laughed. Zander slipped intae the water an swam anither couple o breadths. He held ontae the side o the pool gettin his breath.

C'mon, man, we're headin tae the schnellie, Sutherland held oot his han.

Ahm fuckin starvin an we're gettin naefar wi those boxheed lassies, McQueen held oot his han.

Sutherland an McQueen pulled Zander oot o the water an Zander left his hangover ahin in the water. The water dripped fae im an his stomach rumbled. They pulled their jeans on in the cubicles an wrung oot their boxers an put their boxers on their heeds an laughed at each ither. On their waye oot o the baths the quine wi the glint in her een trotted up an gave Zander a bit o paper. Then she pulled the boxers off his heed an trotted awa wi them. The boys aa stood an watched her go.

She disna kain ye've been wearin them at least a week, Miller took his ain boxers off his heed.

At least, Sutherland threw his boxers at Zander.

Nice erse, McQueen watched the girl trot back tae the Germans on the towels.

Zander ate his *frites* an gazed at the *Rathaus* on the ither side o the plaza.

Maist o this toon wis flattened by the RAF, Sutherland speared a slice o bratwurst wi the wee widden fork an dunked it intae the pool o curry sauce in the corner o the cardboard tray. *That's why aathin looks so new. They rebuilt aathin an they made it better.* He dumped his tray in the bin aside the bench.

They ate their *frites* an tore up their *schnitzels* wi their fingers an dipped their food in garlic mayo an looked up at the arched windaes an the gothic tower an the clock face an the faultless brickwork bright an creamy in the sun.

Ah feel magic, noo. McQueen wiped up the last o his mayo wi a *frite* an dumped his tray an stood up an stretched. *Could go a beer, man.*

They dumped their trays an headed tae the bistro an the frothy *bier*. They drank the *bier* an played pool wi the green plastic cues. Then they got the *gross biers* in. Then they got the *plum korn* in.

Zander wisna sure where he was. They'd got a taxi somewaye. He'd wandered awa for a pish. He walked along the *straße* an he could see a bar at the ither end o the *straße*. The *straße* bent back an fore an the florescent lights o the bar streaked back an fore in front o his een.

He swayed intae the bar an peered along the dimly lit length o it. There wis a table o German quines laughin an chatterin aboot halfway along. A heap o squaddies were playin pool in a cloud o smoke at the ither end but he couldna see the boys. He gripped the bar an climbed ontae a stool. The barmaid came ower an he asked for *Wasser, bitte.* She set the water doon in front o im an he watched the bar swirl in the water an the quines' laughter swam aroon in the water.

A blow hit the side o his heed an lights flashed in his heed an then he wis on the fleer lookin at the feet o the stool an then there were feet kickin im in the stomach an he drew his knees up an he could hear the barmaid shoutin *get aus, ich telephone die Polizei.* Feet were kickin im in the heed an he folded his erms ower his heed an engineers were shoutin *fuckin porridge wog.* He wis pulled tae his feet an dragged tae the door an quines were screamin an shoutin in German. He managed tae keep his feet an he stumbled oot o the bar, pushed on by the barmaid shoutin *out, aus, out, aus,* an he heard the metal clatter o the shutters bein pulled doon ahin im. There wis a crowd aroon im an voices askin im, *the fuck you doing here, jock?* an a girl wis sayin *leave him alone,* an there wis a han slipped intae his han an the han wis pullin im awa, an then a thump echoed in the back o his heed an his legs disappeared fae unnerneath im an the pavement wis on his face an then there were feet kickin intae im again. He curled intae a ball an the feet kicked im unner a bench. There were quines screamin an there wis a siren screamin an there were men barkin an there were dogs barkin.

The feet stopped kickin im an the soft han slipped intae his again an the han gently coaxed im oot fae unner the bench an helped im ontae his feet. Zander tried tae look at her but she wis a watery blur an blue streaked across her again an again. Tae her left, a dog barked an lunged at im pullin his lips back tae show Zander his teeth. Zander blinked the water oot o his een an could see a chain holdin the dog back, a leather loop gripped in the han o a *Polizist*, the ither han restin on the butt o a pistol. The *Polizist* wis barkin at the quine in German an Zander didna kain fit he wis sayin. He looked aboot as the bright blue swirled aroon the dark street an swept ower the barmaid talkin tae a *Polizist* an she pointed tae een o the boys bein cuffed against the *Polizeiwagon* an anither boy gettin put in the back o the green van.

The *Polizist* put his han on Zander's shooder an English wis comin oot o his mooth an Zander tried tae pick oot his voice ower the barkin o the dogs an the barkin o the ither *Polizei*.

Are you okay? The *Polizist* shook his shooder.

The quine at his side spoke rapidly in German tae the *Polizist* an then breathed in Zander's ear: *you have to let him know you are okay or he will not let you go.*

Are you okay? The *Polizist* shook Zander's shooder again.

Zander nodded an his heed spun.

You can go now, okay, the *Polizist* let go o Zander.

Zander watched the snarlin dog bein pulled awa fae im an then the quine pulled his han. She pulled im along the *straße* awa fae the sweepin blue an she pulled im doon a darker *straße* far the blue couldna get them. Zander's t-shirt wis wet wi blood an it grew caal an sticky on im.

The quine took im up some dark stairs tae her wee flat an sat im doon at a wee round table in her wee kitchen. She peeled his t-shirt off im an her een flicked ower the shoe marks that covered his skin an she sooked in air. She ran her fingers along his ribs. She got a bowl o warm water an a towel an Zander could see her noo an she wis the quine fae the swimmin pool.

I'm called Stephanie, she wiped the blood fae im. *The guys that did this to you are cowards,* she pressed the bridge o his nose.

Zander pulled his heed back an his voice wis as thick as his nose.

I don't know what Dan's problem is, she put the kettle on.

Zander watched her get cups ready.

Yeah. They are Engineers, she shrugged. *One of them is my boyfriend.* The kettle boiled an she filled the cups an stirred. *Was my boyfriend,* she smiled.

She asked Zander questions an he found it hard tae speak an hard tae drink his coffee. His eyelids were heavy.

We should go to bed, she took his cup awa fae im. *I am a postwoman and I have to get up early,* she slipped her han intae his an led im tae her bedroom.

XXVI

We'll get some shots in.

…

Whit? Ah cannae hear ye.

…

C'mon. It's a celebration. Ahm nae a big drinker these days either, but one'll nae hurt. Ahve bought them noo.

Maist mornins ye had PT afore ye had yer breakfast. If it wis Monday mornin ye had company muster, but maist ither mornins ye jist had platoon muster. A roll call wis deen an sometimes a kit inspection, but maistly ye were jist left standin aboot while the officers an senior NCO's stood an chatted. Then ye were sent awa trainin or tae work on the Warriors. Sometimes ye ran aroon the trainin area ahin the camp on foot, but maistly ye took the Warriors. Sometimes it wis trainin for a big brigade exercise in Saltau or Senelager.

Ye had yer trainin an then ye were back tae the cookhouse for supper. Ye went back tae the block an showered an got yer kit ready for the next day. Ye watched telly if ye had a telly in yer room or ye went tae the NAAFI an watched telly an had a couple o beers. Sometimes they showed fitba. If the world cup wis on an ye could maybe get a fuzzy signal for a German channel an ye could watch Scotland games wi German commentary. Ye could watch Scotland concede a late goal tae Brazil an be glad the picture wis bad. If ye were in the field, een o the boys might be able tae get a signal on the radio an if een o the boys had good German he could tell ye whit wis goin on in the England v West Germany game.

The boys were crammed shooder tae shooder on the twa benches in the belly o the Warrior. Sutherland sat at the back door wi his han on the release handle. Davie sat across fae Zander in the belly o the Warrior an Zander could see Davie's een shinin oot fae unner his helmet. His jaw wis pulled tight tae his heed by his chinstrap. Zander clenched his jaw against the jarrin o the Warrior as it tumbled ower the ruts on the trainin track.

How'd ye ken the boys that gave ye a hidin were Engineers? McQueen tapped his boot.

Zander telt im that she telt im.

How'd she ken? McQueen sat atween Davie an Sutherland an tapped at Zander's boot wi the tae o his boot.

Zander looked at the rifle clamped atween his knees an shrugged.

How though? McQueen leaned across their feet. *She must ken her waye aboot squaddies afore she can tell whit unit they're fae jist by lookin at em.*

Leave im alain, Miller sat on Zander's left an kicked McQueen's boot.

Jist curious, McQueen's helmet clattered intae Davie's as the Warrior clambered ower the rough grun. *They could've been tankies.*

Zander telt them she used tae go oot wi een o them.

Squaddie slag, Duffus sat tae Davie's left unnerneath the sergeant's command seat an adjusted his helmet.

Leave im alain, Miller kicked Duffus's boot.

How many wis there? Mayne sat at the back.

Zander shrugged an opened up his han.

Will ye be seein her again? Davie leaned forward.

Zander shrugged. Zander nodded.

Aye, she's a ride. She's some erse on her, man, McQueen leaned across their feet an tilted his helmet back an drew a curve in the air.

Zander lowered his heed.

Aye, she's a bonnie lass, like, Davie tapped Zander's boot.

Zander telt them she looked even better in her postie's uniform.

Somebdy gie that loved up fanny a slap, Sutherland watched them fae the back door.

The Warrior lurched tae a stop an cleared its throat an *debus* wis shouted doon fae the sergeant.

We'll hae tae sort that oot, Sutherland flung the door open an the boys piled oot efter im. They spilled oot the door like the words o a song, each kainin their place an each flyin oot the door in time. They fanned oot intae formation an threw themsels on the grun an the Warrior stood ower them an growled. The grun knocked the air oot o Zander an his ribs screamed at im. He kept his een on the ridge ahead an waited for an enemy tae come ower the ridge an he glanced at the boys aroon aboot im. He kept glancin at Sutherland an strained tae hear im ower the roarin o the Warriors ahin. He watched im for the han signals.

Sutherland watched the ridge an he watched Sergeant MacKenzie an passed on the sergeant's commands tae his section. He took them up ontae the ridge an doon intae cover an the Warriors rolled up ahin them an covered the company.

Then the sergeant signalled Sutherland an Sutherland signalled the section an they fell back, coverin each ither as they went. Zander covered his ribs an ran stiffly. *Fuckin move,* Sutherland waved at im. Zander got back an got on his knees tae cover the boys. *Get fuckin doon,* Sutherland put a foot intae Zander's back an drove im intae the grun an his ribs roared. They roared mair when he pushed imsel up an twisted an dived back intae the belly o the Warrior wi somebdy pushin at the back o im. They piled back in, recitin the same song backwards an they finished far they started wi Sutherland at the back door an Zander looked across at the slick o cam cream runnin doon Davie's face an tried tae keep his tender ribs awa fae McQueen. The door wis shut an their een shone as a wee bit o light spilled through the wee windae an the Warrior grumbled an their heeds were close the gither but their voices were far apart.

This isna jist regular trainin, Miller jammed the butt o the rifle atween his heels.

How? McQueen adjusted his helmet an leaned intae Zander's ribs as the Warrior roared an bolted.

D'ye nae notice the trainins gettin mair intense, Miller gripped his rifle.

Same's it ayeways wis, McQueen braced his feet as the Warrior bounded ower a ridge.

We're bein drilled, Miller called as the Warrior charged up a slope.

Drilled like a hoor on payeday, Duffus called fae the back.

The Warrior growled an lurched tae a stop an Sutherland slung his rifle across his chest an put his hans on the back door. The sergeant flung an order doon an Sutherland flung the door open an the section sang their song an Sutherland conducted them tae their positions an the boys threw themsels ontae the grun. Sutherland wis telt his objective an he signalled tae the boys an they moved intae an attack formation an were covered by anither section an they threw themsels ontae the grun again an the grun wis still rattlin Zander's ribs when the sergeant ordered them tae fall back an they finished far they had started back in the Warrior. Sutherland swung the door an shut oot the light an Zander leaned forward an tried nae tae breath an sucked in air an gritted his teeth an focused on Davie's boots interlocked wi his ain.

How many mair times? Davie's cam cream wis slick an shinin.

Till ye kain how to dee nothin else but debus fae this wagon, Miller caad as the Warrior growled.

We're gettin ready for active service, eh, Sutherland gripped his rifle as the Warrior tumbled doon a bank. *D'ye nae watch the news?*

Ah watch the news when you watch the news, Suthie, Davie closed his thighs tighter on his rifle.

Obviously nae, cause if ye did ye'd ken that it's aa kickin off in Kuwait jist noo, like.

When the fuck were you watchin the news, Suthie? McQueen leaned intae Zander as the Warrior tumbled.

When you were chokin yer chicken, Sutherland's teeth glinted.

Fuck off, you never watch the news. You only watch the fitba scores tae see how much Hibs got beat by, McQueen gave Sutherland the finger.

Fuck you ye blue-nose cunt, Sutherland's teeth glittered an then the order tae debus wis flung doon an Sutherland flung open the door an the light spilled in an the boys spilled oot. Sutherland held them in tight formation an the Warrior prowled forward an they crouched ahin it. The vehicles in the platoon fanned oot ontae the ridge an moved intae position tae gie cover for a full assault by the whole company. Sutherland took the boys ower the ridge an intae a coverin position for the rest o the platoon an the platoon advanced tae the bottom o the hill. The CSM screamed at the company an the sergeant screamed at the platoon an Sutherland screamed at the section an the boys doubled back up the tae the ridge in a controlled withdrawal an Zander put his shooder against a rock an fired his rifle ower the top o the platoon at an imaginary enemy on the ither side o the valley. Sutherland thumped doon aside im.

How's the ribs? Sutherland fired at the imaginary enemy.

Zander telt im his ribs were rattled an watched empty shell cases rattle off the rock.

That tart sounds like she's goin tae cause ye mair pain than the ribs, Sutherland signalled tae the boys. *Ye should stay the fuck awa fae her.*

Stick wi the boys.

Then the section withdrew an they piled back intae the Warrior an finished far they had started.

How d'ye ken we're goin tae Kuwait, man? McQueen's chest heaved an he pushed his helmet back off his slick foreheed.

We're the best boys for the job, Sutherland pushed his helmet back on his heed. *They'll be needin mechanised infantry for the desert.*

We might nae go though, McQueen readjusted his sling. *It might jist be the Yanks.*

Ye feart, like?

Am ah fuck, ah jist dinna want you cunts buildin ma hopes up aboot goin off tae serve ma queen an country.

The Warrior roared an bounded ower the ridge.

XXVII

Ah miss the boys. Ah wis proud tae serve wi them. They were ma femily, eh.
…
Aye, me an aw.

The battalion went on exercise on vast trainin areas. Ye went wi the whole brigade tae tak part in combined manoeuvres. Ye slept in aul canvas tents an showered in aul shower blocks. Ye could use live ammo there. Ye could fire the Warrior cannons there. Ye could use mortars an anti-tank weapons. The artillery could fire their guns there. Sometimes ye bed there for weeks.

Stephanie chatted awa as she drove her wee mustard yella VW Polo through the *dorf* an she waved her hans aboot an flicked her dark hair an flicked her dark een at Zander an Zander looked deep intae her dark een whenever she looked at im. The sun wis startin tae go doon when Stephanie drove her wee Polo doon the *straße* an found a place tae park in front o a *haus* that wis large but still managed tae look like a fairytale cottage. She led Zander through the front gerden, along a winding path an through the roses that nodded their reeds an yellas at them. She led im intae a large back gerden patio that wis crowded wi fowk, the men maistly dressed in denim shirts an chinos an the women dressed in bright summer dresses. Steph *hallo*-ed an shook hans an air kissed an Zander followed her through the gerden an she introduced Zander tae folk an Zander shook hands an smiled an Steph stood an chatted an Zander stood an looked aboot.

The aul German *haus* had modern extensions an a double garage in the back an the back o the *haus* wis aa gless that lead intae a dinin room far Zander could see a large oak table on an oak fleer. A drive swept aroon the *haus* tae the double garage an black iron spiral steps led up tae a veranda abeen the garage far mair gless doors led tae fit Zander presumed were bedrooms.

There were a couple o barbeques smokin awa on the patio an there were tables laden wi salad an sauces an a couple o tables wi wine an *bier* an a *frau* wi nineteen fifties hair an a pinny ower her flooery frock flitted aboot an fussed ower the tables an she paused tae air kiss Stephanie an she waved at the tables an shook hans wi Zander an telt im tae *essen, getrank, bitte.*

Steph scooped some *kartoffelsalat* an some *wurst* ontae a plate for Zander an she handed im a bottle o *bier* an she got hersel a gless o wine.

Beyond the patio wis a manicured lawn, flanked with shrubs an bordered at the bottom by a line o cypress trees an Steph led Zander doon the lawn as the sun wis startin tae sink ahin the tops o the trees. At the bottom o the lawn there wis a fire pit that had been recently lit an the flames licked aroon the bottoms o the logs. There were benches aroon the fire an they sat doon tae eat an she picked at the *wurst* an tattie salad on Zander's plate an sipped her wine an smiled at Zander an kissed im an the flames flickered in her dark een.

Then her dark een caught sight o somebdy in the crowd an her een caught fire. *I'll be back in a minute,* she waved an put doon her wine an hurried awa up the lawn. Zander watched her run intae the erms o an auller guy wi a jumper draped ower his shooders an she draped hersel ower his shooders an kissed his grey stubbled cheeks an ran her fingers through his grey shooder length hair. Zander watched them chatting enthusiastically.

Stephanie likes the older man, a guy aboot Zander's age dressed in a tight white t-shirt an tight stane-washed jeans sat next tae Zander.

Zander nodded an took a swig o his *bier.*

He wis an English teacher at our school, the white t-shirt took a sip fae his bottle.

The sun disappeared ahin the cypress trees an the flames climbed up the stacked logs in the fire pit an the flames grew brighter an the crowd on the lawn grew darker an Zander watched Steph an the teacher disappear intae the crowd an they swung their hans atween them. Zander put doon his food an lit a fag.

I think he taught her more than English, the white t-shirt lit a cigarette o his ain.

Zander took a draw o his fag an watched the fire grow an felt the heat on his face.

Good luck, white t-shirt stood an clapped a han on Zander's shooder an moved awa tae the ither side o the fire pit.

Zander finished his fag an wandered aboot the lawn an looked for

Steph an got imsel anither *bier* an peered through the patio doors an Steph sat at the oak table deep in conversation wi the teacher. He wandered back doon the lawn an sat at the fire pit.

Halo, a blonde girl in a sky-blue dress sat doon next tae im an put her han on his erm. *You are Stephanie's soldier friend?*

Zander nodded.

Stephanie likes soldiers, she slid closer to im.

Zander shrugged.

The girl shivered an slid closer still an she asked im his name an far he came fae an he telt her. They sat an watched the flames an she put her han back on his erm.

Sorry I wis away so long, Zandy, Stephanie appeared an put her erms roon his shooders an flicked her een at the blonde girl an the blonde girl moved awa. She sat next to Zander an hugged im an put her heed on his shooder an kissed his neck. They bed there an watched the flames an Steph held Zander close an kissed his neck an the fire burned and the sky darkened.

Zander telt her he had to go awa on exercise in the mornin.

Let's go back to my apartment, she took im by the han an led im back up the lawn an aroon the *haus* an up the gerden path.

There wis an aul tumbledoon barn that the cooks used as a cookhoose. The boys lined up for scran like cattle at the troughs. The sun rolled doon their faces an smeared the dust in streaks.

Fuckin efterneen aff, man, that's a fuckin boost, eh, McQueen clapped dust off his combats.

Fit's it aa in aid o like? Davie shuffled forward wi the queue.

They'll've fucked up, be needin permission tae use live ammo or some fuckin thing, McQueen rubbed the tae o his boot on the back o his calf.

They got tae far the cooks had set up a hotplate at the front o the abandoned barn.

Whit's that? McQueen studied the food.

Chicken curry, the cook lifted a ladle an gave the curry a stir.

Whit kind o pie's that?

Steak an kidney, the cook slid a food slice unner a slice o pie.

Is the curry hot, like?

It's nae too bad, the cook stirred the curry.

I like it hot, man.

We canna make it too hot. Nae aabdy likes it hot.

They shouldnae huv curry if they dinnae like it hot, McQueen peered at the curry.

Hurry the fuck up McQueen, Miller pushed intae the back o Zander an Davie.

Aye come on ye fuckin nigs, Duffus an Mayne pushed intae the back o Miller.

Hud yer fuckin horses, McQueen held oot his mess tin. *Ahll hae the curry. An scoop some o them chips on there an aw.*

The cook ladled the curry an scooped the chips. The boys got their food an found somefar tae sit in the dust.

Ma belly thought ma throat wis cut, Davie forked curry intae his mooth.

Ahm fuckin starvin efter pilin in an oot o that Warrior aw mornin, McQueen forked curry intae his mooth.

There wis a row o twelve by twelve tents doon a bit fae the cookhouse an the flaps were open tae let the breeze through. The boys sat amongst the hot dust eatin their curry an watched the officers bein waited on at tables. The mess staff went aboot reed faced in their reed mess jeckits an white shirts an bow-ties tight up at their throats. Munro wis on the ootside o the canvas an fat an reed in his mess jeckit, his heed looked mair beetroot than ever an looked aboot tae burst fae the pressure o the bow tie an the struggle tae open a bottle o wine.

That cunt's heed'll pop afore he pops the cork on that bottle, Sutherland snorted an used his last chip tae mop up the last o his curry sauce fae the bottom o his mess tin. *Imagine bein assigned tae waitin duties when the rest o us are trainin for war.*

He canna train cause o his knees, Miller tapped his knees.

The oxygen thief should be discharged then, Sutherland snorted again as Munro got the cork oot the bottle an went intae the tent. There wis perspiration on his foreheed an perspiration on the bottle as he waddled atween the tables an topped up the officers. The officers tipped their glesses an tinkled their silverware an plums rolled oot o their mooths.

Ahm goin for puddin, Miller got up.

Ahll come wi ye, Davie got up.

Ah canna be ersed queuin for puddin, McQueen mopped up the last o his curry sauce wi his last chip. *It's too fuckin hot, man.*

Neither can ah, Duffus wiped his mooth.

It's nae as bad as the last time we were here, Sutherland lifted his heed tae Duffus an Mayne. *Mind that boys?*

Aye, Mayne lit a fag.

It wis minus-fuckin-eighteen, Duffus held his han oot for a fag. *In those tents in that fuckin sna.*

At least we were fed an had dossbags, Sutherland wiped his mooth on the back o his han.

So? McQueen watched Davie an Miller wind their waye back through the canvas.

So think aboot the Jews, Sutherland held his han oot for a fag off Mayne.

Whit aboot the Jews? McQueen held his han oot for a fag.

Mayne *fuck sake*d an threw them baith a fag.

This used tae be a Jewish work camp, eh, Sutherland leaned forward an got a light off McQueen.

Davie an Miller came back wi their puddin an sat either side o Zander. Zander looked intae their mess tins an scoops o vanilla ice-cream slid aboot on the bottoms, meltin in the heat.

Fuckin ice-cream. Ahdve went back if ah kent there wis ice-cream, McQueen got up an headed for the cookhoose.

There wis nae ice-cream for the Jews, Sutherland got up an followed im.

Ah never heard o Senelager bein a workcamp, Duffus got up an followed.

It wis a spill-ower fae Belsen, Sutherland joined McQueen in the queue.

Then the queue started goin doon quickly an boys near the front were leavin the queue.

Nae fuckin ice-cream left, McQueen craned his neck tae see.

Now ye ken whit it felt like for the Jews.

Will ye shut the fuck up aboot the fuckin Jews, Soothy. Ahm jist wintin some ice-cream, McQueen wis at the front o the queue. *Whit's left for puddin?*

Tinned peaches, the cook clanged the container wi his ladle.

Fuck tinned peaches, McQueen turned awa.

Ahll hae some tinned peaches, Sutherland held oot his mess-tin. *Plenty o syrup on there, eh.*

They washed their mess tins in the stane troughs aside the cookhoose an then they went tae their tents an sat aboot an smoked an lay aboot an dozed.

Zander tried tae put off goin tae the shitters, but he had tae go. He rummaged in his large-pack an pulled oot his bogroll an trudged up the dusty avenue through the rows an rows o tents tae far the two wide dusty avenues crossed each ither in the centre o the camp. There were two long widden huts at the crossroads. There were nae boards covering the top halves o the huts, jist wire mesh. He got close tae the huts an the air hit im. He pulled open the door at the end o een o the huts an the big flies hit im. Along baith sides o the hut there were long widden benches wi holes cut intae them at intervals. He breathed in shallow breaths an chose a hole an didna look doon it an sat doon. He tried tae ignore the flies as they flew aboot his erse an he waved them awa fae his face. He wiped his erse an tried nae tae look doon the hole when he dropped the bogroll in, but he caught a glimpse o the pile o shite laced wi shitey bog roll an he felt dizzy fae the shallow breathin an the sight doon the shitehole. The curry in his belly turned an he turned awa fae the hole an he concentrated on a knot o wid on the wa an the knot in his stomach loosened an he pulled his troosers up an hurried for the door. He got ootside an washed his hans unner the standpipe an headed back doon the avenue an looked across the dark green o the tents an they were still an there wisna a ripple o canvas. He turned off the avenue an waded waist deep amongst the tents an made his waye back tae the boys. He found them congregated roon McQueen's tent. McQueen's boots were stickin oot intae the sun.

Ye ken the blocks where we hae oor shooers? Sutherland tapped McQueen's boot.

Whit aboot them? McQueen kicked at Sutherland.

They used tae gas Jews in there.

Awa an fuck, man, McQueen stuck his heed oot intae the sun.

Aye, man, Sutherland looked at the boys. *They did.*

They widnae dae that tae us.

Gas us? Duffus stood in the sun an smoked a fag.

Naw, ya fud, McQueen squinted up at im. *They widnae make us shower in a gas chamber.*

The British Army has nae shame, McQue, Sutherland squatted an picked up a stick.

That's bollocks, Mayne lifted his han tae shade his een fae the sun.

Ahm tellin ye, Sutherland slapped a fly off his erm. *The British Army liberated Belsen at the end o the war an this camp wis part o it. This wis aa fields an the boxheeds had the Jews workin here.*

Like fuck, Duffus slapped at a fly.

Well, Sutherland drew a line in the dirt wi the stick. *They fuckin did.*

Gas, gas, gas, the Razzman strode up the avenue atween the tents an clattered a pair o mess tins the gither.

Is that cunt takin the piss, McQueen stretched his neck abeen tent height tae hae a look.

Zander got tae his feet an looked across the dark green an there were waves risin an choppin aboot. Boys stood waist deep in the canvas an pulled their respirators oot o their webbing an unrolled their NBC suits an stumbled aboot an shoved their legs intae their NBC suits.

Gas, gas, gas, the Razzman clattered the mess tins the gither.

Zander pulled his NBC gear oot o his webbin an pulled on his respirator an suit. He paired up wi Davie an they checked the seals aroon each ithers hoods an cuffs an ankles.

Sergeant MacKenzie telt them tae fall in on the parade square an they made their waye there an the sergeant wis ahin them bootin boys up the erse so they'd move quicker. They formed up in the dusty makeshift parade square an Sutherland went roon the boys in his section checkin their suits were on right.

They dinnae want ye tae ken anythin, McQue, Sutherland adjusted the velcro on McQueen's hood an moved on tae Duffus. *But ahll tell ye this*, he adjusted the seals on Duffus' wrists an moved on tae Davie. *This is fuckin Gulf trainin*, he checked the canister on the side o Davie's respirator an moved on tae Zander.

Zander looked oot at Sutherland lookin in at im an listened tae his muffled voice.

We're goin tae the fuckin Gulf, boys, Sutherland checked the seal on Zander's respirator. *We're goin tae fuckin war.*

XXVIII

Oh aye, ah mind that boat trip. We sunned oorsels on the deck aw the waye through the Med an the Red Sea.

...

Aye ah wis full o useless information. Ah still am.

...

Check her oot. Tidy.

If yer battalion wis chosen tae go tae the Gulf ye got intense desert warfare trainin. Ye were telt aboot the chemical threat an ye got intense Nuclear, Chemical an Biological warfare trainin. Ye were lectured aboot the different kinds o chemical an biological weapons Saddam had an how tae respond tae them an recognise the signs an deal wi casualties. Ye were instructed on the different types o combo pens an tablets ye had tae tak that might stop the chemical an biological weapons killin ye. Ye got weapons an vehicles ready. Ye got issued new kit. Ye painted.

The platoon sat in the briefin room. The lights were low an the light fae the OHP glowed on the wa in front o them. Sergeant MacKenzie put silhouettes up in the glow an then he pointed at boys an telt them tae name the silhouettes.

Duffus, the sergeant pointed wi his stick.

Soviet tank, T2, Sergeant, Duffus stood up an looked closely at the black shape.

Good, sit doon, the sergeant put up anither shape an pointed his stick at Davie.

T1 tank, sergeant, Davie stood up an looked at the shape.

No, that's a fuckin Yank tank. Sit doon, the sergeant took a pile o paper an handed it tae a boy at the front. *Take these awa an fuckin learn them. Ah dinna want you cunts goin ower tae the fuckin Gulf an firin at oor allies. Anybdy that disna kain them the next time ah ask ye'll be gettin the tae o ma boot up tae the third lace.*

This is the revolutionary guard, Saddam's crack troops, the sergeant put pictures o Iraqi soldiers intae the glow. *This is an AK47 wi foldin stock, 7.62 mm,* pictures o weapons went intae the glow, *ye'll be gettin trained how tae strip, assemble an fire them. This is the effects o nerve agent poisonin,* grainy photos o folk dyin an deed, *ye'll be instructed on the use o combo pens that can stop this happenin. Pay close attention tae those instructions. If ye use the pen incorrectly, ye'll wish ye'd died o nerve agent poisonin. Saddam has this shit an he's goin tae use it,* photographs o folk wi bubonic plague an anthrax glowed on the wa, *these pictures are o folk he's tested it on in Iraq.*

Photaes.

Drawins.

Pictures, tables, graphs.

Zander looked at the sand-coloured paint in the cracks o his hans. They'd spent the whole o the day afore coverin up the green Warriors wi the colour o the desert sand. He scraped at the paint an listened tae Sergeant MacKenzie tell them aboot the Kevlar vests they wid be gettin issued.

Zander stood in the caal an dark an pressed the buzzer.

Halo? Her voice glowed in the night an quickened his herrt.

He leaned towards the intercom and telt her who it was.

Who?

He telt her again an his stomach tightened an he looked up at her windae.

Oh… What are you doing here?

He telt her he'd jist come tae see her. The intercom stopped glowin an the wind bit intae im.

Can you speak proper English, I can't understand you, her voice breezed oot o the intercom.

He telt her he wis haein a beer nearby at the plaza.

Oh … well. You … you can't come in just now, her voice fell tae the caal pavement an swirled among the dry leaves. *My parents are here. Come back tomorrow, okay.*

Zander pushed awa fae the wa an looked up at her windae. He looked doon the road intae the wind.

Okay … ?

Zander left her voice amongst the leaves an walked back towards Klara's. Klara telt im the Scotch boys had aa gone tae the hoor hoose. Sutherland an McQueen were wantin a ride afore they escorted the Warriors tae the ship that wis takin them tae the Gulf.

Zander an Davie sat in the half empty cookhoose wi their half-finished plates o Christmas denner.

Ye nae seein that quine again? Davie cut a roast tattie in half an dipped it in a puddle o gravy.

Zander crushed a tattie wi his fork an shook his heed.

How nae? Zander put a tattie in his mooth.

Zander mixed the crushed up tattie in wi his gravy an shrugged.

Ye think we winna come back, Davie put the ither half o the tattie in his mooth.

Zander put a forkfae o gravy soaked tattie intae his mooth an shrugged.

A couple o officers came intae the cookhoose cerryin crates o beer. They dumped them on a table an wished the boys *Merry Christmas.* Davie went an got a couple o tins an handed een tae Zander.

Zander cracked his tinnie.

They're bein hoorna good tae us, Davie cracked his tin. *Maybe in case they get a bullet in the back.*

Zander took a long swig o his beer.

It's fit happens in war zones. If the officers are cunts tae the boys, they accidentally get shot in the back durin battle. Davie took a swig o his beer. *It happened in the First World War.*

Zander folded a slice o turkey in half an forked it intae his mooth.

It wis Suthie that telt me that, afore him an McQueen went awa wi the Warriors, Davie folded turkey intae his mooth.

Zander chewed his turkey.

That's aboot five weeks since they left, they should be there by noo, Davie forked mair turkey intae his mooth. *Suthie said he wis goin tae be sunbathin on the deck o that ship while we were trudgin aboot in four feet o sna,* Davie chewed his turkey.

Zander took anither long swig fae his tinnie an nodded.

How'd ye nae go hame last week? Davie nodded an poured beer intae his mooth.

Zander cut anither tattie in half an crushed it unner his fork an shrugged.

It wis an affa long journey, like, Davie chewed turkey. *Ah spent two o the four days leave on a bus.*

Zander mixed his crushed tattie wi the last o his gravy an nodded.

Ma mam made Christmas denner though, Davie picked up his tinnie an gave it a wee shake tae check how much wis left.

Zander poured the last o his beer intae his mooth an crushed the tin.

Had skirlie an ahin, Davie finished his beer. *Nae skirlie here, though.*

Zander shook his heed.

There's trifle.

Zander looked ower his shooder at far the desserts sat on the stainless steel coonter at the far end o the hotplate. The Senelager Cook wis busy ahin the hotplate, bright in his cooks whites.

Nae fresh cream, though, Davie looked ower at the desert coonter. *It's that synthetic shite.*

Zander nodded ower at the table far the officers had dumped the slabs o beer.

We'll hae a few tinnies for puddin? Davie crushed his tinnie.

Zander telt Davie that they should jist help themsels an they went ower tae the slabs o beer an filled the pockets o their combats wi tinnies. They headed oot the cookhoose door an doon tae the block.

The boys sat in the NAAFI an the ceilidh music poured oot o the telly in the corner an they poured beer intae their mooths. A quine wis singin a ballad an Zander's mind swam wi it an he got up an swayed tae the phone box doon the corridor. He dug in the pockets o his combats an pressed some marks intae the slot.

He telt his mam *happy new year* an listened an nodded. He telt his mam they were *awa the morn* an he listened an he shook his heed an telt his mam *no ah winna* an he nodded an telt his mam *aye ah will.* He swayed wi the music that spilled through fae the bar an held ontae the phone box an telt his mam that that wis his money wis gone. He telt his mam that he loved her.

He tried tae put the receiver on the cradle but it fell off an swung aboot. He caught it efter a couple o tries an put it on the cradle. He headed back tae the bar an tried tae concentrate on the fleer as it tilted fae side tae side. He got back tae Davie an put his han on his shooder an lowered imsel back intae his seat. Davie handed im anither tinnie.

Zander lit a fag an blew the smoke oot.

Got yer kit ready? Davie lit a fag.

Zander nodded an asked far Miller was.

Awa tae his bed.

Zander nodded an asked how long tae go.

Four an a half oors, Davie squinted at his watch.

Zander poured mair beer intae imsel an asked how far it wis tae Hannover.

Dinna kain, couple o oors maybe.

Zander flicked ash intae the tin he wis drinkin oot o an telt Davie he wid sleep on the bus.

Ye've nae finished at beer, min, Davie smiled roon his ain tin.

Zander attempted tae wipe the ash fae the mooth o the tin an took a swig an telt Davie it widna kill im.

Zander woke up wi his heed jammed atween the windae an the side o the seat. His TOS wis jammed on his heed an his Bergen an his webbin were jammed intae his lap an atween his legs an unner his seat. He readjusted his Bergen so he could rest his heed on it an pressed his foreheed against the caal glass. Snadrifts an autobahn signs tumbled past the windae in the weak light. His tongue felt too big for his mooth. His brain felt too big for his heed. He stuck an elbow intae Davie an telt im he couldna mind gettin on the bus.

Ye needed a han, like, Davie's heed lolled off the heedrest an he wiped drool off his chin wi the back o his han.

Zander rubbed his heed an tried tae unstick his mooth.

Davie pulled his water bottle oot o his webbin an offered it tae Zander.

Zander looked at the bottle an shook his heed.

Jist hae a sip, Davie offered the bottle.

Zander took the water bottle an turned the lid an the bus turned off the autobahn an swung roon a slip road for Hannover. He screwed the lid back ontae the bottle an puffed his cheeks.

Got a spare skaffie bag? Davie leaned forward an tapped Duffus on the shooder.

There's anither casualty, Duffus shouted doon the aisle o the bus. A black scaffie bag wis passed back, an the boys went *fuck sake,* an *nae anither een* an *mak sure ye get it aa in the bag.*

Davie rolled open the bag an gave it tae Zander an Zander pushed his TOS ontae the back o his heed an put his heed ower the bag an his stomach twisted an wrung the alcohol oot o im. He twisted the top o the bag intae a knot an stuffed the bag unner the seat in front far he could get tae it quickly if he needed it again.

Davie raised an eyebrow an gave Zander the water bottle. Zander took a half moothfae an the bus went unner a reed an white pole an drew up alongside a row o buses lined up alongside a hanger.

They filed off the bus an swirls o sna an wind bit intae Zander an he sucked the caal air intae his lungs. The Razzman wis bitin at the platoon sergeants an Sergeant MacKenzie wis bitin at them tae get formed up intae ranks. The hanger entrance wis open an gapin at them. The platoon filed intae the mooth o the hanger an floodlights glared doon on them an the rows o tables wi clerks sittin ahin them. Zander wis asked his name an number, his name an number, his name an number an clerks strummed their fingers along the tops o files an pulled files oot o boxes an issued im wi dog tags an morphine an combo pens an telt im tae sign here, sign here, sign here. The boys filed along an signed the files an coiled aroon the tables in the belly o the hanger. They got tae a row o tables near the ither end o the hanger an were telt tae tak a seat. An officer held up a form an shouted abeen the babblin gut o the hanger tae fill in their name, rank an number, next o kin an tae sign the bottom. A clerk moved among them dealin oot last will an testament forms. The boys filled them in an signed the forms an formed up in the sna at the erse end o the hanger. A sna ploo wis clearin the runway an a 747 sat on the icy tarmac in front o them heatin itsel up. Sergeant MacKenzie barked at them an they filed forward an the caal wind bit intae them an they filed up the steps o the plane.

XXIX

They had some set up, like. A bit naïve though, eh.
...
No, ye didnae. Ah respected ye for that.
...
Ah might hae something comin up, eh. A wee job ye can help ma wi.

If yer battalion wis sent tae the Gulf ye were either in Seventh Armoured Brigade or Fourth Armoured Brigade. Seventh Armoured were the black rats, the original desert rats fae the Second World War. They went oot first, in August. Fourth Armoured were the reed rats. If ye were wi them ye went oot in the New Year. The vehicles an the tanks an the personnel carriers widve gone by boat weeks afore.

The platoon filed doon the steps o the plane an warm air enveloped them an filled their lungs an the sun beat doon on them an stung their een. The dry air sucked the moisture oot o Zander's mooth an grit stung his een.

The sergeant formed up the platoon an doubled them across the dusty tarmac tae far a line o eight-tonners waited an they climbed intae the shade in the back. They sat a while an waited wi their mooths stuck the gither. The boys passed aboot fit water they had left an wiped their brows.

The truck started tae roll oot o the airbase an Zander watched Saudi unroll ahin it. Big shinin saloon cars rolled along the carriageway an passed them in the fast lane an palm trees lined the central reservation o the carriageway. Arabic letters rolled by on road signs. Twa an three storey hooses wi balconies an swimmin pools an lush green gerdens lined the carriageway. The eight-tonners rolled along the carriageway an the buildins became smaller an the swimmin pools dried up an the waas tumbled an the ornate gates hung on their rusty hinges an the trees withered an the lawns became burnt hard patches o bare earth an the sweepin drives atween the dwellins became narrow dusty alleys far skinny bairns an skinny dogs hid in the shade. Then the hooses became broken teeth on the hard-packed desert. The eight-tonners turned off the carriageway an rolled along a dusty road an pulled up aside a walled compound ahin which crouched rows an rows o low, flat roofed buildins. The boys sat in the backs o the eight-tonners while the officers an the NCOs wandered aboot an stood in wee groups an pointed an nodded. Sergeant MacKenzie got them oot o the wagon an marched them intae the compound. He led them tae far they were goin tae be barracked an Sutherland wis there waitin for them, tanned an grinnin wi the broad brim o his desert hat shaped like Clint's stetson wi the brim turned doon at the front shadin his een. Twa stripes sat on the erm o his dessie combat jeckit.

Aaright boys, he tipped his hat back on his heed. *Get yer kit intae these rooms here an ahll take ye's tae the cookhoose.*

The boys sweated an cerried their kit intae the long, cool rooms. Rows an rows o bunks lined the waas. McQueen wis there on a bottom bunk in the corner. Zander an Davie an Miller an Duffus an Mayne humped their gear ontae the bunks roon aboot an stood aboot while McQueen lay on his bunk lookin reed.

Aaright boys, he sat up an stuck oot his han. *Happy New Year.*

Sna an palm trees aa in een day, Duffus shook McQueen's han.

Bit o a shock tae the system, like, Miller shook McQueen's han.

Zander shook McQueen's han an telt im he wis thirsty as fuck.

Help yersel's tae a tin o ginger, boys, McQueen pulled a slab o coke oot fae unner his bunk. *This stuff's cheap as fuck oot here. Fags an aa. Ahll take ye's tae Mohammed's shop efter scran.*

Fit aboot a beer? Duffus fanned his face wi his TOS.

There's nae beer here, man, McQueen handed im a coke.

Zander cracked open his tin o juice an poured it intae his mooth an winced against the gas an looked at the Arabic script on the side o the tin.

It's jist the same coke, McQueen led them oot intae the sun.

The respirator sucked at Zander's face an sweat ran intae his een an he sucked in air an chased efter the decapitated heed. A mob o zombies shambled efter the heed an flocked aroon it an he pushed intae the mob an managed tae hook the heed oot wi his heel an knock it intae some space. He kicked it in front o im wi the ootside o his foot an oot o the eyepieces he could see a cluster o zombies lumberin towards im. He kicked at the heed an a han gripped at his fore erm an yanked im back an he got his foot unner the heed an he lofted it intae the air an he saw the crowd o zombies look up as it spun ower their heeds an he saw them turn tae watch it come doon afore he wis dragged doon ontae the hard desert an dust wis kicked up aroon aboot im an feet kicked im an scuffed roon aboot im. He pulled imsel up an pounded efter the pack an his pulse pounded in his lugs. He pulled air intae his lungs an pulled at erms an pushed an elbowed his waye intae the mob an got elbowed in the side o the heed. He dug his waye forward intae the ruck wi his heels. Een o the zombies managed tae break awa wi the heed kicked in front o im an Zander managed tae kick its heel an the zombie's feet twisted the gither an it stumbled an Zander heard its muffled groans. Zander looked beyond im an saw anither zombie wi its erms ootstretched an its feet planted atween twa piles o kit. Zander threw his han intae the back o the tumblin zombie an it sprawled in the dust wi mair muffled groans. He sucked in air an he pushed forward an the heed rolled an the pack o zombies thundered in on im but he reached the heed first an he planted a foot aside it an he swung his ither foot through it an the heed spun through the air. The zombie atween the piles o kit grabbed at the heed wi flailin stubs o hans but it flew past im.

Zander put his hans in the air an stumbled ower tae far a couple o boys sat ahin the piles o kit. He pulled his respirator off an the sweat ran doon his neck.

They're a bunch o cunts makin us play fitba in NBC suits, Duffus offered Zander a drink fae his water bottle.

The lanny's tyres thrummed on the tarmac. They moved along the road at a speed that cooled them an flapped at the collars o their crisp new desert combats. Sutherland insisted that they ditched the sun hats for the day an wore their Tam O Shanters. McQueen pulled his TOS doon ower his een an stuck his elbow oot o the windae.

Sutherland slowed tae a halt at the gate o the American base an the American guards stood at the gate wi their M16s slung across the front o them an their aviator shades on their noses. Een o them stepped forward an looked at Sutherland's ID an then lifted his shades an peered inside the lanny.

How are y'all? He showed a row o gleamin enamel.

Aaright, the boys gave a wee wave.

Yo dude, McQueen leaned across Sutherland an stuck his han oot the windae. *Gimme some skin, bro.*

The American guard put his enamel awa an stepped back fae the lanny. He nodded at his partner an his partner raised the reed an white. The guard waved them through an Sutherland drove through the gate. He raised his han an waved back at the guard then he clapped McQueen on the back o the heed an knocked his TOS intae the footwell.

Whit the fuck wis that for? McQueen fished his TOS off the fleer.

Jist giein ye some fuckin skin, bro.

Sutherland drove the Lanny doon a wide boulevard lined wi rows an rows o twelve by twelves, wi streets an alleys o green canvas faaen awa fae the avenue. The boulevard wis a spoke an they came tae the hub far ither spokes rolled awa intae the ocean o canvas. They passed the Americans drivin aboot in their Humvees an trucks an walkin aboot in their American dessies an aathin wis different.

How dae we nae get tae wear shades, McQueen nodded at the Yanks goin aboot wearin their aviator glesses.

We're professional soldiers in the British Army, Miller straightened his TOS.

Did ye hear that the Yanks are gettin paid a thoosan dollars per man by the King o Saudi Arabia? Davie fanned his face wi his TOS.

Aye, that's right, McQueen fanned his face. *Plus they dinnae hae tae pay tax.*

The British Army refused the payment fae the Saudis cause they said it wid make us mercenaries, Miller straightened the fold on his sleeve.

Sutherland drove doon a side street an stopped far a group o bare-chested GIs sat aboot on deck chairs sunnin themsels, listening tae the radio an playin cerds.

Aaright boys, how's it goin, Sutherland leaned oot the windae.

Say what? Een o the Americans got up an sauntered ower tae the lanny.

I'm just looking for directions, Sutherland enunciated.

Are you guys desert rats? The American leaned his fore erm abeen the drivers windae an looked at the patch sewn ontae Sutherland's jeckit. *Hey, these guys are desert rats,* he called ower his shooder. His mates got up fae their cerds an sauntered ower.

You guys are goddam special forces, anither American peered intae the jeep. *Hey you guys, do ya mind if we took a picture?*

Nae a problem, man, Sutherland got oot o the Lanny an tilted his heed tae the rest o the boys. Zander climbed oot efter McQueen an an American wis pumpin his han afore he had baith feet on the sand. Een o them aimed his camera an directed the boys intae a group an took a couple o photaes an then Sutherland took the camera an telt im he should be in the photae an aa. The Americans got their photaes teen wi the boys an clapped them on the backs an shook their hans again.

What's that on yer hat, man? An American pointed at Sutherland's TOS.

This is a hackle, man, Sutherland took off his TOS an showed the hackle tae the GI.

What is it, man? The American caressed the feathers.

It's an ancient battle honour, eh. It comes fae the clan that founded our regiment. It's reed cause oor ancestors dipped it in the blood o their enemies whilst defendin their glens fae English invaders, Sutherland didna look at the rest o the boys.

Ah thought it wis French blood at Waterloo the hackle wis dipped in? McQueen's brow furrowed.

That came later ye fud, Sutherland scowled at McQueen.

God damn, man, are you guys Scotch?

That's right, McQueen wis smilin. *Fuckin Scottish special forces.*

What does that say on your cap badge? What language is that? A Yank wis squintin at Zander's cap badge.

Zander shuffled his feet an telt im it wis Gaelic.

It means save the chief, McQueen wis at Zander's shooder. *Our clan wis the King o Scotland's personal bodyguards back in the ancient times, like.*

God damn it, man, I gotta have one of those, the American's een were big an roon.

Not sure about that, man, Sutherland wis at Zander's ither shooder.

Come on, man, we can trade stuff. What do you guys need?

Well ahm nae sure we need anythin, Sutherland wis lookin through the open flaps o their tent.

Although, those beds dae look awfae comfy, McQueen looked intae the tent.

Sure man, we can trade a cot for one of them hats, the American wis in the tent an throwin his kit off his bed an draggin it oot intae the sun. Sutherland and McQueen moved forward tae hae a closer inspection.

Whit's that yer listenin tae? Sutherland turned tae een o the boys stretched oot on a cot.

Dunno man, some new band from Seattle, the boy looked up at Sutherland. *Grunge, they call it. Pretty cool, huh.*

Aye, Sutherland nodded. *That boy sounds like he's got something tae say. Ye should turn it up. But ahm sorry boys, ah have tae say,* Sutherland clapped McQueen's erm an turned back tae the deal. *We cannae gie oor TOSs up for a bed.*

Aye, ma mate's right, McQueen looked at the bed. *Maybe we could swap a hackle for a bed?*

God damn it man, I gotta at least have one of them cap badges with the stag and the Scotch writin.

Ah heard you guys've got good stuff in yer ration packs, Sutherland stroked his chin. *Boil in the bag chilli an omelettes an stuff.*

Sure, we got all that, and candy and cigarettes. You guys wanna trade your cap badges for food?

Aye, we could do wi a few dollars as weel, Sutherland shrugged.

Sure, sure. We can do that, the American looked aroon an his mates went into their tent for rations an dug in their pockets for their wallets. A soldier collapsed his bed an handed it tae Zander. It wis almost as light as the hackle Zander pulled fae his TOS an handed tae the Yank. The GI carefully tucked the hackle intae his breast pocket.

And these are for your cap badge, the American held oot some silver foil packs o boil in the bag food.

Zander shook his heed.

Sutherland had the back door o the Lanny open an wis puttin the camp beds an the rations inside. *Gie the boy yer cap badge, Zander,* Sutherland raised his eyebrows.

Zander took off his TOS an fingered his cap badge an looked at imsel in the American's mirrored shades. Then he put his TOS back on an shook his heed.

Hey man, we had a deal, the GI thrust forward his rations.

Zander shook his heed.

You want money, the American rifled his pockets. *Here's ten bucks.*

Zander shook his heed an climbed intae the lanny.

Here, twenty bucks, man, take it, the American leaned intae the lanny.

Here, ye can hae mine for twenty bucks, Davie held oot his cap badge tae the American an they traded an the American tilted his shades ontae the top o his heed an held the cap badge up tae the sun an Davie stuffed the money intae his pooch an climbed intae the lanny.

Anither American wis tryin tae swap rations an kit wi Miller, but Miller jist shook his heed an climbed intae the lanny. The rest o the boys climbed in an Sutherland pulled awa an the Americans were wavin an shoutin *see ya, Scotch guys,* an they drove awa up the canvas street an when they'd gone doon the main boulevard for a while Sutherland pulled ower. He reached intae a bag that McQueen held open for im an pulled oot a hanfae o hackles an cap badges.

Ye could o swapped yer cap badge ye fanny, he handed a hackle tae Zander.

He did the right thing, Miller elbowed Zander. *That's army property.*

Zander telt Miller it wisna army property an fixed the hackle in ahin his cap badge. He telt Miller the cap badge wis his.

Sutherland put the Lanny intae gear an they pulled oot intae the traffic on the boulevard an drove tae the ither side o the canvas city far large container ships sat at a dock an cranes unloaded Humvees an APCs an tanks an artillery guns rolled doon a ramp ontae the dockside. They drove along the seafront an they passed Americans sunnin themsels on the bonnets o Humvees. They passed Americans playin volleyball on a stretch o sand wi their chests bare an their feet bare an their dessie combats rolled up aroon their knees.

These cunts ken how tae hae a war, boys, McQueen waved oot the windae.

This place is nae real, Davie smiled oot the windae.

Ye've nae seen the best o it yet, Sutherland turned up anither wide boulevard an pulled the Lanny ower an parked near golden arches that towered intae the blue sky. The boys got oot an walked unner the golden arches an atween the rows o widden trestle tables an benches far the American troops sat an ate wi the desert dust unner their feet. They walked up tae the big open front o the big canvas tents an stood in the queue at the coonters.

This is why ye're workin for the Yankee dollar, boys, Sutherland nodded at the menu boards. *The Yanks winnae touch any currency but dollars.*

Yer riyals are nae use here, Zander, McQueen smiled up at the board. *Ahm sure we could exchange some at a reasonable rate for ye though.*

Fuckin McDonald's in the desert, Davie stared up at the pictures o the Big Macs an the McNuggets an the fries an the frosty milkshakes an shook his heed an held oot his fistfae o dollars.

XXX

We felt alive, eh. There wis some scary moments, though.
…
It's whit we were trained fer, eh.

Ye were kept in the camp for a couple o weeks. Ye got issued a Kevlar vest an a dessie cover for yer helmet. Ye got issued yer rounds an yer grenades. Ye got some mair trainin on vehicle recognition an ye got some mair anti-tank an Kalashnikov trainin an ye got plenty o PT tae acclimatise ye. Then ye were sent oot intae the desert.

Zander tried tae sleep. He shivered in his thin desert combats. The hard seat dug intae his erse an his kit dug intae his ribs. He closed his een an listened tae the throaty roar o the Warrior but the Warrior jolted an his heed lolled aboot on his neck an he opened his een. Davie sat across fae im wi his hands shoved up inside the cuffs o his jeckit tae keep warm. His eyelids swooped an dived an his heed lowered ontae his chest.

How long we been goin? Davie lifted his heed an forced his een open. Zander looked at his watch an telt im oors an oors.

Shut the fuck up ahm tryin tae kip, McQueen kicked Zander's boot.

The Warrior stopped rockin aboot an the engine idled. Sergeant MacKenzie shouted doon fae the turret that they were haein a piss stop. The back door swung open an caal wind whipped in an the boys piled oot. The battalion's vehicles were drawn oot in a long convoy tae the front o them an tae the rear o them. Zander walked aroon the eight-tonner that had pulled up ahin them. He rounded the cab an the wind whipped the sun hat off his heed an it tumbled awa in front o im. He went efter it an put a foot o it an it flapped aboot unner his foot tryin tae get awa. He picked it up an pulled it doon tight on his heed. The brim flapped against his een an the wind pulled the hat fae his heed again an it rolled across the flat desert an the desert rolled awa in front o im towards the deep blue sky at the horizon. His jaw hung doon an the wind whipped his collar up an stung his face.

There wis splatterin alongside im an boys were linin up an turnin their backs tae the wind so that they widna be pishin intae the wind an they stood in a line an pished. Zander turned his back tae the wind an pished ontae the endless desert.

There wis nae dawn. The sun appeared ower the horizon an brought instant light an heat an warmth returned instantly tae the boys' hans an feet. Zander an Davie hacked a hole intae the hard baked desert an shovelled oot sand an stanes an they hacked an shovelled at the desert unner the camouflage nettin until the caal night wis ahin them an the fleer o the desert wis level wi their chins. They dug the trench an pulled the camouflage nettin ower the top an left a gap so that they could watch the endless desert roll awa. They sweated an wiped their brows an pulled off their jeckits an shirts an they stooped noo an again tae lean on the side o the trench an drink water. The nettin covered the Warrior an the trenches aroon aboot an poles held it up so that the boys could move aboot unnerneath an the Warrior could get in an oot an the rest o the Warriors in the company were fanned oot fae the OC's Warrior.

When the trench wis finished the sun wis low in the sky an they had tae stand in their trench an watch the bleached yella desert roll awa intae the bright blue sky. Davie scraped a hole in the side o the trench wi the tip o his bayonet an Zander watched im carve the hole an he kept a look oot in case Sergeant MacKenzie caught Davie fuckin aboot when he should've been lookin oot. Zander looked oot an Davie sank the tip o the blade intae the earth an the sun sank alow the earth an the sky turned deep an dark an it wis dark in the hole that Davie had carved intae the earth. Davie finished carvin an put his water bottle intae the hole an the water bottle fitted neatly.

The sun dropped oot o sight an the clear starry sky sucked aa the heat fae the earth. Stand-to wis ower an Davie an Zander climbed oot o the hole an went an sat wi the rest o the boys at the back door o the Warrior. A kerosene lamp hung fae the open door an hissed white light ontae them an the boys played cerds an made brews.

Sutherland made up a stag list an those that werena on stag first made up their cot beds an lined them up heed tae foot along the sides o the Warrior. Zander climbed intae his dossbag an laid his rifle doon by his side an he looked up through the nettin an stars dripped doon through the net an covered aathin in pale blue. He shut his een.

Ah made ye a brew, Davie nudged his shooder an climbed intae his ain doss-bag. *It's in the hole that ah made.*

Zander pulled his dossbag doon an shivered as he pulled on his boots.

Ahd put plenty o kit on, Davie's teeth chattered an he pulled his dossbag ower his heed.

Zander pulled his jumper ower the top o his dessie combats an his NBC suit ower the top o that. He shuffled along on the frozen desert an crouched when the cam net got low an when he kaint he wis near the trench he extended a foot so he widna faa intae it. He climbed intae the trench an found the mug o tea an warmed his hans on it an sipped it an looked oot an watched the pale blue desert roll awa towards the deep, dark sky.

The Warriors rolled tae a stop on the flat endless desert. The back doors swung open an the boys dug holes in the desert an watched the horizon. They played cerds an read books an wrote blue aerogrammes an watched the sun sink. They packed up the Warriors an the back doors swung shut an they rolled aroon the desert wi the sand flares trailin oot ahin them till they stopped an the doors swung open an they dug mair holes in the desert an watched the bright, bleached desert roll oot in front o them.

The Warrior sat unner the cam net an the boys sat on ammo boxes an cot beds at the back o the Warrior. A Lanny rolled intae the company lines an a cloud o sand followed it in. An officer an a clerk fae battalion HQ got oot an the clerk went aroon the back o the Lanny an pulled oot a hessian sack. The boys gathered aroon the Lanny an the clerk dipped his han intae the bag an pulled oot a bundle o blueys. He twanged the elastic off the bundle an started tae shout oot names in alphabetical order. Boys went forward an collected their blueys an went awa tae read them. Zander waited a while in case Steph had written.

When they got past his place in the alphabet wi nae letter, he left the clerk shoutin oot names ahin im. He walked aroon tae the front o the Warrior an sat doon wi his back against the track. He looked oot through the cam net an tapped his fingers on his knee an dug his heels intae the sand.

He stuck his han intae his webbin pooch an pulled oot een o his grenades. He turned the grenade aroon an aroon in his han. He stuck the lever intae the web o his thumb an he eased the pin oot o its hole. The pin wis a split pin an it sprang open as it came oot o the hole an sprang oot o his han an the grenade wis live an he could feel it heat up in his han. The pin landed in the sand aside his thigh an he reached doon an picked it up by the ring. He laid the pin on his thigh an felt sweat grease the palm o his han an he felt the grenade threatenin tae slip fae his grasp an detonate. His han cramped. It hurt tae keep his han locked aroon the grenade an tae keep the spring-loaded lever fae flyin off. The shank o the pin wis in an open v on his thigh an he pushed the twa halves o the pin the gither wi thumb an forefinger. The tension in the pin wis strong an the pin slipped as he pinched it the gither an it sprang oot o his fingers an hit im in the ee an landed in the sand an the live grenade became hotter in his greasy han.

Davie wandered aroon the side o the Warrior wi an open bluey in his han an stood lookin doon at Zander. He folded the bluey an put it in his pocket. Davie knelt doon an looked at the grenade. Zander sweated an nodded towards the pin an wrapped baith his hans aroon the grenade. Davie pinched the pin the gither an brought it tae the hole in the lever o the grenade. Zander felt the gentle pressure as Davie gently twisted an pushed the pin til it wis fully hame an the grenade wis safe. Zander felt the heat go oot o the grenade.

Davie pulled the bluey oot an unfolded it an sat doon next tae Zander wi his back against the track o the Warrior. Zander stretched his fingers an wiped the sweat off his hans an Davie read the bluey.

Ma Mam's got a blood clot, Davie folded up the bluey. *She's aaright though. She's in the hospital an they're giein her stuff tae dissolve it.*

Zander put the grenade back in his pooch an telt Davie he wis glad.

This is proper sand, Davie trudged through the soft sand.

Zander felt his boots sink as he walked.

Like the sand ye get on the beach.

Zander nodded.

Like the deserts ye see on the telly.

Zander nodded.

This is how I expected the desert tae be when we came oot here.

Zander nodded.

Nae that hard stony stuff.

Zander shook his heed.

They approached the A Coy lines an made their waye tae the quartermaster's wagons lined up in the middle. They looked intae the back o the first eight-tonner that they came tae an the cook fae Senelager wis in there shiftin crates o rations aboot.

Zander looked up at the cook an asked if they could hae some water.

One case enough? The Senelager Cook lifted a case o bottled water tae the tailgate.

Gie me een an aa, Davie stepped up tae the tailgate.

Far's yer stores, like, the Senelager Cook passed doon a case o bottles tae Davie.

Zander shrugged an his rifle swung on his shooder so he put doon the case o water an adjusted the sling an telt the cook that they'd jist been sent tae get water.

You jist workin for the quartermaster oot here, like? Davie put doon his case o water.

Aye. Ahve done a bit o cookin like. Ahve cooked curry for Kate Adie an her crew.

No way, she oot here in the desert? Davie adjusted his rifle sling.

Aye, min. She tours aboot in this Lanny that has a reed rat shaggin a black rat painted on the side.

Ats smart as fuck, like, Davie got his rifle tight against his small-pack an put his foot on the case o water.

The Senelager Cook sat on the tailgate an broke chunks off a bar o chocolate an gave bits tae Zander an Davie.

Ah bet ye get loads o perks workin on the stores wagons, Zander put the chocolate in his mooth.

Ahve tae put up wi a lot o shite off you boys though, the Senelager Cook straightened up an nodded at the horizon an Zander an Davie turned tae look.

They saw a thin column o sand that spiralled intae the air an twisted an danced across the desert. It slowed an looked as if it had made itsel dizzy an might faa ower an then it danced on again.

Is that a whirlwind? Davie shaded his een wi his han.

Ats nae big enough tae be a whirlwind, the cook shaded his een.

Is at A Company water? The A Company colour sergeant came aroon the side o the eight-tonner an looked up at the cook.

Aye, Colour, their platoon sergeant said they had tae come an get it so ah didna argue, the cook looked doon at the Colour.

Far's your water? the Colour put his foot on Davie's case o water.

We havna got any, Colour, Davie took his foot off the case an looked at the column o sand.

Ats jist a spout, it'll come tae nothin, the Colour followed Davie's gaze an rubbed at his tache.

They stood an watched the sand twist an sway an then much further awa across the rollin desert they watched a thin spear o white stab the blue sky.

Fuckin hell, the Colour pulled his small-pack off his back. *That's an incomin Scud missile,* he ran aroon the side o the wagon shoutin *In coming! In coming!*

Zander an Davie an the cook stood an watched the white spear grow in the sky. It started tae bend towards them.

Get yer fuckin NBC kit on, the Colour pulled on his NBC kit. *Then get yersels intae somethin armoured an batten doon the hatches.*

The boys pulled their respirators oot o their pooches an pulled them ontae their faces an pulled their NBC suits on. As Zander pulled on his suit he saw the bustle unner the cam nets aroon im as the A Coy boys pulled on their kit an began tae pull the back doors o the Warriors shut. Zander an Davie checked each ithers seals an they checked the seals on the cook's suit. They looked across at the A Coy Warriors an only een o them wis still open. They ran towards the Warrior an the last boy climbed in an began tae swing the door shut an his big roon een looked oot at them.

There's nae room in here, he muffled through his respirator an pulled the door shut.

They stood an looked at the closed back door o the wagon an looked up at the tall white spear in the sky that wis bendin towards them.

Zander pulled at the Senelager cook's erm. They ran oot o the A Company lines an floundered across the soft sand towards C company. The sand pulled at their feet an tried tae hold them back. Zander pulled air in through the respirator an his feet threw up handfaes o sand. Davie wis oot in front, runnin in the direction o their wagon. Davie pulled up an Zander ran intae im an the cook ran intae Zander. They aa looked up at the sky. Anither spear pierced the blue, growin faster an straighter than the first. It wis fae a different place, far tae the east an it grew high in the sky, headin for the same point as the first spear. The tips o the two spears met each ither an a silent white cloud bloomed against the blue.

Ats Patriots, the Senelager Cook looked up at the blue.

Patriots? Davie looked at the cook.

Aye, anti-missile missiles. They watched the shafts o the spears begin tae wither an die an the white flower drifted an faded. *The Yanks've saved the day.*

The back o the Warrior swung open.

Are you cunts gettin in or whit? Sutherland leaned oot.

Ah dinna think we need tae noo, Davie pointed at the sky.

Aye, ah think yer right, Sutherland climbed oot o the Warrior an looked up. Then he punched Zander on the erm. *Where's the fuckin water?*

XXXI

Sand. Cerds.

...

Ah lot o it ah cannae mind. It went by so fast, the ground war. Four fuckin days it lasted.

...

Ah dinnae really want tae speak aboot that.

...

Ah cannae mind that. Here, hae anither swig o the auld uisge.

Ye waited in a long column for days an days. If ye were in the mechanised infantry ye waited Warrior ahin Warrior, company ahin company. Anither infantry battalion wid be lined up next tae ye, anither long column o Warriors an APCs an supply wagons. In the column beyond that wid be the tankies, a long column o Challengers. On the ither side wid be the Americans. Columns an columns o tanks an APCs an Humvees an stars an stripes swimmin in the breeze. There wis mair columns beyond the Americans, but ye werna sure who they were. Some boys said French, some boys said Saudis. Ye never got close tae them. Aa the columns pointed tae the north, towards Kuwait.

Ye lined up in yer columns an ye waited an then the columns wid move. They'd move oot column by column an form a convoy rollin slowly through the endless desert. The convoy wid sometimes move for an oor or maybe for a day an then form intae columns again.

Zander sat on top o the Warrior wi his legs hingin ower the side an the saltire flapped an flopped ower the side in the light breeze. He sat an watched the boys. Miller sat up front next tae Sergeant MacKenzie, cleanin his rifle. He couldna see Sutherland far he wis lyin on the bench in the back o the Warrior readin a book aboot the Glencoe Massacre. The rest o the boys sat on ammo boxes at the back o the Warrior an played cerds for riyals.

Zander looked at his watch an couldna mind how many oors they'd been playin for. He stood up an shook oot his legs. Fae the top o the Warrior he looked oot ower the columns o armoured vehicles.

He could see the column o Fusiliers or Grenadiers next tae theirs an ahin them he could see the column o Hussars, the troopers sittin on their tanks. Beyond that he could see a stars an stripes stirrin itsel on top o an American tank. The Americans had their radios on an Zander could hear Kurt Cobain yelling at the world. A black Apache helicopter flew up the columns fae the rear. It flew low an fast an beat the air an beat sand intae the air. The helicopter startled the stars an stripes an it flapped an strained against its pole an the saltire flapped an strained on its pole an Zander's collar flapped an beat against his neck. The boys put their hans on their cerds an the helicopter beat its waye towards the front o the columns. Zander watched it disappear intae the distance abeen the long, long columns. Davie climbed up on top o the Warrior an lay on the strapped doon cam net. Zander laid doon aside im an the cam net wis comfortable an he felt the warm sun on im an watched a soft cloud drift. He listened tae the boys playin cerds till his eyelids drooped an closed.

Fuckin yes!

Zander sat up an watched McQueen shufflin aboot on the sand an spreadin his three kings for Duffus an Mayne tae see.

Zander climbed doon an pished in the desert. He went aroon tae the back o the Warrior an climbed oot o the sun. Sutherland lay stretched oot on een o the benches wi the history book lyin open on his face. Zander sat across fae im.

Ye aaright? Sutherland looked oot fae unner the book.

Zander nodded.

How're ye feelin?

Zander telt im he wis aaright.

Jist sick o waitin? Sutherland's teeth gleamed.

Zander nodded.

They heard feet beatin the hard desert ootside an they glanced oot the door. A runner sprinted forward fae the OC's wagon an they heard the runner jabber tae the platoon sergeant but they couldna hear fit he said an they could hear the excitement. Then the runner ran on, beatin dust up fae the desert fleer.

Right boys, get yer shit the gither, Sergeant MacKenzie clapped Davie on the leg. *We're movin oot.*

The boys put the cerds back in the box an put the ammo boxes back in the Warrior an put their webbin on their backs an their helmets on their heeds. The boys climbed intae the back o the Warrior an Sutherland stood an pished on the sand an then climbed intae the back o the Warrior an swung the door shut.

Sutherland swung the door open an the boys climbed oot an blinked at the sun an pished on the sand an waited. Zander hung his legs ower the back o the Warrior an watched the boys pull the ammo boxes oot an pull the cerds oot the box an watched the Fusiliers or Grenadiers roll intae position in the next column. The Fusiliers or Grenadiers got oot an stretched an pished on the sand. The same boys were level wi them as last time an een o the boys nodded at Zander an Zander nodded back.

Zander looked back up the Highlander's column an he could see the Officer Commanding C Company draggin his heel in the sand an placin stuff in the sand an drawin stuff in the sand wi his stick. The OC stood back an looked at his work an then rubbed stuff oot wi his foot an wrote mair stuff an moved stuff aboot. Efter a while he spoke tae his runner an his runner ran up an doon the company lines an the boys had tae go an see fit the OC had drawn in the sand.

The boys stood in a circle aroon the OC an the OC wis standin in Saudi Arabia. The OC tapped some water bottles wi his stick an that wis Fourth Armoured an the bottles next tae them were the US Cavalry an anither bottle next tae that wis the French an anither bottle next tae that wis the United Arab Forces. The OC stepped ower a line in the sand an he wis in Iraq an he tapped at some tins o processed cheese an that wis the Iraqi conscripts an tapped at some tins o chicken curry an that wis Saddam's Revolutionary Guard. He pointed at some mair lines that he'd drawn an they were the trench systems. He drew an arrow in the sand across the border an he circled the arrowheed far it pierced the trench system an telt the boys that they wid be clearin those trenches. Then he stepped ower anither line an he wis in Kuwait. He drew a long sweepin arrow an the arrowheed pointed tae a box o magazine rounds, an that wis Kuwait City. He telt them they wid be comin doon the Basra Road an clearin aa areas on the approach intae Kuwait City in conjunction wi the US Cavalry. The OC telt the boys that once they were in Kuwait

City their objective wid be complete an Kuwait wid be liberated.

The boys wandered back tae their wagons.

Dinnae say they dinnae tell ye anythin, Sutherland put his han on McQueen's shooder.

They seem tae ken whit they're daein, McQueen sat doon an picked up the cerds. *Who's in?* he licked his thumb an slid the top cerd oot. The boys that were in pulled up some ammo crates an pulled crumpled riyals oot their pockets. *You in?* he raised his een at Zander.

Zander pulled his empty pockets inside oot.

Ahll gie ye some back, man, McQueen stuck his han in his pocket.

Zander telt im it wis aaright. Telt im he wis goin for a wander.

Can ah hae ma riyals back? Davie tapped his wee pile.

Can ye fuck, McQueen started tae dish oot the cerds.

Zander wandered doon the line, past fire support company, past the Warriors an far the OC's APC wis, tae far the company quarter master's wagons were. He found the cook sittin wi his legs hingin ower the back o an open tail gate.

Ye got any mail? Zander looked up at the cook.

Aye, there's a sack o letters. An a sack o sweeties an stuff. Maist o them've been gone through though. The cook went intae the back o the wagon an pulled a couple o hessian sacks oot an threw them doon tae Zander.

Zander put his erm in the mail sack an stirred the envelopes. He got a hold o een an pulled it oot, addressed as usual, *To a soldier,* an also as usual, it had been opened. He pulled the delicate airmail paper oot o the delicate envelope an delicate words floated ower the paper in neatly flowin blue ink. It wis fae a vicar's wife in Surrey an her thoughts an prayers were wi Zander. Zander put the letter back in the envelope an put the envelope on the sand an put his erm back in the sack an stirred it aboot. He took oot a hanfae o envelopes an went through them an sorted them intae twa piles. One pile had *To a soldier* written in the bubbly print o a quine. The ither pile wis ivrythin else. They had aa been opened. He looked through the envelopes an aa the photaes o women in their unnerwear or oot o their unnerwear had been taen. He rolled doon the top o the sweetie sack an there wis some packs o Bic razors an tins o shavin foam an some sweeties. Nae chocolate though. He pulled oot some packets o Polos an stuffed them in his pocket.

Nae luck? The cook looked doon fae the tailgate.

Zander shook his heed an threw the sack back up tae the cook.

Aa them rear echelon mother fuckers open them afore they even get oot intae the desert, the cook shook his heed.

The cook tucked the mailbag in ahin some ration boxes an the sun tucked itsel ahin the horizon. Zander wandered back along the column. The boys were playin cerds unner the reed lights o torches. Sutherland wis in the back o the Warrior readin his book. As Zander approached the earth alow his feet shook. He heard the low, low bass thump in the distance an again the grun shook gently aneath his feet. The boys put doon their cerds an Sutherland put doon his book an they aa stood up an looked tae the north. Some o the boys pointed at the dark blue sky. Sutherland pulled imsel up ontae the Warrior an some o the ither boys climbed up ontae the Warrior an aa aroon them the tanks an the APCs an the eight-tonners an the lannies an the Humvees were growin a crop o faces turned upwards tae the bright white flashes in the north sky that blossomed in their een an they felt the bass thump gently shake the desert aneath them.

Here we go boys, Sutherland climbed on top o the turret an raised his erms. *The Yanks have loaded up on guns an they're entertainin us*, he punched the air an the white flashes fae the north flashed in his een. *We're goin in soon, boys*, Sutherland jumped off the turret wi his erms aloft an pogoed in the sand. *That's the Iraqi trenches gettin a poundin.*

Only half o the trenches are getting bombed, Miller looked up at the sky.

How'd they nae jist bomb them aw, McQueen looked up at the sky.

The ither half get leaflets dropped on them tellin them that they're next unless they surrender, Miller climbed off the Warrior.

Jets flew ower the top o them an sparks streaked doon an the horizon flashed. They stood an watched an the runner ran up the column an telt the platoon sergeant an Sergeant MacKenzie telt the boys that they were *ready to roll.*

The boys packed up their cerds an boxes an put on their gear an climbed intae the back o the Warrior.

Hey, ho, let's fuckin go, Sutherland swung the door shut.

Sutherland swung the door open an the bangin an the yella an white light flooded intae the back o the wagon an left no space for them an pushed them oot. The Warrior's cannon spat rounds ower their heeds an they dived ontae their bellies an Zander spat sand oot o his mooth.

Zander watched as Sutherland strobed an listened tae his voice as it strobed abeen the boys in the section an abeen the crack o the cannon spittin 30mm rounds at the trench an the trench spat bits o desert intae the air. Sutherland telt them tae *put doon coverin fire* an Zander pointed his rifle forward an looked through his scope an saw a mound that ran fae left tae right in front o the trenches.

Sutherland telt the boys tae move forward an Zander pushed imsel off the grun an flew forward an dived ontae his belly an spat sand at the mound. There wis movement ower the top o the mound an the boys fired an Zander looked along his sights an waited for somethin tae move in front o im an Sutherland's voice strobed abeen the rifle fire an Zander looked up at im an Sutherland wis up on his knees an flashes o orange flicked off his hans an his contorted face an Duffus an Mayne were pullin grenades oot their webbin an they over-armed the grenades ower the mound an intae the trench. Zander watched the grenades slow motion spin through the air an drop intae the trench an felt the sand alow im shudder an Zander lifted his body an he wis floatin in the dark wi the flashes an the boys tae the left an right o im were firin doon intae the trench an they were rollin ower the mound an doon intae the trench. Grit an gravel scraped Zander's back as he slid doon intae the trench an he found that his feet were amongst erms an feet an the boys squatted amongst blackened rifles an torsos. Tae Zander's left wis Duffus an a bend in the trench an tae his right wis Miller an a bend in the trench. The flashes an the cracks stopped an the darkness fae abeen them sank doon intae the trench. Sutherland's voice bounced aroon the bends in the trench an the boys numbered themsels off. Sutherland's voice bounced aroon the trench an then Sgt MacKenzie's voice bounced doon intae the trench an radios clicked an crackled an up abeen them the Warriors growled an scraped their paws an Zander heard the rumble as engineers moved up tae the trenches wi bridge buildin kit. The boys shouted tae each ither, they cheered an screamed oot o themsels an McQueen shouted that he wis *goin tae get a souvenir* an Miller shouted in McQueen's lug *naebdy touch nothin* an Zander heard Davie's voice bounce roon the bend in the trench *ahve forgotten ma smokes* an Zander patted his top pooch an he shuffled along the trench, crouched wi his rifle butt tucked intae his shooder, his finger on the trigger guard, the muzzle pointed at the grun. The dark an smoke an dust hung in the trench an he shuffled along it towards Davie an the voices were telt tae *shut the fuck up*. The Warrior calmed doon abeen them an Zander could hear the hiss o the radio an further abeen them Zander could hear a whine that wis gettin louder an piercin his lugs an then he wis flyin backwards an his fag packet wis flyin oot o his han an he twisted through the air an Miller wis wrapped aroon im an somethin hot swept ower them an pushed them ontae the fleer o the trench an lit up the trench in eyeball white an Zander could see every grain o sand on the bottom o the trench. Zander got up on his knees an looked ahin im an the bend in the trench had been bitten off an swallowed up by the night an he got tae his feet an stumbled towards the hole far the trench had been. His lugs had swam awa intae the sky an he could only hear a river that tumbled ower rocks an through caverns in his heed an his een dived an swam ower the blackened section o trench in front o im. His fag packet wis perched on the lip o the trench, the cellophane melted an the cardboard singed. He picked up the packet an the fags inside were clean an white an he perched een on his lip an flipped een oot for Davie an he looked for Davie but he couldna find Davie.

Zander could only find bits o Davie's combats that smouldered an the sole o Davie's boot that burned an the black shadow o a boy that sat against the side o the trench an cradled a charred an melted rifle an spewed oot black acrid smoke. Sutherland stood in front o Zander wi his een wide an white an rimmed blood reed an he pushed Zander awa fae the shadow boy that sat in the trench. His mooth opened an Miller's mooth opened but Zander could only hear the river that tumbled through his heed an Miller clapped oot the smouldrin bits o his webbin an combats an pulled im up oot o the trench by the shooder straps o his webbin. Miller pulled im towards the back o the Warrior an Zander's feet fell in front o each ither an his legs flopped aboot aneath im. An APC cerried a big reed cross up ahin the Warrior an Miller held Zander tighter an a couple o medics jumped oot an they sat Zander on the back o the APC an took his helmet off an looked at im an took his webbin off an their mooths were movin an Zander could almost hear the words because the rushin torrent in his heed had slowed doon tae a trickle an then he could hear his ain voice floatin in the air askin for a light. Zander pointed tae the fag stuck tae his bottom lip.

Een o the medics pulled a zippo oot his pooch an the ither een pulled a couple o body bags oot the back o the APC an unzipped them. Zander took a long draw o his fag an felt the heat o the smoke in im an felt the heat at the backs o his legs. He rolled up the legs o his combats as the engineers rolled up tae the trenches wi the bridge buildin gear. The skin wis pink fae the piece o the sun that'd faaen intae the trench.

Ye aaright, Sutherland pushed the medic aside.

Zander nodded an stood up an shook oot his legs.

The rest o the boys were comin roon the back o the Warrior an climbin in.

We have tae get movin, Sutherland put his han on Zander's shooder. *Ye comin wi us?*

Zander nodded his heed.

Ye sure ye dinnae need tae go wi the medics?

Zander shook his heed.

We should really check im oot properly, the medic stood by Zander's shooder.

He's fine, Sutherland took the helmet fae the medic an shoved it on Zander's heed an shoved Zander intae the Warrior. Zander sat in his usual place an looked at Davie's empty place an Duffus's empty place.

Sutherland climbed in an swung the door shut.

Sutherland swung the door open an the boys piled oot intae attack formation. They lay on their bellies an spat oot sand an the cannon spat ower their heeds. Nothin came back at them fae the trenches an the cannon stopped. Zander looked through his rifle sight an hans grew fae the sand an Sutherland got tae his feet an stepped forward an he fired intae the trench in short bursts an the hans disappeared. Sutherland started tae change the mag on his rifle an Miller charged forward an pulled Sutherland tae the grun an they wrestled in the dust.

Sutherland took his helmet off an swung it an Miller sidestepped.

Make yer weapon safe an ger yer helmet on yer heed, Corporal Sutherland, Sergeant MacKenzie got atween them. *Get these prisoners oot o the trenches an secured.*

Miller, you keep yer fuckin mooth shut an get on wi yer job. This is ma fuckin platoon an nothin goes past me, the sergeant turned on Miller. *An that goes for ah you cunts,* he pointed at the rest o the boys. *Ah'll hae the tongue oot o anybdy that ever speaks aboot this,* the sergeant headed back tae his vantage point on top o the Warrior.

Sutherland jammed his helmet back on an waved the boys tae their feet an Miller stepped back in line an the boys moved forward towards the trench.

Zander pointed his muzzle at the grun an looked ower his sights at the Iraqis that cowered in the trench an curled intae baas an covered their heeds wi their hans an dark reed blossomed on them an their mooths pleaded.

A pair o white een looked up at Zander fae unner a raised erm. The boy wis younger than Zander an thinner than Zander. The boy stood up an held oot a bit o paper an Zander knelt doon on the lip o the trench an took the square o paper fae the Iraqi. It had a drawin o a group o Iraqi soldiers sittin aroon a picnic wi big chicken drumsticks in their hans an big smiles on their faces an an American GI stood ower them wi his rifle slung ower his shooder an a big smile on his face. Zander looked at the script that looped an stroked unner the drawin an looked doon at the raised hans an the raised white een in the trench an Miller raised his fingers tae the swellin on his cheekbone an Sutherland waved his muzzle at the raised hans in the trench an telt them tae *get oot the trench, get oot the fuckin trench.* The Iraqi boys climbed oot o the trench an maist o the boys were young loons.

Get doon, get doon, Sutherland pushed the boy closest tae im ontae his knees an aa along the top o the trench Iraqi boys were kneelin doon on the hard baked sand wi their hans in the air.

The sun rolled ower the horizon an light spilled intae the trench an there wis blood spilled in the trench an Miller called for a medic an climbed doon intae the trench wi the medic.

The rest o the boys in the section stood an pointed their rifles at the kneelin Iraqis an the Iraqis were thin an dressed in rags an the rest o the battalion pointed their rifles at the kneelin Iraqis an the Iraqi boys smiled.

Zander folded up the bit o paper an smiled at the Iraqi boy that knelt in front o im. He took the Polos oot his pooch an gave im een.

XXXII

Ah could see me haein problems wi that cunt early, eh. He wis so fuckin ambitious.

...

He wis so sancti-fuckin-monious. Ah wish ah kent then whit ah ken noo.

Ye werena sure far ye were half the time. Ye cleared trenches an the Iraqis surrendered. Ye herded them intae groups an ye sat them doon an ye gave them a drink o water an ye gave them tins o food an ye gave them tin openers. If ye had a sweetie in yer pocket, ye gave them that. The prisoners climbed up ontae the supply wagons an filled the wagons an sat on top o the wagons an hung ontae the sides o the wagons.

If ye were wi the US Cavalry ye went doon the Basra Road, an the Americans called the Basra road Damnation Alley, so ye called it Damnation Alley an aa.

McQueen walked oot intae the sand tae hae a pish an Sutherland walked in McQueen's footsteps an Zander walked in Sutherland's footsteps.

Whit the fuck're yous daein'? McQueen turned aroon.

Land mines, Sutherland stood in McQueen's footsteps.

Fuck off, McQueen scanned the sand. *Is there?*

Aye, McQue. They're aaways.

Zander stood in Sutherland's footsteps an watched the REME recovery vehicle drag deed an blackened Iraqi tanks an artillery intae a heap.

Is there fuck mines, McQueen nodded at the big Foden. *They widnae be daein that if there wis mines.*

Ye cannae be too careful, eh, Sutherland pulled up his zip.

The boys wandered across the sand tae far a blackened tank lay wi it's veins an entrails spilled. A helmet lay aside it an Sutherland picked up a rock an chucked it at the helmet an ducked ahin McQueen.

Fuck off ye cunt, McQueen doubled back ahin Sutherland.

Zander watched the helmet roll an there wis a heed inside the helmet. Sutherland knelt aside the helmet an undid the chin-strap an the heed rolled oot. Zander looked at the dry sunken een but they didna look back. The helmet wis covered in worn an ragged hessian an the green paint unnerneath wis worn awa tae show the gouged an scarred metal.

Ye can gie that tae yer mither for a hingin basket, Sutherland handed the helmet tae Zander an Zander let it hing by the strap. Sutherland got up an went ower tae the tank.

The boys climbed up ontae the tank an climbed doon intae the confined space inside the turret. Zander worked his waye doon intae the driver's seat alow. The seat wis ripped an the electrics were aa ripped oot an the pedals an levers were aa worn through tae the metal. The boys' feet dangled abeen im an he heard them spark up.

Miller says there's a rumour fae high up that it wis the Yanks that bombed the trenches, McQueen drew on his fag.

Whit? Sutherland drew on his fag.

They're sayin it wis friendly fire killed oor boys, McQueen flicked ash.

How the fuck wid he ken, Sutherland spat.

Ahm jist tellin ye whit he said, McQueen tapped his foot abeen Zander.

There wis a notebook wedged doon the side o the seat an Zander pulled it oot. He flicked through the pages an they were blank an he wis awa tae put it back when he noticed Saddam Hussein lookin at im fae inside the back cover, his een smilin alow his beret, his teeth in a neat white row unner his neatly trimmed moustache. A wee loon an quine stood in a Polaroid that wis taped aneath Saddam. They stood in bright, white cotton an smiled bright white smiles at the camera. On the last page o the notebook, blue Arabic script looped an stroked across the page in neat fluid rows. He let the tip o his finger float along the script, then he carefully removed the page an folded it an put it in his breast pocket.

The companies formed a parade square in the sand an waited. An Apache flew in ower them an settled itself amongst the swirling sand. Four big Americans got oot an formed their ain wee square an looked aroon them fae their aviator glesses an held their rifles tae their shooders an swept the desert. Then the big American general climbed oot o the chopper an the general an his bodyguards hurried ower the sand an intae the square that the Highland Rifles had formed. The four bodyguards three-sixtied the whole time an the battalion wis mirrored in their shades.

The Razzman stood the battalion tae attention an the American general saluted the CO an the CO spoke tae the Razzman an the Razzman put the battalion at ease. The chaplain asked the battalion tae lower their heeds an he said his words.

The American general paced aroon the square an drawled about *regret* an *the unfortunate incident* an aboot the *great honour of the United States Forces to serve alongside such an historic Scotch battalion.* He paced aroon the square an his bodyguards rotated aroon im like satellites an reflected aathin off their aviator shades. An then they got back in the chopper an disappeared intae the sky.

The companies formed a square in the sand an waited. A black helicopter flew in ower them an settled itsel amongst the swirling sand. Four men in aviator glasses jumped oot an beckoned the Prime Minister oot ontae the sand. The group hurried intae the square formed by the Highlander Rifles an the Razzman brought the battalion tae attention. The Prime Minister spoke tae the CO an the CO spoke tae the Razzman an the Razzman put the boys at ease. The chaplain stepped forward an the boys lowered their heeds. The chaplain said his words then the boys lifted their heeds.

The Prime Minister strode aroon the square an enunciated aboot *pride* an *duty* an *gratitude* an then he hurried back intae his helicopter wi his bodyguards.

Zander looked at the horizon an the pillars o smoke rose intae the sky fae the burning oil wells an the pillars held up a dirty yella sheet that filled the sky. The sun blazed through the sheet an projected the dirty yella ontae the earth an the Battalion rolled doon Damnation Alley in the dirty yella.

Zander sat on top o the Warrior an they rolled past the guts o Kuwait City that had been quartered an drawn oot along the road. They rolled past the slaughtered vehicles that had been bulldozed tae the side o the road. The Warrior rolled past a van wi its doors hingin off an pots an pans an burst suitcases spewed oot the back an a flatbed truck that lay on its side next tae a spilled an broken pile o fridges an washin machines. Dark shadows sat slouched an crooked in the vehicles at the side o the road. The Warrior rolled doon the road an Zander saw a boy buried up tae his neck in the sand at the side o the road an een o his erms reached oot o the sand an his fingers held a cigarette tae his lips an his lips were dry an shrivelled an his een were dry an shrivelled an they hung doon his dry sand covered cheeks an the boys laughed an Zander looked instead at the corpse o a microwave oven.

Zander sat on the Warrior an it rolled through the dirty yella until it rolled intae the night an they stopped for a mess tinfae o American spaghetti bolognaise. Zander felt chilled an pulled his jumper an his NBC jeckit on an sat in the back o the Warrior wi his feet in Davie's space.

Aaright, man, McQueen sat wi his feet in Duffus' space.

Zander forced his hans intae the cuffs o his jeckit an lowered his heed an closed his een.

The Warrior rolled oot o the night an intae Kuwait City. Zander sat on top o the Warrior an watched the street fill up wi bonnie white hooses surrounded by palm trees an ornate iron gates an swimmin pools. Nae big cars sat in the driveways an the lawns had been burned broon by the sun. The Warrior passed the *Welcome to Kuwait City* sign, white on blue in English unner the Arabic that looped an stroked.

The Warrior rolled through the city intae a vast carpark at the docks. The brigade erected rows an streets o twelve by twelves an the Highland Rifles raised their colours in the canvas village square an the Gaelic script fluttered in the hot blue sky. Zander stood in line at the hotplates that were set up unner the canvas in the camp.

Ah cannae get used tae walkin on concrete, McQueen shuffled along.

Zander nodded an floated along ahin McQueen.

Ah canna get used tae nae sittin in the Warrior aa day, Mayne floated along ahin Zander.

Enjoy it while it lasts boys, Sutherland floated along ahin Mayne.

Ah canna get used tae bein put on fatigues again, Mayne tapped the hotplate. *Like humpin these bastard things on an off the back o a wagon.*

Aye, Sutherland put his han on Mayne's shooder. *The Army winnae let us take mercenary money fae the Saudis, but they'd nae problem wi us lootin that deserted fairground for this stuff.*

It's not lootin, Miller shuffled along ahin Sutherland. *It's just been requisitioned. They'll get it back.*

Requisitioned? Sutherland shook his heed. *Is that nae the word they used for takin the Elgin Marbles an the Lewis Chessmen tae London?*

It seems like an awfae lot o trouble tae go tae, McQueen held oot his mess tin for some curry. *We've done oor job, let's get the fuck oot o here, man.*

No, man, Sutherland held oot his mess tin for some chips. *The job's nae finished. We'll be goin intae Iraq tae sort oot that Saddam cunt, eh.*

No we winna. Miller held oot his mess tin for some lamb chops. *The UN will only allow us tae liberate Kuwait an Sergeant MacKenzie says the Warriors'll be gettin loaded ontae boats in a couple o days.*

Ye seem tae ken an awfae lot aboot it, Sutherland turned tae Miller. *Ye seem tae be spendin a lot o yer time wi yer nose up MacKenzie's erse.*

Miller shrugged an held his mess tin oot for some chips.

The Hercules roared as Zander climbed intae its belly. *Watch yer feet,* he wis waved towards the back by the Colour Sergeant an he watched his feet on the gratin. *Right tae the back,* the Colour waved them in an the boys moved up against the B Company boys an sat on the deck wi their webbin an their large packs. Mair boys were shovelled up against them an they were pushed back further intae the B company boys an the boys complained like fuck an the Razzman shovelled mair boys up the ramp an the Colour pushed them back an Zander held ontae his large pack an the boys held ontae each ither an the Razzman shovelled mair boys up the ramp o the Hercules.

The Razzman raised his voice abeen the roar o the Herc an shovelled the last o the boys in an then the senior NCOs strapped themsels intae the canvas seatin at the sides o the hold an the ramp o the Herc wis raised an Kuwait City wis shut oot.

Tell im ye want it for less, Sutherland elbowed Zander. *Ye have tae haggle wi these boys.*

Zander draped the gold across the palm o his han an the gold dripped fae his han. He telt the boy ahin the gless coonter that he winted it for less.

No, no, the Saudi Arabian gold merchant ahin the gless coonter shook his heed an knotted his brows. *This is price.*

Zander put the chain doon on the coonter.

Sorry, that is price, the merchant ahin the coonter shrugged his white cotton shirt.

Zander turned tae look at the stalls o the ither gold merchants in the market.

Wait, my friend, the merchant raised his hans. *I see that you really want this.* He leaned ower the coonter an took Zander by the wrist an poured the gold chain intae his han. *I help you my friend,* the merchant smiled an showed a bit o gold amongst his teeth. *I give to you for this much,* he held up some o his fingers.

Zander put his han in his pocket.

Hud on, Sutherland put his han on Zander's. *Keep goin for less.*

Your friend is happy, the merchant put his enamel an gold awa an knotted his brow.

Zander took oot his wallet.

Ye can get it for less, eh, Sutherland tried tae shove Zander's wallet back intae his pocket.

Zander opened his wallet an pulled oot some riyals.

He's happy wi the price, Miller tugged Sutherland's erm. *Leave im tae it.*

Will you fuck off, Sutherland shrugged Miller aside. *Ahm giein the boy some advice here.*

The merchant bedded the chain in a wee box an exchanged it wi Zander an showed his enamel an gold again.

Ye couldae got it for less, eh, Sutherland punched Zander on the erm as they walked awa fae the merchant. They walked oot o the building wi the gold merchants' stalls an oot ontae a wide street far the merchants had their wares laid oot on either side o the street. They walked past rows o carpets an rugs laid oot on the road or hingin fae stalls. They found McQueen squattin in front o rows o cassette tapes that were laid oot on a sheet an he stood as they approached. He had a tape cassette in his han.

Madonna? Sutherland took the tape fae McQueen.

So? Ah like her, man, McQueen took the tape back.

Well ah hope ye haggled wi the boy, Sutherland jabbed his thumb at Zander. *Nae like this cunt.*

Ye cannae get cheaper than next tae fuck all, McQueen nodded at the salesman squattin ahin the mosaic o tapes. *He might hae somethin ye like.*

Nae cassette tapes for me, Sutherland waved the mosaic awa. *Ah only buy proper records. Ye cannae beat the sound o vinyl,* Sutherland lingered ahin an looked at the cassettes.

The boys wandered doon the row an the merchants started tae sell claes.

That's smart as fuck, man, McQueen shook oot a Benetton t-shirt.

Ye kain aa this stuff's knock off, Sutherland caught up wi them. *The only real thing in the whole place is the gold.*

Aye, but the quality's probably better than the real thing. Check the embroiderin, McQueen ran his fingers ower the united colours.

Aye, yer probably right. They'll hae a roomfae o half blun aul women up one o these alleys stitchin the fuckers by han, Sutherland picked up a Gucci t-shirt an ran his fingers ower the embroidery.

The boys bought t-shirts an Miller bought a disposable camera an they went oot ontae the main street an night had faaen but the day still rose up off the pavement.

They came to a patch o sand off the side o the road far some A company boys queued for a camel ride. They watched the camel plod roon an roon in a circle wi his heed hung low. They watched the handler whack im wi a stick an the camel knelt doon stiffly an a boy laughed like fuck an got off an anither boy laughed like fuck an got on. The handler whacked the camel again an he climbed painfully ontae his feet an the boy on his back rocked aboot an laughed an complained aboot the stink an the camel hung his heed an plodded aroon the patch o sand.

McQueen went an joined the end o the queue.

No, McQue, Sutherland took his erm an shook his heed. *That camel's us, eh.*

Whit? McQueen looked back at the camel.

Fuckin slave tae the man, eh.

They wandered doon the main street an looked for a taxi an a heap o bairns flocked aboot them an cheered an swung fae their erms an sang an smiled an the boys laughed an gave them sweeties an riyals oot their pockets an then the bairns took off towards a group o Americans. The boys waved cheerio tae the bairns an climbed intae a taxi an the driver turned his white beard tae McQueen in the passenger seat an showed im his crooked yella teeth. McQueen telt im far they winted tae go an he took his tape oot an pointed at the cassette player an the driver nodded an turned off the Arabic recital on the radio an McQueen stuck the tape in an *Like a Prayer* spilled oot the speakers an the taxi driver tapped the steerin wheel an drove ontae the carriageway an white lights spilled ontae the road an splashed ower the palm trees that lined the central reservation an flooded the gerdens o a white palace that stood ahin high iron railins. Miller pulled oot his camera an wound the spool on an pointed it at the palace.

No picture, no picture, the taxi driver flapped his han at Miller. *Picture of King's palace forbidden,* his een widened.

Okay, okay, Miller lowered the camera.

The taxi driver turned his white beard back tae the road an there wis a roadblock on the carriageway in front o them an his een widened mair than afore. He ejected Madonna fae the cassette player an threw her intae McQueen's lap an snapped the radio back on an a police officer white gloved the car tae a stop. The police officer looked inside the taxi an then stood back an waved his white gloves through the air an the taxi moved on.

Religious Police, Sutherland said as Miller shoved his camera back intae his thigh pocket.

They nae allowed tae listen tae music, like? McQueen looked at Sutherland.

They can listen tae traditional music, of course, but Madonna wid be a big fuckin no, no, Ramadan or no Ramadan. Sutherland looked back at im.

How'd ye ken?

Ah jist do, Sutherland shrugged. *Ah thought ye had Muslims in Glesgae?*

Aye, of course wi dae, McQueen sat back an folded his erms. *Miller didnae ken aboot nae takin photaes o the King's hoose either, did he?*

A doubt if there's Muslims in Skye, though, Sutherland smiled.

I'm not from Skye, Miller looked oot the windae.

Well, wherever the fuck yer fae.

The boys went through the belly o anither hanger. They were telt tae dump any souvenirs an Zander watched his Bergen as it rolled through the metal detector an he picked it up at the ither end. The boys piled their kit ontae trollies an followed the trollies oot intae the sun an the sun baked them an followed them up the steps o the big plane. The boys followed each ither doon the aisle o the plane an sat through films an slept through films an filled the ashtray wi ash an filled the big plane wi smoke till it touched doon in Germany an the exits opened an the smoke escaped.

The boys followed each ither doon the steps an intae the caal dark. A boy in a dark suit waited at the bottom o the steps an shook their hans an spat plums at them. The boys followed each ither across the tarmac an ontae a bus. There wis a couple o cases o blue an reed on the fleer an the boys ripped open the cellophane an cracked the tinnies. Zander took a tin o reed for imsel an a tin o blue for Davie. His mooth wis dry fae the plane an he cracked open his tinnie an poured beer intae his mooth.

Wha wis the boy at the bottom o the steps? McQueen poured lager intae his mooth.

The defence secretary, Miller cracked open his tinnie.

Wha's he like? McQueen poured mair lager intae his mooth.

Some Tory cunt, Sutherland poured lager intae his mooth.

Zander poured the last o the beer intae his mooth an cracked open Davie's lager. He felt the buzz hit im an he passed Davie's tinnie aroon.

XXXIII

Aye, good times.

…

Aye. We could fuckin sing, eh.

Maist o Germany is a long waye fae the sea, so Germans swim in open air *freibads* or they have the *sees* wi man-made beaches. In Germany the bars bide open as long as they have business, an they hae cigarette machines on the street. In Germany the national sport is shootin an they have the *schutzenfesten* an the *stadts* an *burgs* an *dorfs* take turns hosting the *schutzenfest* so there wis ayeways een nearby.

Maist German's drove nice cars wi leather seats an walnut dashboards an they drove aroon in the spotlessy clean leafy *straßen* an parked in their large drives. They recycled aathin an got fined if they didna clean their empty food cans. Their furniture wis high quality an sturdy an han carved by carpenters an han stitched by upholsterers an when they came tae replace it they put it oot on the *straßen* on bulk rubbish day along wi white goods an beds an bicycles. Less affluent German citizens were encouraged tae recycle items that folk didna wint any mair.

If ye strolled aroon the maist affluent German neighbourhoods ye might find that the used goods they put oot on the kerb were very fine indeed, especially if ye were used tae flatpack, chipboard furniture. Ye'd probably also find that an oak German coffee table wis surprisingly heavy compared tae a nine ninety-nine coffee table fae Argos.

Ah see whit ye meant by the postie's uniform, McQueen dug his elbow intae Zander.

Zander turned fae far he stood by the guardroom an saw Stephanie gettin oot o her wee mustard Polo on the ither side o the gate. She saw im an ran tae the gate an waved through the railins an the boys whistled.

Ye better go an see her afore the Sherrif comes back, McQueen pushed im towards the gate an the boy at the gate opened the gate an Steph rushed through the gate.

Welcome home, Zandy, Stephanie threw her erms aroon Zander an pressed her lips hard against Zander's an Zander held ontae his rifle.

When she pulled awa Zander telt her he wisna hame.

Welcome back, then, Steph caught the smile afore it fell fae her face. *I've missed you. I've worried about you.*

Zander telt her she wisna worried enough tae write.

I'm sorry, she stroked his chin. *I didn't know how. I know I still love you. I had to come and see you.*

Zander looked oot through the gate.

Come and see me, she stood close to im an stroked his shooder. *We can go for a drive, we can go swimming again.*

Zander looked oot through the gate an telt her he wis goin oot wi the boys.

Another day then? She moved closer to tae im.

Zander looked oot through the gate.

Please Zandy, she stroked his face. *I need to see you.*

Zander looked at her an nodded an Stephanie smiled an threw her erms aroon im again an kissed im hard on the lips an the boys whistled. She skipped awa back tae her yella car an turned back an blew Zander a kiss an the boys whistled an Zander walked back tae the guardroom an McQueen gave im anither dig in the ribs an Sutherland telt im he wis a sap.

The boys stood on the table an swayed along tae the oompah band an stepped amongst the *bier* an held ontae each ither. The oompah band brass blared an horned an trumpeted oot *New York, New York.*

Regrets, Ahve hud a few, McQueen Frank Sanatra-ed an poured *bier* intae his mooth an hung ontae Zander.

But far too fuckin much tae mention, Sutherland Sid Vicious-ed an waved his *bier* in the air an hung ontae Zander.

The band finished their medley an the boys kicked *bier* an Miller urged them off the table. The oompah band made their waye tae the bar an the braid swayed on their shooders an the boys swayed on the table an they climbed off the table an made their waye through the oompah band tae the bar an the ither oompah band struck up at the opposite end o the huge *bier* tent. The *Fräuleins* worked ahin the long bar an their cleavages sat among the froth of their blouses an their skirts an aprons twirled as they twirled fae bar tae *bier* tap. They poured *bier* intae *große* tumblers an the boys dug dees oot o their pockets an the *Fräuleins* swiped froth off the tops o the *bier*. The boys waited tae be served amongst the oompah band an Sutherland waved his dees in the air an tried tae mak eye contact wi a barmaid an een o them came towards im an served the boy next tae im.

Hey ye cunt, ah wis afore ye, Sutherland swayed aboot an peered at Munro.

Fuck off, Sutherland, Munro got his *bier.*

There's nothin the matter wi yer knees noo is there. You should be at the back o the queue, peace-chest, Sutherland straightened imsel an moved towards Munro.

C'mon then Sutherland, Munro took a step back intae the crowd, *c'mon an hae a fuckin swing, then.*

Don't, Miller stepped atween them an put his hans on Sutherland's chest.

Ahm goin tae huv that fat war dodgin cunt, Sutherland's een darkened an he lunged at Munro.

Zander, get yer eyes off that Fräulein's tits an get the fuckin biers in, Miller held Sutherland back.

Zander made eye contact wi the barmaid an she brought *vier große bier* fae unner the taps. Miller took a *bier* an held it in front o Sutherland an they guided im back tae the table. The boys sat an drank an swayed an clapped their hans an sang tae the tunes that they kaint the words tae an *oom pah pah pah*'d through the songs that they didna kain the words tae until the band finished playin an the tent started tae empty oot.

We're nae leavin till we've drank aa the bier on this table, Sutherland waved his han an introduced the boys tae the long table an the dozens o *bier* tumblers wi varying amounts o drink left in them. He picked up a quarter full tumbler an swirled the *bier* an gave it a nose, an then poured it doon his throat. The rest o the boys picked up a *bier.*

Zander lifted his heed fae the grun an he wis unner a tree an the blue sky poked at his een through the branches. He squinted at his watch an it wis six o'clock. He put his heed back doon on the carpet o needles an went back tae sleep.

He woke again an looked at his watch an it wis nine o'clock an the sun wis high an it pierced through the branches o the tree that fanned oot an made a tent aroon im. The tree wis in the corner o a big gerden, up against a high widden fence. Flooerbeds lined the foot o the fence an bordered a green, green lawn.

The back door o the *Haus* at the ither side o the lawn opened an a trim *Frau* came oot an uncoiled a hose an she started tae water the flooers. She rained water through a rose ontae the yella an reed flooers an the water sparkled an she worked her waye along the flooerbed tae the tree. Zander held his breath an held imsel still. The *Frau* sprinkled the flooers right up tae the tree an Zander watched the water soak intae the soil unner the flooers an the soil turned black unner the yella an reed an the *Frau* looked at the tree an she went past the tree an showered sparkles ontae the flooers at the ither side o the tree. As she worked her waye along the flooerbed the *Herr* came oot the back door an started tae set the table on the patio an the *Frau* coiled up the hose an the *Herr* took oot a jug o orange juice an ice clinked in the jug an condensation ran doon the side an drew Zander's dry tongue towards it. They took oot bread an sliced ham an cheese an fruit an the *Frau* called the names o the *Kinder* an they skipped oot tae the table an swung their legs on the patio chairs. The *Herr* cut open bread rolls an Zander looked up through the plaited branches abeen im an the *Frau* sliced cheese an Zander wished he had been a bairn that had swung his legs in a nice gerden wi a patio.

Zander could see nae waye tae the top o the fence. He looked at the branches that fanned doon tae the lawn in front o im an he pushed the curtains open an stepped oot ontae the stage. *The Frau und Herr und Kinder* let their jaws go slack an held their cutlery at their open mooths an Zander didna wait for a round o applause. He bowed an waved an gave them a *tschüss* an exited the stage. He ran roon the side o the hoose an doon the cobbled drive an past the big black Merc an the wee white Audi an ontae the road an he ran roon the corner an he ran doon the next road an efter a while he wandered aboot lost an dry in the hot sun.

Open the windae, Zander, it's fuckin roastin in here, Sutherland pulled the stripes off his shirt.

Zander opened the windae.

Ah cannae believe they bust me, Sutherland started tae pick at the stripe on his combat jeckit.

Ye stuck the heed on Munro, McQueen stood up an leaned oot the open windae.

So, Sutherland snipped at the thread wi a pair o nail scissors.

So yer lucky they didnae jail ye, McQueen lit a fag.

He fucked wi a Highland warrior, he paid the fuckin price. I should be promoted for showin restraint. Where the fuck did the monkeys come fae anywaye?

They were sittin on the periphery the whole night, McQueen blew smoke oot the windae. *They were payin particular attention tae you, the state ye were in. We tried tae tell ye but ye werna haein it.*

Zander lay on his bed an put his hans ahin his heed.

Ah thought we were haein a good time, Sutherland clipped the thread wi the wee scissors.

We were, till you started gettin pissed off wi Munro, McQueen flicked ash oot the windae.

Sutherland ripped the stripes off his combat jeckit.

The door opened an Miller came in an picked up a pile o kit off his aul bed.

How ye settlin intae ma bunk? Sutherland picked the stripes off his jersey.

It's nae your bunk, it's mine, Miller added Sutherland's discarded stripes tae his pile o claes an cerried it oot the door an a boy fae anither platoon cerried his kit bags in the door an put it doon on Davie's bed.

Zander an McQueen stood an looked at im.

Aaright, the boy stood an looked back at them.

The fuck're ye daein? Sutherland twisted roon on the sofa tae look at im.

Ahm movin in here, the boy opened the empty locker.

Ah dinnae fuckin think so, McQueen looked at Sutherland an walked aroon the sofa an picked the boys kit bag up an threw it oot intae the passageway.

Ah wis telt tae move in here, the boy took a hold o his large back afore McQueen could throw it oot the door.

Ah dinnae gie a fuck whit ye wis telt, Sutherland stood up. *That bedspace is taen.*

Aye, McQueen held the door open for im. *That's Davie's bedspace, so ye'll jist hae tae find anither bedspace, man.*

The boy picked up his kit an went awa up the corridor lookin in the rooms for an empty bedspace. McQueen shut the door ahin im an locked it. Zander got a spare padlock an went ower tae Davie's locker an looked at Davie's photaes still blu-tacked tae the inside o the locker door an closed the door an locked it an threw the key oot the windae.

Ah like the colour, McQueen sat in the passenger seat o Sutherland's new Ford Orion.

It's pastel-blue, eh, nae royal-blue, ye blue-nose cunt, Sutherland drove towards the reed an white at the main barrier.

Ah still like the colour. An ah like the spoiler, McQueen stuck his thumb towards the back o the car.

Smart as fuck, eh, Sutherland nodded an tapped the steerin wheel.

Zander sat in the back an watched the reed an white go up an asked far they were goin.

We've a whole long weekend in front o us, Zander, McQueen twisted aroon in the passenger seat. *Dinnae worry aboot where we're goin.*

Aye, jist you worry aboot spendin time wi the boys, Sutherland turned in his seat. *Ye're spendin far too much time wi that boxheed bird, eh. Cannae believe ye gave her that gold chain fae Saudi efter she didnae even fuckin write tae ye the whole time we were ower there.*

Zander telt im she had her reasons.

Otherwise engaged, ah bet, McQueen snorted.

Sutherland drove oot the camp an through the *Dorf* an past the German gingerbread *Häuser.* Sutherland drove through the *Stadt* an ontae the *autobahn* an headed west. He leaned across McQueen an opened the glove box an pulled oot *Nevermind* on cassette. He put the tape in the player an *Territorial Pissings* tumbled aroon in the car. *These boys are nearly as good as The Pistols, eh.* Sutherland thumped the steerin wheel an roared intae the rear-view mirror.

Ah thought ye didnae like cassettes? McQueen turned Kurt doon.

Well ye cannae play vinyl in a fuckin car can ye?

Fuck me, ye'll be buyin CDs next, McQueen lit a fag for Sutherland an threw een back tae Zander.

Ye cannae play CDs in a car, ye fanny, Sutherland put the fag in his mooth an rolled doon the windae a crack.

Aye ye can, man.

A fuckin CD player in a car, ah dinnae fuckin think so.

Zander telt the boys he'd never seen a car wi a CD player in it an lit his fag an rolled doon his windae a crack. He watched the smoke get sucked oot the windae an watched Dortmund an Duisburg an Düsseldorf roll by on road signs an then The Netherlands rolled towards them.

Ye better slow doon, Suthie, McQueen watched the Dutch border roll past.

How?

If the Dutch polis catch ye speedin they'll take yer car off ye, man.

Awa an fuck.

Aye man, it wis on the company notice board, McQueen watched the Dutch speed limit signs go past. *If they catch ye speedin they confiscate yer car an auction it.*

Jist like that?

Jist like that, man. They take yer car an leave ye standin at the side o the road.

That's harsh, eh, Sutherland slowed the car doon.

Zander telt the boys it happened tae a boy fae A company an took oot his fags an handed een ower McQueen's shooder an lit een for Sutherland.

Whit's the speed limit in Holland? Sutherland took the fag an rolled doon his windae a crack.

Seventy Kay, McQueen rolled doon his windae a crack.

Whit's that in auld money? Sutherland flicked ash oot the windae.

Zander telt Sutherland it wis aboot fifty mile an oor an poked the tip o his fag oot the crack an the ash wis whipped awa.

Ah suppose they couldna hae folk drivin aboot too fast efter they legalised weed, though, eh, Sutherland slowed the car right doon an followed the *uit* sign an they were on a long ruler that lay across the flat land an the tall trees marked the length o the ruler an then they turned off ontae anither long straight road an it wis lined wi broon flats an the windaes o the flats ticked by the meters an then they turned ontae anither road an the flats huddled closer intae the road an the windae casings were carved an painted in yella an they turned ontae anither road an ornate street lamps twisted ower the road an green trailin plants hung fae the fingers o the street lamps an dripped doon towards the windin streets an Sutherland found somefar tae dump the car when the streets became too narrow. They wound their waye through the cobbled alleys wi their hans in their pockets an sidestepped the cyclists an sauntered intae a large open square filled wi tall, lean fowk. A tall broonstane kirk soared ower the square an pointed its spires at the blue sky. The boys sauntered ower tae a wee broon café in a corner o the square opposite the kirk. The sun looked doon intae the square an the sun wis warm an the boys took a table in the sun. Sutherland went intae the café an came oot wi a tray o coffee an broonies.

Sutherland drove back ower the border intae Germany an a *Polizei* sign slowed doon the traffic.

Fuck, Sutherland tapped the steerin wheel.

There wis a car pulled ower at the side o the *autobahn* an the *Polizei* pulled stuff oot o the car an there wis stuff strewn aa aroon the car. A springer spaniel hopped in an oot o the car an sniffed an wagged her tail an the passengers stood a short waye off lookin ower the shooder o a *Polizist* as he wrote in his notebook.

Sutherland trundled along wi the traffic an anither *Polizist* waved them on doon the road.

Sutherland took a fag fae McQueen an took a long drag an sped up an signs rolled by for a while an then they pulled off the *autobahn* an found a *supermarkt* an they drifted roon the aisles gettin stuff tae eat. They sat in the carpark an spread butter ontae bread wi their bank cerds an clapped on layers o salami an cheese slices.

The battalion's rife wi drugs, Sutherland took a bite o his sandwich.

Aye, McQueen took a bite o his sandwich. *Half o A Company is eckied up an coked up every weekend.*

A bit o weed's fuck all compared tae that, eh, Sutherland took a long drink oot o a bottle o coke.

Ah widnae take e, man, McQueen took a bite o his sandwich.

No way, Sutherland took a bite o his sandwich. *Ye never ken whit's in that shit, eh.*

Nothin the matter wi haein a wee smoke, though, McQueen took a bite o his sandwich an washed it doon wi a swig o juice.

Sutherland stopped the car an the boys got oot.

Ah cannae believe the boxheeds throw stuff like this oot, McQueen patted the back o the couch.

Aye, it's smart like, Sutherland lifted a cushion an gave it a thump. *We'll come back for it if we dinnae get anythin better.*

The boys got back in the car.

So yer back seein Stephanie again, Sutherland started the engine.

Zander nodded an looked oot the windae.

Ah telt ye nae tae, Sutherland looked in the rearview mirror.

Zander flicked his een at the rearview mirror.

She's nae good for ye, eh, Sutherland looked at im in the rearview mirror.

Zander looked oot the windae an didna tell Sutherland that he loved her.

She's playin wi ye. She's jist provin she can make ye come runnin, Sutherland drove slow aroon the *straßen* an they looked oot their windaes at the *schön* German hooses an the bulk rubbish the residents had left at the end o their drives in front o their shinin mercs an beemers. He pulled up aside a sturdy lookin couch.

Ah think this'll do, boys, McQueen took a seat on the couch an patted the erm.

Zander sat doon an patted the ither erm an telt them it wis better than the last een.

Aye this is aboot three hunner quid's worth o furniture, Sutherland sat doon atween them. *Now we jist have tae get it tied tae the roof o the motor,* he put his erms roon the boys' shooders.

Zander stood ootside the door o their room an knocked, an knocked an knock, knock, knocked. He heard the key turn an McQueen let im in an locked the door ahin im.

Ah thought you wis oot wi the bird, McQueen got a carton o milk oot the fridge.

Zander put the kettle on.

We wernae expectin ye so soon, Sutherland put his feet on the table.

Zander shrugged an sat on the couch next tae Sutherland.

So how're ye back?

Zander telt them she wis goin oot wi a mate an put his feet on the coffee table an watched the goldfish swim amongst the wrecked ship. Sutherland handed an ashtray tae Zander wi the remains o a joint perched on the side an Zander drew on the roach till it burnt his lips.

Somebdy tried the door handle. The boys looked at each ither an then there wis a knock at the door.

Whit the fuck d'ye want, Sutherland sat up an shouted at the door. He pointed tae Zander an pointed tae the windae. Zander opened the windae an put the ashtray on the ootside windae ledge.

Open up an ahll tell ye, Miller's voice came through the door.

Ye lookin for boys tae go on guard? McQueen stood wi the kettle in his han.

No, dinna worry. Open the door.

Sutherland nodded tae McQueen an McQueen put the kettle doon an opened the door.

Whit's the door locked for? Miller followed his voice intae the room.

We heard they were short o boys for guard, McQueen started tae fill the cups.

Ah came tae borrow some o yer milk since ye've got that fancy fridge ye scavenged fae the boxheeds, Miller tapped the fridge door wi his foot. *But ye could jist make me a brew since yer at it anywaye, McQue.*

Fuck sake, McQueen took anither mug off the brew kit shelf an dropped a tea bag intae it.

Ye've got the place lookin bonnie, Miller nodded at their new furniture an sat on the couch an put his feet on the coffee table. *Is that sideboard new?*

It's a Schrank, McQueen handed Sutherland his tea.

Ah like the fish tank, did ye get that fae the bulk rubbish? McQueen handed Miller his tea.

Aye, McQueen handed Zander his tea. *But we got the fish an the ornaments fae the pet shop.*

Miller leaned forward tae get a better look at the two goldfish. They swam in a large tank that had lightin an aqua plants an ornamentation, a tank that might be mair appropriate for a wee collection o tropical fish. The fish flicked their tails an glided through the fronds an unner the broken bridge.

Dinnae tap the glass, Sutherland put his han on Miller's erm. *It distresses them.*

That cactus is a bit ugly though, Miller leaned back in his seat an tipped his cup at the double heeded cactus that sat green an spikey on top o the *Schrank.*

Zander sipped his tea an telt Miller that they liked it.

So, whit are ye's up tae? Miller's question was made gentle by the Highland lilt.

Jist thinkin aboot goin oot, Sutherland sipped his tea. *Ye comin oot wi us like?*

Fraid no, Miller drank his tea. *Ahm on duty at six in the mornin.*

Tough gig bein an NCO, eh, Sutherland sipped his tea.

Didna seem tae affect you, Suthie, Miller tipped his cup at Sutherland.

That's cause ah kent the right lugs tae hae a word in so ah could avoid weekend duties, Sutherland tipped his mug back at Miller.

How come ye've got money at this time o the month anyway? Miller lilted an drank his tea.

We scraped some the gither, Sutherland drank his tea.

We needed tae console Zander, McQueen sipped his tea. *His bird's fuckin im aboot.*

Zander telt them she wisna an put his tea doon.

Whit's that smell by the way? Miller lowered his mug an raised his nose.

Zander lay back an put his hans ahin his heed.

It's jist that oil lamp we got fae the hoor hoose, McQueen tipped his mug at the oil lamp on the coffee table. *We got some mair oil for it in Venlo.*

Is that all ye got in Holland? Miller twanged an lilted an raised his mug tae his mooth.

No, Sutherland uncrossed his feet. *We got a ride as weel.*

You boys an yer hoors, Miller uncrossed his feet an put them on the fleer.

Ye're jist jealous, McQueen finished his tea.

Aye, well, maybe. Miller went tae the door. He put his mug doon aside the brew kit on the waye past. *Ahll maybe get a pint wi ye's next weekend.*

Aye, well, maybe. Sutherland looked ower the back o the couch tae watch Miller leave. McQueen locked the door ahin im.

Should we be lettin im in here? McQueen put the cups on the side.

Looks mair suspicious if we dinnae let im in, Sutherland went tae the cactus on the top o the *Schrank* an smoothed the compost aroon the base.

An where are we gettin the money tae go oot? Ye huvnae even got the money tae get yer car oot the multi-storey, McQueen took a fag fae Sutherland an lit it.

Zander sat up an asked aboot the multi-storey an took a fag fae Sutherland an retrieved the ashtray fae the ootside windaesill.

We parked Suthie's motor in the toon last weekend an went on the piss an got a taxi back tae camp, McQueen opened his locker an scraped a hanfae o shrapnel off the shelf. *It's five dees a day tae park there so now he's due thirty. By payday he'll be due sixty.*

Dinnae fuckin worry man, Sutherland opened his locker an scraped a pile o shrapnel intae his han. *How much money have ye got?*

Aboot four dees, but ah need that for fags, McQueen picked amongst the coins in his han.

Dinnae worry aboot fags. Ahll get ye fags, Sutherland picked through the *pfennigs* in his han. *How much've ye got Zander?*

Zander stood up an pulled a crumpled five mark note oot his pooch an telt the boys he wisna goin oot.

Aye, yer goin oot, Sutherland took the five dees an straightened it oot. *Ye need tae spend some time wi the boys.*

Zander telt them he wis fine an sat back doon.

We've enough money for a taxi, Sutherland finished coontin the money an stuffed it intae his pocket.

C'mon, McQueen shut his locker door. *Dinnae be a fanny.*

Zander telt Sutherland he wis fine.

C'mon, Sutherland shut his locker door. *Tae be honest wi ye, ah really need yer help.*

Zander looked at his watch an waited anither minute. He walked towards the IN ramp an watched McQueen walk towards the booth far ye pay yer ticket. McQueen chapped on the windae an started tae ask the attendant questions aboot his ticket an the attendant turned his back tae the barriers. Zander watched McQueen wave his hans aboot an shrug his shooders. Zander looked up the ramp an nodded as the sky-blue car started tae roll doon the IN ramp. The car neared the bottom o the ramp an Zander hit the button an a tongue flopped oot o the machine an Zander ripped the tongue oot an the barrier started tae rise an Zander walked awa an didna look back when he heard the car accelerate oot ontae the street an didna look back when he heard the attendant shout *kommen zurück* an started tae sprint when he heard the attendant shout *hey, you.*

Zander ran doon the main road an ran across the four lanes o traffic an ran up a side alley an didna look back. He turned a corner an ran an turned anither corner an walked briskly an turned anither corner an walked along a *straße* an sauntered aroon a corner tae far Sutherland sat on the bonnet an slapped his thigh. McQueen sauntered doon the *straße* fae the ither direction.

Right, that's ma problem sorted oot, Sutherland put his erm roon Zander's shooder. *Now tae get your problem sorted oot, eh.*

Ye've got a key? Sutherland looked in the rearview mirror.

Zander slouched in the back seat an looked up at Stephanie's windae an nodded.

Look, Sutherland twisted in his seat. *Ahm nae daein this tae be cruel. Ahm daein it for yer ain good.*

Zander looked up at Stephanie's windae.

Suthie's right, McQueen twisted in his seat. *Ye ken yersel.*

Zander put his han on the door an looked up at Stephanie's windae.

Go on.

Zander got oot the car an dug in his pockets for the key. He went up the stairwell an slid his key intae the door an let imsel in an clicked the door shut ahin im an crossed the wee *küche* an through the *wohnzimmer* an opened the door tae her *schlafzimmer* an her knickers an bra an his jeans were puddled at the end o the bed.

The *Straßenlamp* laid bars o orange across them an Stephanie sat up an broke the bars an he turned aroon an went back intae the *wohnzimmer* an kicked ower the telly an stamped an smashed it an she stumbled white faced oot o the *schlafzimmer* pullin her knickers on an the reed faced boy pulled his jeans on an Zander pulled doon her bookcase an went intae the *küche*. He kicked ower the wee roon table an picked up a chair an threw it against the rear windae far it hung ontae the ledge an spat broken gless ontae the back gerden.

Zandy, stop, Steph covered her breasts wi een han an wiped her wet face wi the ither.

Zander went oot the door an threw her key back in at her an ran doon the stairs.

Zandy, kommen zurück, Steph leaned ower the banister an pulled the boy's shirt ower her naked skin.

They sat in the car. Zander smoked an tapped his knee an looked at the big *Häuser* that stood ahin the trees an hedges in the dark. Sutherland tapped the steerin wheel an watched the bar along the road. McQueen watched Sutherland.

We could wait till payday an then go oot, McQueen put a fag in his mooth an crushed the packet.

Wait till fuckin payday? Sutherland looked at the pub an a roon middle aged man pushed through the doors an stumbled oot ontae the *straße*.

Sutherland got oot the car an McQueen climbed ower intae the driver's seat an started the engine. He drove slowly doon the *straße* an passed Sutherland as he caught up wi the German. McQueen slowed at the end o the *straße* an Zander looked oot the back windae an saw Sutherland pull a ski mask ower his heed an he moved up ahin the German an pulled im backwards through the hedge. McQueen turned the corner an drove slowly doon the next *straße* an parked the car unner a tree that lunged ower a hedge an he looked intae the rearview mirror an tapped the steerin wheel. Zander slouched in the back seat an peered oot at the dark *straße* an caught movement in the wing mirror an Sutherland pulled open the passenger door an climbed in. He pulled off the ski mask an pulled on his seatbelt an McQueen pulled awa fae the kerb an drove doon the *straßen* an oot intae the country an awa fae the wee leafy *dorf.*

Nae too fast, Sutherland thumbed through the German's wallet. *Two hunner an forty dees,* Sutherland tucked the money intae his pocket, *Ah telt ye the cunt wid be loaded, eh,* Sutherland wound doon the windae. *Aa doctors an lawyers that drink in them bars,* he flung the wallet oot the windae an Zander watched it spin intae the dark wids.

Zander turned his reed een tae Sutherland.

Dinnae worry, ah didnae fuckin hurt im, Sutherland felt the stare an reached intae the back tae pat Zander's knee. *It's jist robbin the rich tae gie tae the poor, eh.*

Zander gulped his *bier* an asked Sutherland why she gave im a key.

She wanted ye tae catch her, Sutherland poured *bier* intae his mooth.

Zander gulped his *bier* an asked why.

She's fucked in the heed, Sutherland tapped at the side o his heed.

She's fucked aa waye else an aw, McQueen poured *bier* intae his mooth an Sutherland gave im a kick. *He needs tae hear it,* McQueen wiped spilt *bier* fae his chin. *She's a fuckin squaddie slag, man.*

Zander screwed up his een an put his heed in his hans.

Ye have tae forget her, Sutherland put his erm roon Zander's shooders. *You stick wi the boys fae noo on, eh.*

Zander sat up on the platform wi Sutherland in a pool o white neon an looked oot across the bar. He saw a quine wi the same build as Steph an his herrt stopped an she shifted in her seat an it wisna Steph. He looked along the bar an Steph flicked her hair an his herrt stopped an she tilted her shooders an laughed an he could see it wisna Steph. Across at the end o the bar, Steph came oot o the toilets wi anither quine an she had her hair tied up like she sometimes did an Zander's herrt stopped but she didna walk like Steph intae the white light radiatin fae the bar an Zander could see that it wisna Steph.

Fae ahin the quines a dozen boys came through the double doors fae the cloakroom an Ian Brown-ed their waye up tae the bar an strung themsels oot along it.

That's A Company boys, McQueen picked his *bier* gless up by the stem. *Where're they gettin money tae go oot at this time o the month?*

They've been sellin eckies tae the Dortmund regiments, Sutherland pulled oot three fags an they glowed unner the ultra-violets.

Wha's the boy wi them? Ah dinnae recognise im, McQueen put a fag in his mooth an tilted an eyebrow at the stranger.

Supplier, fae back hame. Probably an ex-squaddie. They make a lot o coin utilisin their knowledge an connections in the regiments. It's nae jist drugs, either. Stolen motors an aa.

Zander put his fag ahin his ear an went doon tae the bar. He asked for p*lum korn, bitte,* an held up three fingers tae the barmaid. She poured the drinks an he looked up at the Glen Fiddich on the top shelf. He nodded at the bottle an asked *Was kosten?*

Zwölf mark, she glanced at the bottle.

He asked if that wis for the bottle.

For one glass.

Zander shook his heed an threw a shot o *korn* intae his mooth an asked for *drei mehr, bitte.* Zander threw a shot o *korn* intae his mooth. The barmaid lined up three mair glesses an Zander threw a third shot o *korn* intae his mooth an a boy fae A Company came ower an stood aside Zander. Zander gave the barmaid the money an the boy fae A Company stood an watched im.

You're fae C Company, the boy put his elbow on the bar.

Zander picked up the shot glesses.

You go oot wi at squaddie slag that goes tae the raves we set up, the A Company boy crossed een foot ower the ither. *Stephanie. She loves the eckies an she loves the cock, eh.*

Zander shook his heed an turned awa wi the drinks.

Aye ye do, the A Coy boy pushed imsel awa fae the bar. *Ahve seen ye wi er.*

Zander turned back an telt the boy that he used tae go oot wi her.

Well ahll tell ye somethin, the A Company boy put his mooth close tae Zander's lug. *She gie's a good fuckin blow job,* the A Company boy showed Zander his teeth an went back along the bar tae his mates.

Zander stood unner the white light wi the three shots o *korn* in his hans an the three shots o *korn* in his belly burned an climbed his ribs. He climbed up the steps tae the platform an put the shots on the low table an sank low intae his seat.

Whit'd he want, Sutherland held up his shot glass.

Zander held up his shot gless an telt them whisky wis expensive in Germany.

Whit'd the A Company cunt want? McQueen held up his shot glass.

Zander clinked his shot gless wi the boys an telt them nothin an they threw the shots intae their mooths.

Tryin tae sell ye eckies? Sutherland wiped the back o his han across his mooth.

The *korn* sank intae Zander an Zander sank deeper intae his seat an the *korn* climbed up his spine an burned in his skull. He looked oot fae the pool o white an watched the A Company boys.

Sutherland went doon tae the bar for *bier* an *korn* an Zander drank an sank an McQueen went doon tae the bar for *bier* an *korn* an Zander drank an looked oot fae the pool o white an burned a hole in the A Company boy. Sutherland an McQueen sat an drank an looked at quines an laughed.

Whit's the matter wi ye? Sutherland put his han on Zander's shooder.

Zander shook Sutherland's han off an went doon the steps an tried tae perfect the simian stroll an Ian Brown-ed along the bar an put his mooth near the lug o the A Company boy an telt im, *ootside*, an headed tae the door an the A Company boy followed im an Zander stood on the top step o the entrance tae the club an the A Company boy went doon the three steps an turned aroon tae show Zander his teeth an Zander dived heed first intae his face an he felt the boys nose shatter against his foreheed an felt the warm spray against his face an he wiped the blood oot o his een wi the back o his han. He stood ower the A Company boy as he prayed on his knees wi een han on the cobbles an the ither han cupped his nose. Blood spilled through his fingers ontae the cobbles an then the rest o the A Company boys spilled oot o the club an ontae the cobbles.

Zander wis hit on the side o the heed an he staggered an turned an threw his fists an felt them connect an a blow hit his chin an the stars came oot an his knees buckled an he wis pulled fae ahin an he spun an fell an hit the cobbles an the A Company boys showed im their feet an they *fuck*ed an they *cunt*ed an their feet rattled Zander's ribs an rattled his spine an Zander put his erms ower his heed an pulled his knees up tae his chest an then the kickin stopped an Zander pushed imsel up fae the cobbles an swayed tae his feet an Sutherland an McQueen stood atween him an the A Company boys an Sutherland pointed the shards o a broken *bier* gless at the A Company boys. McQueen cracked his gless against the wa o a raised flooerbed an waved it at the A Company boys.

Put the gless awa, een o the A Company boys stepped forward, an he wis a full-screw.

Yer boy had a one on one, Sutherland nodded at the A Company boy holdin a handfae o rose petals up tae his face.

Twa o the A Company boys started tae go aroon the ootside o them. Sutherland lunged at them wi the broken gless an they stepped back.

Steady wi the gless, een o them held his palms up an Sutherland swiped the shards across them an the boy looked at the palms o his hands an his eyebrows raised when he watched the reed spill fae them.

Put the fuckin gless doon, the full-screw lunged forward wi his fists up an Sutherland leaped forward wi his teeth bared an gripped the full-screw by the Adam's apple an shoved im against the raised bed an the full-screw's knees buckled an he landed in the flooers an Sutherland held im there by the throat an held the shards tae his face. McQueen stood ahin Sutherland an waved his gless tae ward off the rest o them.

Ye think ah winnae use this? Sutherland howled an pressed the shards in unner the full-screw's lug. *Ye think ah winnae slice the fuckin face off ye?* Sutherland howled an the full-screw tried tae breathe. *This is whit ye get when ye mess wi us,* Sutherland cut intae the full-screw's lug wi the broken gless an the full-screw howled.

An then there wis howlin fae the bottom o the *straße*.

Polizei, McQueen waved his gless at the A Company boys een last time an then threw the gless against the wa. Sutherland let go o the full-screw's throat an pulled im up ontae his feet an dropped the gless intae the flooers an the boys walked quickly up the *straße* the gither an the A Company boys turned up an alley tae the left an the boys turned up an alley tae the right an started runnin. They turned up anither alley an found a door at the bottom o an apartment block that stood ajar an they tucked themsels inside it an stood in the dark amongst the bins.

The boy wisnae tryin tae sell ye eckies, wis he? Sutherland kept his voice low an didna let it oot intae the *straße*. The orange fae the *straßenlamp* ootside seeped in an tried tae hear fit they were sayin an Sutherland's face glowed.

Zander pressed his ribs an they glowed an he winced.

Ye need tae forget aboot that slag, McQueen's teeth shone orange.

Zander walked doon the path towards the block an Stephanie burst oot the door an walked briskly up the path. She wis in her posties uniform an when she saw Zander she paused an then she rushed towards im wi her erms oot. She tried tae put her erms roon im an Zander pushed her awa.

Please Zandy, she put her erms oot towards im.

Zander telt her she shouldna be in the camp.

I told them I had a message to deliver, she wiped tears fae her een.

Zander telt her tae deliver it an then fuck off as Sutherland came oot o the block an walked up ahin Stephanie.

You heard im, Sutherland stood ahin her. *Fuck off.*

I need to speak to you alone, Zandy, tears ran doon Stephanie's face an she wiped at them. *Tell him to go away.*

Dinnae fuckin listen tae a word that slag says, Sutherland stepped forward an took a hold o Stephanie's shooder. *You need tae get the fuck oot o here, afore ye dee any mair damage.*

Zander telt her Sutherland wis his friend. He telt her she could say anythin she had tae say in front o im.

Some fucking friend, Stephanie spat the words an slapped Sutherland's han awa. *I need to tell you how sorry I am, what a mistake I made,* she turned back tae Zander an reached oot tae im. *I was so confused.*

Tell her tae get tae fuck, Sutherland pushed her in the back an she went doon on her knees.

Please, Zandy, she looked up at Zander an her face twisted an tears dropped ontae the path. *I love you. I'm so, so sorry.*

Zander telt her tae *get tae fuck* an he stepped aroon her an she reached oot an grabbed his han an he shook her off an she howled an her lip quivered an her een darkened an Zander walked doon the path an Sutherland put his erm aroon Zander's shooder. Zander stopped when he got tae the block door an looked back at Steph an she got tae her feet an reached a han oot tae im an he held ontae the door an looked at her.

Please, Zandy.

Zander shook his heed an went inside.

Well, fuck you both then, Stephanie spat at them. *You'll fucking regret this.*

Forget her, Sutherland nudged Zander through the door an he slammed the door shut an Zander's herrt slammed in his chest.

XXXIV

They were fuckin ruthless, eh.

...

He kaint whit they'd dae tae us. We fuckin trusted im.

...

Be back in a minute. Ah need tae go an speak tae these boys.

The man in charge o discipline in the battalion wis the Regimental Sergeant Major an the RSM wis the Razzman.

The man who enforced discipline wis the Razzman's right hand man an he wis the Regimental Provost Sergeant an the RPS wis The Sheriff. He could usually be found glowerin fae ahin his big, black desk in the guardroom.

The Sheriff's eyes an ears were the Regimental Police an the RPs were The Deputies. The Deputies beasted prisoners tae the cookhoose an back an they beasted boys on Restrictions oF Privileges. If it wis quiet in the guardroom an there wis naebdy tae beast, they wid stride aboot the camp an the NAAFI lookin for boys tae beast.

If somethin perturbed The Sheriff, he might get oot fae ahin his desk. He might get oot fae ahin his desk if the guard failed tae provide im wi a runner quick enough. When ye were on guard ye were in close proximity tae The Sheriff an if he wis perturbed aboot somethin ye could find yersel gettin beasted. If he had good enough reason tae be perturbed wi you in particular, ye could find yersel wi yer head dress an belt off an the laces oot o yer boots. If ye'd done somethin serious enough ye might find yersel sittin on the black painted widden bed board coontin the grey bricks in the wa o a cell or lookin at the sky through the thick bars in the wee high windae an ye might ask yersel, how did ah get here? Ye might find yersel pickin up the bible off the wee widden desk in the corner an startin tae read Genesis while ye waited for a deputy tae come in an beast ye.

The Royal Military Police were the Monkeys an the Monkeys patrolled aboot in the *stadts* an *hoffens* in their jeeps providin back-up for the *Polizei*. They wore reed caps an sat in their jeeps lookin at ye fae across the street an willin ye tae step oot o line so they could come doon on ye wi the batons.

The SIB were the RMP's Special Investigation Branch. They wore charcoal suits an visited ye in cells an took statements fae ye. They stood back an watched ye get cuffed an thrown intae the back o lannies wi orange stripes doon the side. They put ye in interview rooms an left ye tae stare at the waas for oors an they put cassettes intae recorders an asked ye an asked ye an asked ye withoot ever raisin their voice tae ye. They got coffee for ye an telt ye aathinll be fine if ye jist tell them aathin.

So, if ye came tae the attention o the Regimental Police ye were in the shit. If ye came tae the attention o the Royal Military Police ye were in deep shit. If ye come tae the attention o the Special Investigation Branch ye'd fucked up big style.

The boys took the tracks off the Warrior an metal echoed off the high roof an fell tae the fleer an rattled aroon the shed. Their tools clattered on the concrete fleer an rattled aroon the shed wi the voice o the boy off the radio as he read oot requests fae boys aa ower BAOR.

Zander knelt on the concrete an cleaned dirt oot o the tracks an listened tae the boy on the radio an he heard his name shouted oot an he looked up.

Get yer fuckin erse oot here, The Sheriff stood ootside the big shutters. Munro an anither o the deputies stood at his heels. Sutherland an McQueen were stood tae attention aside them. Zander felt the concrete crush his knees an he felt the wire brush faa a hunner feet tae the fleer.

If ah have tae tell ye again, ahll be comin in there tae ram that wire brush up yer hole, The Sheriff's words rolled intae the shed on tracks an parked in front o Zander. Somebdy turned the radio off an The Sheriff's words exploded off the roof. Zander ran ootside an stood tae attention aside Sutherland an McQueen. The Sheriff bounced them oot o the vehicle compound, *get yer fuckin knees up,* an doon towards the C Company block, *get yer fuckin erms up,* an *mark time*-d them ootside the big heavy double door. The Sheriff *halt*-ed them an telt Sutherland tae get inside, an Sutherland went inside an The Sheriff an the ither deputy followed im. Zander sweated in his coveralls an tried tae catch his breath an tried tae catch his racin mind.

You boys are in the shit big time, Munro smiled in front o Zander an McQueen.

Fuck you, McQueen kept his voice steady.

Ye'll keep yer fuckin mooth shut if ye ken whit's good for ye, Munro put his face in front o McQueen's, *or ahll make yer time in nick a livin fuckin nightmare.*

We're nae goin tae nick, McQueen kept his voice steady.

Shut yer fuckin mooth an push twenty.

Fuck off.

Push twenty or ye'll hae an insubordination charge on top o the rest, Munro pushed his face intae McQueen's.

McQueen got doon an pushed twenty an stood up. *Fuckin peace-chest,* he kept his voice steady.

Whit? Munro put his beetroot face in front o McQueen's.

You fuckin heard.

D'ye want tae push anither twenty?

The doors thumped open an the ither deputy reached oot an grabbed a hanfae o McQueen's coveralls an pulled im through the doors an left Zander ootside wi Munro.

Well in the fuckin shit, Munro's roon face split fae side tae side. *Ahd spill me guts noo if ah wis you. We ken aathin aboot yer wee smoking den. You cunts are oors noo.*

Zander concentrated on holdin his twistin gut steady. The Sheriff's voice boomed inside the block tryin tae push the doors open an then it got louder an his voice burst the doors open an The Sheriff burst oot an grabbed a hanfae o Zander's coveralls an pulled im in through the doors an dragged im along the passageway past Sutherland an McQueen an threw im intae the room an Zander caught the back o the couch. The Sheriff slammed the door shut an yanked Zander back off the couch by his collar an the back o his heed battered off the back o the door. The Sheriff put his han roon Zander's throat an put his mooth close tae Zander's lug.

Nice wee place ye've got here, the words rasped oot o The Sheriff's throat. *Nice wee den.* The Sheriff let go o Zander's throat an sat on the back o the couch an folded his erms. *You're nae like them boys oot there, ah can see that. You're nae trouble. So ahll gie ye nae trouble. Ahll gie ye one chance tae tell me where ye've hidden the drugs.*

Zander swallowed his Adam's epple an it landed in his belly. He opened his mooth tae speak but nae words came oot so he shut his mooth.

The Sheriff gritted his teeth an pushed imsel off the back o the couch. He took a hanfae o Zander's coveralls an pulled im off the door an slammed im against the wa an then pulled the door open an slammed it against the wa.

Get in here, The Sheriff threw his voice oot intae the passageway far it slammed off the waas an Sutherland an McQueen ran in an flanked Zander. Munro an the ither deputy followed them in an The Sheriff slammed the door shut. *Open yer lockers,* The Sheriff picked up the teaspoon fae the brew kit an tapped it against the palm o his han. The boys went tae their lockers an Zander dug intae his pooch for the key. *Hurry the fuck up an get them open an then get back up against the wa,* The Sheriff twirled the teaspoon through his fingers. The key twirled through Zander's fingers an fell tae the fleer an he bent an scooped it up an tried tae get it intae the padlock. *Ahm gettin fuckin perturbed wi you boy,* The Sheriff pointed the teaspoon at Zander. Zander fumbled the padlock open an went tae the wa an The Sheriff helped im on his waye wi a han atween the shooder blades. Then The Sheriff slotted the teaspoon intae the top pooch o his shirt an he an his deputies took a locker each.

They started at the top an shook oot jumpers an shirts an dropped them at their feet an unrolled socks an pulled the pockets oot o troosers. They pulled oot the boys' civvies an shook them oot an threw them ower their shooders. The Sheriff took oot Sutherland's straight jeckit an jangled it an rolled it intae a ball an lobbed it oot the open windae. He took oot his records one by one an let the vinyl roll oot the sleeves an spin tae the grun. He took oot the boys CDs an cassettes an opened them up an threw the discs an cassettes tae the fleer an pulled oot the artwork an inserts an released them an they were startled sparrows flutterin aroon the room. They pulled oot letters an pictures an they scared them aroon the room an they crashed against windaes an doors an they fell deed tae the fleer. They pulled the tennis girl fae the wa an crushed her intae a ba an threw her tae the grun. They squeezed oot toothpaste an shook oot washin pooder an it snowed on the corpses o the boys' belongins. They poured oot the coffee an the sugar an flicked the teabags across the room. They went ower tae the *Schrank* an The Sheriff used his pace-stick tae lever up the telly an tip it ontae its back. He used the pace-stick tae prod the stereo off the end o the *Schrank* an it clattered tae the fleer at the foot o Zander's bed far it convulsed an spat oot its tongue an opened its een an stared. The Sheriff sank his stick intae the fish tank an stirred up the plants an the pebbles at the bottom an stirred the debris an the fish swirled an spun amongst the broken bridge an The Sheriff pulled his stick oot o the tank an the debris settled at the bottom o the tank an the fish settled at the top. The Deputies kicked at the detritus an crunched the bones o the Sex Pistols an the Stone Roses an Madonna an they ripped the sheets an quilts off the beds an flipped the mattresses an buried the carnage an crushed it unner their boots.

Whit aboot this fuckin locker? The Sheriff pointed at Davie's locker wi his pace-stick.

That's Rifleman Peffer's locker, Sutherland stepped awa fae the wa. *We've nae got a key for it.*

Where the fuck's Rifleman Peffer? The Sheriff pointed his stick at Sutherland. *Get im here an get his fuckin locker open.*

Peffer's deed, Sergeant, Munro rattled the padlock. *He disnae need a locker any mair.*

The Sheriff stood silent for a moment. *Get it open,* he nodded tae the deputy. The Deputy an Munro battered the padlock off wi their pick axe handles an Munro opened the doors an slid his han along the empty shelves an peeled Davie's photaes off the inside o the door an threw them on the fleer.

The Sheriff leaned on the *Schrank* wi his elbow aside the cactus an watched the fish float for a while.

Well, boys, The Sheriff straightened up an took the teaspoon fae his shirt pocket. *It wis a pity ye couldnae tell ma where the drugs were yersels. Could've saved aa this mess.* He twirled the teaspoon in his fingers an twirled the cactus in its pot. He stuck the teaspoon intae the pot an flicked a spoonfae o compost across the room. He dug the teaspoon in again an pried an lifted an teased oot the wee hard broon cube wrapped in cling film. He held it atween his forefinger an thumb an showed it tae the boys.

The log struggled tae get free an Zander pulled it intae his shooder an the log drove iron nails intae his skull an intae his collar bone an pounded his flesh. The log pounded nails intae im an drove them doon through his hips an knees an intae his feet. Zander concentrated on his feet an pounded along clumsily in his laceless boots. He concentrated on the back o Sutherland's heed. The boys pounded along the tank tracks at the back o the camp an pulled the solid bulk o the log intae their shooders tae stop it fae poundin nails intae them. Zander gritted his teeth an blinked awa tears an stingin sweat an kept his een on the back o Sutherland's heed.

The Sheriff led them off the trainin area an The Deputies flanked them as they passed through the back gate o the camp. Their boots crunched ower gravel an pounded tarmac as they pounded up the road through the A Company lines. The A Company boys were comin oot o their blocks tae go tae work an they stopped on the ither side o the white painted kerb tae watch the log run an Zander could feel some o the weight goin oot o the log.

Whit the fuck are you cunts gawkin at, The Sheriff rumbled. *d'ye want tae fuckin join them?*

The A Company boys took their een awa an Zander felt the weight go back intae the log an the log drove caal black iron intae his bones an a burst o caal black stars swam in his heed an he gritted his teeth an Sutherland swam in front o im an the boys pulled the log tight intae their shooders.

The Sheriff rumbled along in front o them an led them up the hill through the camp an past the C Company blocks an Zander saw Miller comin oot o their block an he stopped ahin the white painted kerb an watched them an Zander felt the iron pound intae im an the boys pounded up the hill an Sutherland spat at the white kerb in front o Miller.

The Sheriff rumbled along past the stores an the battalion HQ towards the guardroom an the boys pounded along ahin im an the log pounded the black iron nails intae the boys an Zander could hear Sutherland's breath an see the steam shootin oot o his mooth an the steam whispered back intae Zander's face. *One time,* Sutherland breathed, *Only the one time.* The words pounded oot o Sutherland's lungs an blew back intae Zander's face an he wisna sure if he'd heard them or no. They reached the guardroom an they lowered the log an the deputies bounced them intae their cells.

Zander sat doon on the bed board an stared at the wa an stared at the wee black stool an table in the corner an the bible that sat on the table an felt the long iron nails deep in his bones an in his skull. He gently cupped the pulverised cartilage o his lugs an stared at the wa, an stared at the wa, an stared at the wa, an efter a long time he lay doon on the black widden planks an curled intae a ba.

Zander sat wi the bible in his hans an watched the waas turn light an keys jangled an the cell door burst open an Munro barrelled in an bounced Zander doon the corridor tae the urinals far a thin charcoal suited SIB man pulled on latex gloves.

Could you urinate into this cup for me please, Alexander, the SIB man ripped the plastic cover fae a plastic cup an gave it tae Zander. Zander looked at the wa in front o im an tried tae pish.

Just relax and take your time. Alexander, the SIB man trickled intae Zander's lug an Zander trickled intae the cup. *Could you manage a little drop more please, Alexander*, the SIB man trickled some mair.

Ye'll stay here till ye've filled that fuckin cup, Munro's voice stomped aroon the ablutions.

Yes, thank you, Corporal. Just a drop more please, Alexander, the grey SIB man trickled intae his lug an Zander trickled some mair intae the cup. *Thank you, Alexander*, the SIB man handed Zander the lid an Zander clipped the lid ontae the cup an the SIB man held a baggie open an Zander placed the cup o pish intae the baggie. Zander washed his hans an looked up intae the polished metal mirror an could barely see the reflection o the grey SIB man.

You can take him back to his cell now, Corporal, the SIB man's voice swirled aroon the ablutions. Munro bounced Zander back along the shining black corridor an pushed im intae the cell.

The cell door clanged shut an keys jangled an Zander sat doon on the bed board an watched the waas turn dark.

Zander watched the waas turn light an keys jangled an the cell door swung open.

Good morning, Alexander, the grey SIB man stepped intae the cell. *If you'd like to follow me, we'll be taking a trip to the RMP depot to have a little chat.*

Munro bounced Zander oot o the cell.

There'll be no need for that, Corporal, the SIB man took Zander by the erm an led im oot tae the RMP car wi the orange stripe doon the side.

The grey suited SIB man led Zander intae the interview room an sat im doon an gave im a fag an a cup o tea. The grey SIB man asked Zander fit fitba team he supported an Zander telt im an they spoke for a wee while aboot the Dons an he gave Zander anither smoke. The grey SIB man asked Zander far he came fae an Zander telt im an they spoke for a while aboot far Zander came fae an the grey SIB man gave Zander anither smoke. The grey SIB man asked Zander aboot his basic trainin an Zander telt im aboot it an the grey SIB man asked Zander if he wis hungry an Zander said he wis an the SIB man went an got im a cheese sandwich an a fresh cup o tea. Zander finished his sandwich an anither SIB man arrived in a charcoal suit.

The charcoal SIB man put a tape in the cassette an pressed play an cautioned Zander.

They asked Zander aboot the drugs an they asked im an they asked im an Zander telt them he didna kain anythin aboot the drugs. So they asked im again an they asked im again an asked im again an he telt them that *it wis only the one time.*

The boys stood wi their backs tae the wa ootside the CO's office. Zander's boots gleamed an his een gleamed. He could hear the Razzman's voice rumblin in the office an makin jam o the plums that came rollin oot o the CO's mooth.

Get yer heed dress off an get yer belts off, Munro paced up an doon the corridor. *You's are goin doon ye junky scum.*

Fuck you, Sutherland left his Glengarry on.

The CO's door burst open an the Razzman burst oot. *Get them in here Corporal,* The Razzman spat fire doon the corridor an Zander flinched at the heat.

Munro *left, right, left, right*-ed them intae the office an *marked time*-d them an *halt*-ed them in front o the CO's desk.

Get that Glengarry off yer heed, the Razzman rumbled, *yer nae fit tae wear that cap badge.*

Cause ah had a smoke o a fuckin joint, Sutherland pulled the Glengarry off his heed. *Ah fuckin fought for this cap badge an watched mates die for this cap badge.*

Shut your mouth boy, the Razzman put his face in front o Sutherland's an rumbled an sprayed.

Okay Rifleman Sutherland, the plums fell oot o the CO's mooth an he batted at them wi his thick gold pen. *I fully understand your point*, the CO tapped at the sheets o paper in front o him. *Nevertheless, I have reviewed the evidence. There wis a quantity of a contraband substance found in your quarters and you all tested positive to a urine test. Therefore, in light of the MOD's current zero tolerance stance on drug abuse, I have no alternative but to award you a sixty-day custodial sentence followed by discharge from Her Majesty's Forces.*

The CO tapped his gold pen on the three bits o paper an pulled the three sheets o paper towards im.

Wait, Sir, Sutherland put his han on the CO's desk. *Please, ye dinnae understand whit yer daein, sir.*

I understand fully, Rifleman, the CO held up his han as the Razzman lunged forward.

This is nae aboot haein a puff o a joint, Sir, this is aboot numbers, Sutherland held his palm up, *ye dinnae have tae dae this, we're good soldiers. Are you tellin me ye never tried a joint or a line o charlie when ye were at Eton or Harrow or whitever.*

I'm sorry, Rifleman, the CO put his pen tae the first sheet o paper an flourished across the bottom. *Take them away to begin their sentences please, Regimental Sergeant Major*, the plums fell oot o the CO's mooth an he batted at them wi his pen an the Razzman thundered an made jam oot o the plums an he bounced the boys oot o the office an oot o the HQ block an handed them ower tae Munro an Munro bounced them along the road tae the guardroom.

So much for solidarity in your fuckin platoon boys, Munro stuck in his widden spoon an stirred amongst the *left, right, left*s.

Naebdy asked for yer opinion, peace-chest, Sutherland swung his erms.

D'ye nae kain how The Sheriff kaint where tae find yer drug stash? Munro stirred intae the *mark-time*-s an the *get yer knees up*-s.

We dinnae need you tae tell us fuck all, Sutherland kept his knees up.

Yer ain mate grassed ye up, Munro stirred like fuck wi his widden spoon an threw some sharp laughter intae the pot.

Shut yer fuckin hole, peace-chest, Sutherland swung his erms.

Yer ain mate got ye dumped oot ontae civvie street, Munro stirred.

Has he fuck, Sutherland kept his knees up. *We're puttin in an appeal. Unlike you, peace-chest, we're decorated warriors. We'll dae oor time but we'll nae get chucked oot,* Sutherland swung his erms.

Munro threw laughter an scorn intae the pot an stirred an stirred an poured the boys back intae their cells far they simmered an stewed.

XXXV

Ah wis convinced it wid be accepted. It seemed so fuckin unfair.

…

Ahve got a wee bit o work lined up for ye.

…

Dinnae worry, nothin difficult, eh. Jist a wee drivin job.

…

Ahll gie ye the details the morn.

Ye didna hae tae hae rank tae hae privilege in the battalion. Ye could be a rifleman withoot a stripe on yer erm but ye still widna be deein block jobs. Maybe, when the rest o the boys were gettin ready for a parade, ye were sent on some errand so that ye widna hae tae attend. Ye wid probably be gien some cushy job in Company HQ while the rest o the boys were workin awa in the freezin caal vehicle sheds.

Maybe ye did somethin heroic that made ye a legend in yer ain lifetime, but maybe that somethin wis contrary tae military law an maybe ye were a sergeant or a full-screw an noo yer a rifleman again.

Zander stepped oot o his cell wi his bedblock in his erms. Sutherland an McQueen stepped oot o their cell doors wi their bedblocks in their erms. Munro *right turn*-ed them an marched them tae the door o the eight-man cell. He unlocked the black door an swung it open an *left, right*-ed them into the cell. The door slammed ahin the boys an they put their bedblocks on the three vacant beds closest tae the door. Twa ither prisoners watched them fae the bottom end o the cell. A thin boy sat on the edge o the bed furthest fae the door wi his hans in his lap, the ither stocky boy pressed his shooder against the jam o the doorless bog. They watched the boys pull their sheets tight wi the hospital corners an watched them pull their blankets tight wi the hospital corners an watched them pull the sheet doon a hand's width an tuck it in tight an when they'd squared off their pillows the stocky boy wi the sleeves o his coveralls rolled up an the tongues o his boots lollin oot scuffed up the cell an sat on the end o Zander's bed.

Zander took a step back.

Calm doon, the stocky boy showed Zander his teeth.

The boy's jist made that bed, ye cunt, Sutherland stepped towards the stocky boy.

Dinnae be worryin aboot beds, boys, the stocky boy looked up at Sutherland. *Things are far mair relaxed in this cell. For fuck sake whit can they dae tae ye noo, boys. Yer gettin discharged. Fuck them.*

We're nae gettin discharged, Sutherland took anither step towards the stocky boy. *We've put in an appeal.*

An appeal? The stocky boy shrugged. *So whit?*

So, dinnae come the cunt wi us, Sutherland put his face close tae the stocky boy's. *Ah kain who ye are.*

Oh aye, the stocky boy stood up. *So who am ah then?*

Ye're the boy, Paisley, the Weegie cunt fae A Company, Sutherland bed square tae im. *Ye went AWOL an ended up in Barlinnie for giein some cunt a hidin an noo yer back here swaggerin aboot an thinkin yer the main man.*

Listen boys, relax till ah tell ye a few things, Paisley buried his hans in his pockets an relaxed his knees. *Ahm jist gettin through ma time the same as yous. An if ye want ma advice ye should relax an forget aboot yer appeal. Forget aboot grovellin tae they cunts,* Paisley nodded towards the sky beyond the barred windae an took a step awa fae Sutherland.

We didnae ask for yer advice, Sutherland turned back tae makin up his ain bed.

Ye're feelin hard done tae. Ah can sympathise, Paisley leaned against the wa opposite Sutherland's bed. *Ye're right, ah went tae Barlinnie … but whit ye dinnae ken is that ah went tae Bar-L under a false name ah gave tae the Polis. Ah wis put on remand for three months, an when ah went tae court the judge gave me three months an said ah wis free tae go. Result, so ah thought. But the Monkeys were waitin for ma ootside. The cunts kent who ah wis aa along but they let me sit in stir. The Monkeys cuffed ma an took ma back here on the fuckin plane tae charge me wi the same offences, under ma ain name this time. Two sentences for the price o one. So ye're nae the only wans hard daen tae.*

Look at Fletcher ower there, Paisley nodded towards the end o the cell far the skinny boy sat wi his hands in his lap. *Fletcher isnae right in the heed.*

Naw, ahm nae, Fletcher shook his heed in agreement.

Fletcher's the boy that stole the Warrior an drove it through the back gate an intae the Hoffen. Ahm sure ye'll recall that he then proceeded tae drive ower the tap o five, or wis it six … Paisley's brow furrowed.

… *six,* Fletcher nodded.

… *six Boxheed cars. It widve been mair but his platoon managed tae block im an drag im oot o the Warrior afore the German polis could shoot im. He clearly needs a wee bit o therapy, but how does the Army treat im?* Paisley raised his eyebrows an held his han oot tae Fletcher. Fletcher raised his hans an jangled his handcuffs. *They fuckin have im in cuffs twenty-four oors a day. Is that helpin yer frame o mind any Fletcher?*

Naw, Fletcher shook his heed.

Naw, is it fuck. They dinnae gie a fuck aboot Fletcher. Fletcher has put his life on the line for this battalion an his fuckin country an they're goin tae kick im oot on the fuckin street cause he had a wee bit o a funny turn. Paisley pushed awa fae the wa an scuffed up an doon the cell.

An then we come tae yersels, Paisley waved his hands at the courtroom. *So whit if ye've had a wee smoke o the wacky backy. It's nae great crime is it? On civvie street ye widnae even get a caution, but here ye're locked up afore bein dumped on the scrap heap. Ah bet that boy there's nae even oot o his teens,* Paisley nodded at Zander, *an he's served his country an done far mair than maist boys his age, an like any boy his age he's had a wee experiment o the dope an the Army wash their fuckin hands o im,* Paisley rammed his hands deep intae his pockets an stood in front o Sutherland. *The Army disnae gie a fuck aboot im. They dinnae gie a fuck aboot me or Fletcher. They dinnae gie a fuck aboot any o ye. They're doon sizin an they'll use any excuse tae get rid o ye cause yer jist a fuckin number tae them,* Paisley leaned against the wa opposite Zander's bed.

Sutherland turned his back on Paisley an pulled Zander's beddin tight again far Paisley had sat on it. *We're puttin in an appeal,* he pulled the hospital corners tight an eyed Zander an McQueen.

If yer worried aboot landin on civvie street wi nae work, Paisley pulled his hands oot o his pockets again, *Ah could sort boys like you oot wi a steady income.*

Ye're aaright, Sutherland sat against the wa atween his an Zander's beds.

Paisley shrugged an scuffed awa back doon the cell.

Zander leaned intae the big, deep sink an scrubbed at the burnt gravy in the six-gallon pot wi the wire wool an looked ower at McQueen.

Pish, man, McQueen scrubbed at his pot.

Zander telt im that it wis better than deen a log run an scrubbed at the pot.

The cook sergeant came through the back o the kitchen intae the pan bash area. *Finish those pans an then ye can take those swill bins oot an gie the swill shed a clean oot.*

The boys scrubbed the pans an rinsed them oot an stacked them awa. Sutherland went in atween the two swill bins an took a hold o the handles an Zander an McQueen went either side an they raised the swill bins up an they shuffled past the big ovens an shining steel worktops an shuffled doon the corridor an oot the back door o the cookhoose an Zander staggered holdin the door an swill slopped oot an Sutherland shuffled atween the bins an McQueen caught the door an they went oot intae the glarin sun an across tae the swill shed an Zander felt his feet try tae slip oot fae unner im on the grease that had slopped oot ontae the path. They swung open the big door an the swill shed breathed oot intae the hot day an the boys gagged. They shuffled intae the belly o the shed an the bins that were already lined up in there bubbled an belched putrefied air an the boys gagged. They got the tub o detergent an slopped it ontae the fleer an they got the hard brushes an scrubbed at the fat an the rotten vegetables an the bits o chicken carcasses that had slopped ontae the fleer. They got the hose an hit the mess wi a jet o water an pushed the filth towards the door an oot intae the drain in a tide o scum an fatty froth. They slopped the detergent ontae the path an scrubbed at it wi the hard brushes an Zander hit the path wi the hose an water sprayed up intae the bright air an a two-foot rainbow sat perfectly on the grass an he held the hose far it wis an watched the rainbow shimmer while Sutherland an McQueen scrubbed the grease off the path.

Even amongst aw this shite an filth there's somethin beautiful, Sutherland tapped McQueen's erm an they paused tae watch the wee rainbow. *Spray the water ower here,* Sutherland scrubbed an Zander redirected the hose an the rainbow wis gone. The boys rinsed the last o the suds off the path an put the brushes awa an coiled up the hose.

The cook sergeant's awa if you boys want tae come through for a coffee, the Senelager Cook shone white at the back door o the kitchen wi an oven cloth ower the shooder. He took the boys tae the cook's restroom an the boys poured coffee oot o the pot an the Senelager Cook dished oot fags an they smoked an drank coffee an watched oot the windae for the cook sergeant comin back along the road.

Sutherland knelt on the fleer an put the bible ontae his bed. He smoothed oot the form an laid it on top o the bible. He took anither crumpled bit o paper oot his pooch an smoothed it ontae the counterpane.

Check you kneelin at the side o the bed wi yer bible, Paisley leaned ower Sutherland's shooder.

Fuck off, Sutherland placed a han on the appeal form an a han on the draft.

Ye'll need mair than prayers if ye think that appeal's goin through.

Fuck off, Sutherland crunched his notes intae a fist.

Aaright, man, Paisley straightened up an went tae put a shooder tae the wall.

Sutherland straightened oot his notes an put the pen tae the form an wrote in neat block letters. Zander an McQueen leaned ower the ither side o the bed an watched Sutherland push the nib o the pen across the appeal form.

Ahm tellin ye, Paisley folded his erms. *Yer wastin yer fuckin time.*

Zander watched Paisley push his shooder against the wa an watched Sutherland push his pen across the paper.

XXXVI

He felt sorry for us in the end, eh. He kent it wisnae right.

…

No, nae the morn. We'll go tae the fitba the morn, eh.

…

Ha, ha. Go an watch the sheep get pumped, mair like it.

Ye could jist be arbitrarily sent tae nick for a minor misdemeanour such as yer boots werena shiney enough or yer bed wisna made well enough or ye didna move fast enough on the drill square. Ye could be charged for those offences but usually a couple o oors in the gless hoose an a beastin sufficed. Usually ye were charged for somethin a bit mair serious, like assault or goin AWOL. Then ye wid go intae close arrest while ye awaited goin on COs orders if yer assault wis particularly vicious or yer period o absence wis particularly long. For those misdeeds ye were usually gien a custodial sentence o atween seven and twenty-eight days an ye wid serve that sentence in local nick.

For mair serious misdemeanours, which might be civilian crimes in which the RMPs might get involved, ye wid probably be court martialled. When, and not if, ye were found guilty, ye wid definitely be gien a custodial sentence o mair than twenty-eight days. Such a sentence wid mean bein sent tae the Army Prison in Colchester. Spendin mair than twenty-eight days in local nick wid be deemed as harsh, even by Army standards.

In HMP Colchester, soldiers who were to be returned to their units were housed in 'A' wing, far they wid receive rehabilitative training. Soldiers who were to be discharged once they'd served their time were housed in 'D' wing, far they wid be gien training in skills such as joinery or brick laying that might be o use tae them in civvie street.

Sutherland sat on the end o his bed an tapped his foot on the fleer.

Didnae go well? Paisley pushed his shooder intae the wa.

Sutherland tapped his foot.

No, it didnae go fuckin well, McQueen unlaced his best boots. *CO said his hans were tied.*

Zander loosened the knot on his tie an unbuttoned the top o his twos shirt.

Due tae the zero-tolerance policy, McQueen threw his boots unner his bed an unbuttoned his twos jeckit.

Sutherland tapped his foot.

Also, due tae the zero-tolerance policy, Colchester is full tae the rafters, so we'll be servin oor sentence here, McQueen pulled his erms oot his jeckit.

That's a cunt, Paisley pushed his shooder intae the wa.

Sutherland tapped his foot.

Like you gie a fuck, McQueen threw his jeckit on the bed.

Ahm honestly gutted for you boys, Paisley pushed imsel off the wa. *The Tories are makin boys redundant. They're disbandin ancient battalions. They're lookin for any excuse tae get rid. It disnae matter tae them who ye are or whit ye did, they're makin cuts an because ye put yer tae ower the line, they're cuttin yer fuckin leg off.*

Sutherland tapped his foot faster an the cell door burst open an Munro barrelled in. Paisley pushed his shooder intae the wa an Sutherland tapped his foot.

On yer feet, Sutherland, Munro rolled tae a halt.

Sutherland tapped his foot.

Now's nae a good time, Munro, Paisley crossed his erms.

Get up on yer feet when an NCO enters the room, Munro screeched. *You an aa Paisley, get off that wa an stand tae attention.*

Seriously, man, Paisley shook his heed. *Now's nae the time.*

Get up on yer feet an stand tae fuckin attention, Munro took a pace towards Sutherland.

Sutherland stopped tappin his foot an stood up an took a pace towards Munro. *Get the fuck oot oor cell,* he put his nose against Munro's.

I'm takin you boys for a log run, Munro stepped backwards. *I'm goin tae beast the fuck oot o you, ya druggie scum.*

Takin us for a log run? Paisley leaned against the wa an laughed. *You couldnae run a tap ye fat, war dodgin cunt. It should be you that's gettin punted oot intae civvie street.*

Aw o ye get lined up ootside, Munro took a step back fae Sutherland an the slugs on his mooth trembled.

Get the fuck oot o oor cell, Sutherland burned Munro wi his reed een.

You'll be on a charge for insubordination, Munro's lips flapped in his beetroot face.

Charge awa ye fat cunt, Sutherland sat doon on the end o his bed. *Whit the fuck are ye goin tae dae like, throw me oot?* He looked at his feet.

Munro backed up oot the cell an put his han on the door. *You boys are in for some shit*, he pulled the door shut on his beetroot face.

The lights went oot in the cell at nine o'clock.

Mon ower boys, the lamp light streamed in through the high windaes an laid bars on Paisley an Paisley beckoned the boys ower tae his bed. *Ah think ye need a wee pick me up.*

The boys aa shuffled doon tae Paisley's bed at the bottom o the cell.

Take a seat, he patted the mattress

The boys aa shuffled intae the gap atween his an Fletcher's bed an sat doon facin each ither.

Wan o the perks o workin at battalion HQ, Paisley dug in his overalls an took oot a wee bottle o tippex thinner.

Whit dae ye dae there exactly? Sutherland took the wee bottle fae Paisley an rolled it atween his hands. *Apart fae liftin stationary items?*

Brush the fleer, empty the buckets, Paisley reached unner his bed an took oot his reed PT vest. *That kind o thing*, Paisley handed Sutherland the vest.

Nae scrubbin pots an cleanin swill sheds for you then, eh? Sutherland took the vest an it sat in a dark pool in his lap.

Widnae befit ma standin in the battalion, Paisley took the tippex fae Sutherland, unscrewed the top an handed im back the bottle.

Sutherland squirted a shot o thinners intae the vest an dipped his face in it an inhaled long an deep an he handed the vest tae Zander an Zander dipped his face in it an inhaled long an deep an handed the vest tae McQueen an McQueen inhaled long an deep an Zander exhaled slowly an his body rose off the bed an the pain went oot his bones. McQueen exhaled an handed the vest tae Fletcher an Fletcher's cuffs jangled an Zander looked at the cuffs an looked at McQueen an their teeth glinted atween the bars o shadow that the lamp light laid across their faces an they giggled an put their fingers tae their lips an *ssshhh*-ed. Paisley took the bottle an squirted anither shot o thinners intae the vest an dipped his face intae the vest an inhaled deep an long an dipped his face back intae the vest an inhaled long an deep an then he got up an paced up an doon past the ends o the beds an he nodded his heed an twirled his fingers tae the tune in his heed.

Fletcher nodded his heed tae the tune in Paisley's heed an twirled his fingers an jangled his cuffs an Zander an McQueen covered their mooths as their shooders shook.

Sutherland got a Glengarry fae unner the bed an pulled the cap badge pin oot an sat across fae Fletcher. *Stop yer janglin a minute,* Sutherland caught a hold o Fletcher's elbows an pulled his twirlin fingers doon fae the roof. Fletcher furrowed his brow an stopped noddin tae the beat in Paisley's heed an held his cuffed hands oot tae Sutherland an Sutherland bent oot een o the legs o the pin an poked it aboot in the keyhole o the cuffs. Paisley opened his een an came an sat next tae Fletcher.

The cunt that put ye in here, Paisley poked his fingers at the roof.

The CO? Sutherland poked at the cuff.

Naw, the cunt that grassed ye, Paisley twirled his fingers tae the tune in his heed.

Miller. Whit aboot im? Sutherland twirled the pin tae the tune in Paisley's heed.

He's gone, Paisley nodded.

Gone? Sutherland poked an twirled the pin an then took it oot an bent the end o it wi his teeth. *Whit d'ye mean, gone?*

Ah mean, dealt wi.

Gone, gone, ye mean? Sutherland stopped fit he wis deein.

Naw, nae gone, gone, Paisley swayed his shooders. *Jist posted awa.*

Posted awa? Sutherland poked the pin back intae the keyhole an twirled.

Aye, Paisley poked an twirled his fingers. *Posted awa tae naebdy kens where. They had nae choice but tae post im efter ma boys made their intentions clear.*

Your boys? Sutherland poked an twisted at Fletcher's cuff.

Aye, Paisley poked an twisted at the ceiling. *We cannae hae a grass goin aboot in the battalion. It's nae good for business. He's lucky he's jist gettin posted. The aul pinkin shears are usually a good reminder that ye shouldnae hae loose lips.*

Pinkin shears? McQueen sat doon aside Paisley.

Aye, pinkin shears, Paisley snipped the air wi his fingers. *Tailors use them tae make zig-zag patterns. They're sharp as fuck an can cut through suede an leather like it wis butter. Anybdy that saw ye efter that wid ken aa aboot yer loose lips,* Paisley snipped at McQueen's lips wi his fingers.

Well, Miller's ma business, Sutherland poked an twisted at Fletcher's cuff. *Ahll find im an ahll cut his fuckin lips off wi a pair o pinkin shears.* Sutherland poked an twisted an the lock clicked open an the cuffs dropped tae the fleer.

Oh man, Fletcher rubbed his wrists. *Ye dinnae ken how good that feels,* his teeth shone atween the bars that lay across his face.

The light clicked on an Fletcher clicked on his cuffs. Munro barrelled intae the cell.

Get oot yer fuckin beds, Munro rolled doon along the ends o the beds.

Get oot oor fuckin cell, Sutherland propped imsel up on an elbow an pointed at the cell door.

Get oot yer fuckin beds, Munro rebounded off the bottom wa an rolled back up the cell.

Whit the fuck are ye goin tae dae like? McQueen propped imsel up on an elbow. *Fuckin jail us?*

Zander propped imsel up on an elbow.

Fuckin discharge us? McQueen raised his eyebrows.

Fuckin make us pregnant? Sutherland raised his eyebrows.

Get oot yer fuckin beds, Munro raised his boot an kicked Zander's feet. Zander pulled his feet back fae the end o the bed.

I believe I just witnessed you assaulting a prisoner in your care, Corporal Munro, Sutherland got oot his bed an his bare feet whispered ower the shining fleer towards Munro. *I think you should get the fuck out of our cell before I report you, Corporal.*

You boys better nae be needin a smoke, Munro backed awa towards the cell door. *Cause ye'll nae be gettin een.*

Is that whit ye think, peace-chest? Sutherland took anither whispered step towards im.

An ah hope yer nae hungry, Munro slammed the cell door an poked his beetroot face through the hatch. *Cause ye'll nae be gettin breakfast either.*

Is that right? Sutherland took anither whispered step towards im an Munro slammed the hatch an his beetroot face wis gone.

Well done, boys, Paisley sat on the end o his bed an clapped his hans. *Yer gettin the hang o it noo.*

Zander stood in line wi the boys in front o the guardroom coonter. Their tepid breakfast lay in the tinfoil take-away trays that they held in their hans. The beans an reindeer bollocks were mushed through each ither, fatty bits o bacon an shrivelled sausages were smothered in the slop an a fried egg slid aboot on top.

Ahm no eatin that, Paisley put his tray on the coonter.

Ye dinna eat that ye dinna eat fuck all, Munro split his beetroot face open an shared his teeth wi a deputy that stood by The Sheriff's desk makin a mug o coffee.

Ye have tae take us for proper breakfast, Sutherland put his tray doon on the coonter.

Ye dinna get up when yer telt, an ye dinna go for yer log run when yer telt, then ye dinna get tae go for breakfast, Munro looked at the deputy an the deputy looked at the trays o slop.

Ah wouldna eat that shite, the deputy stirred sugar intae the mug an a pace-stick tapped up the pathway ootside.

Corporal Munro, The Sheriff ground rocks in his mooth. *Whit's this slop on my counter?*

It's the prisoner's breakfast, Sergeant, the beetroot began tae drain fae Munro's face.

Why haven't my prisoners been taken tae the cookhoose for breakfast, Corporal Munro? The broken rocks fired oot o the Sheriff's mooth.

They've refused tae go on their run two mornins in a row, Sergeant, the beetroot juice flowed oot o Munro's mooth.

Get my prisoners up tae the cookhoose an get them fed a proper fuckin breakfast, The Sheriff propped his pace-stick in the corner an took the mug o coffee fae the deputy.

Yes, Sergeant, the beetroot ran oot o a slit in Munro's throat an left im pale. He *left, right*-ed the boys oot o the guardroom an up the road towards the cookhoose. *Get yer fuckin arms up,* Munro screeched oot o the slit in his neck.

Get a fuckin grip o yersel, Paisley stuck his hans in his pockets.

Get yer hands oot o yer pockets, the slit in Munro's throat flapped.

Get tae fuck, peace-chest, Sutherland stuck his hans in his pockets.

You boys think yer smart, Munro bubbled oot o his slit, *but ye'll nae be gettin a smoke efter breakfast. We have tae gie ye breakfast but cigarettes are a privilege.*

The boys sauntered up the road tae the cookhoose an Munro spilled an spluttered threats oot the slit in his throat.

Zander stood in line wi the boys in front o the guardroom coonter.

Gie the prisoners a cigarette, Corporal Munro, The Sheriff stood on the ither side o the coonter an tapped the brass end o his pace-stick against the side o his boot.

Sergeant? Munro flapped.

Gie the prisoners a cigarette tae hae efter their breakfast, The Sheriff tapped his pace-stick.

Munro got the ammo tin fae ahin the coonter an got the prisoners fags oot an went along the line an dished them oot tae the boys. The Sheriff dug a zippo oot o his pooch an tossed it tae Zander an Zander caught it an flicked it an lit his fag an he passed the flame along an the boys lit their fags an Paisley snapped the lid shut an tossed the zippo back tae The Sheriff. The boys stood an smoked an tapped their ash intae the gless ashtray on the coonter an The Sheriff watched them an tapped his pace-stick against the side o his boot. The boys finished their smoke an stubbed their fags oot.

Right boys, The Sheriff pointed his pace-stick an the boys filed back intae their cell.

Whit's that cunt up tae, McQueen breathed oot o the side o his mooth.

Dinnae let im intimidate ye, Paisley breathed oot o the side o his mooth.

The boys stood an looked at each ither an then the cell door opened an The Sheriff paced in an pulled the cell door shut an the door thudded aroon the cell.

You boys shouldna be in this guardroom, The Sheriff tapped his pace-stick against the side o his boot. *Ye should be in Colchester gettin trained tae be joiners or plumbers or welders or some fuckin thing an the fact ye arnae is a fuckin disgrace, but ah never said that. Due tae this current crack-doon Colchester is full, an instead ye're in my custody. So here's how it's goin tae be. You* will *be goin for a run in the mornin, but withoot the log,* The Sheriff lifted his pace-stick an nodded the heed o it at the boys, *ye* will *be goin tae the cookhouse for breakfast an ye* will *be marchin roon this camp when my deputies are escortin ye. Ahm nae haein you boys makin a cunt o me,* the boys nodded back at the pace-stick. *When yer back here an there's nae officers goin aboot, ye can watch videos wi the guard an hae access tae yer fags an read yer fuckin books if ye want, Sutherland. An ahm takin Munro oot o the equation,* The Sheriff lowered his pace-stick an tapped the side o his boot. *Ahm assignin him elsewhere, afore ye's dee somethin ye regret. Yous play the game when yer oot an aboot an the rest o yer time here'll go by smoothly.*

Cheers, Sergeant, Sutherland nodded.

Dinna fuckin thank me, The Sheriff paced towards the cell door. *Ahm jist makin ma ain life easier,* he put his han on the door. *An in ma opinion, ah dinna think ye should be gettin kicked oot,* he turned back tae the boys. *Apart fae you, Paisley, you're a fuckin crook.*

Fair point, Sergeant, Paisley shrugged.

And you Fletcher, he pointed his pace-stick at Fletcher. *You're a fuckin danger tae society.*

Fletcher jangled his cuffs.

The Sheriff went oot the door an it clanged shut ahin im.

The light clicked off an Sutherland clicked the cuffs off Fletcher's wrists. Paisley pinned a blanket up ower the bog door an pulled the blanket back an beckoned Zander through the curtain an Paisley stepped up on the bog an climbed ontae Zander's shooders an took a chunk o black fae the han that wis thrust through the bars.

Paisley climbed doon an sat on the bog an got his paraphernalia oot an skinned up on his knee. He crumbled plenty o black intae the joint an rolled it an licked it an smoothed it an held it up tae the light that streamed through the bars an put it atween his lips an sparked it an drew long an held the smoke an let oot the long jet o smoke an Zander could smell the sweet earth.

Nae long noo till ye're oot, Paisley let the last o the smoke trickle oot his mooth. *Days tae go, man.*

Zander nodded.

Have ye any plans?

Zander shrugged

Ah can mebae sort ye oot wi somethin?

Zander shook his heed. He telt Paisley he had a couple o ideas.

Well, if ye change yer mind, Paisley handed the joint tae Zander. *Mind, that joint's heroin dipped, so go easy,* Paisley went back through the blanket.

Zander drew deep an long an the joint glowed bright orange an Zander's belly glowed an Zander let oot the long jet o smoke towards the bars an Sutherland came through the blanket an reached for the joint an Zander went back through the blanket an swayed towards his bed an nodded at McQueen. He stood an swayed at the end o his bed an watched the boys go in through the blanket an come oot through the blanket. He watched Sutherland take the counterpane off his bed an lay it on the fleer.

Ah seen this on Blue Peter, Sutherland folded the bottom third into pleats an took off his coveralls an lay doon on the counterpane an used his stable belt tae gather it roon his waist an he got up an threw the excess material ower his shooder. *This is how folk really wore their kilts,* he showed the boys the pleats an the hood, *an this is where they kept their seeds,* he showed the boys the pooch an he strode up an doon the cell scatterin hanfaes o seeds onto his field, *an when they've finished sowin their seeds,* Sutherland padded ower tae his bed, *they lie doon at the side o the field an use their kilt as a blanket,* Sutherland laid doon an pulled the counterpane aroon im so that only his face showed, *so that they can guard the field fae wolves.*

Zander's shooders shook an he covered his mooth.

Ah dinnae think wolves eat seeds, McQueen swayed oot through the blanket.

Aye they do, Sutherland pulled the counterpane ower his face. *Wolves eat whitever the fuck they want tae eat.*

Zander floated back doon ontae his bed an looked through the ceilin an could see the stars an the big blue ba o the moon. A butterfly flitted in through the bars an glowed in the moonlight an grew an grew an glowed an glowed.

Look at the size o that moth, McQueen pointed at the glowin butterfly.

Zander telt McQueen it wis an eagle an he watched it soar unner the stars an the big blue moon, then it swooped an tilted its wings an disappeared oot through the bars.

XXXVII

Ah mind that last day. Ye should've stuck wi me instead o goin back north.

…

Let's get the fuck oot o here.

…

Ah ken a place we can hae a wee efter oors drink. An maybe a wee smoke, eh.

Three tinnies sat on the table an looked at each ither an the boys sat aroon aboot the table an looked at each ither. They sat at the table by the wide open windae an looked oot the windae an the sun looked in at them. The battalion wis awa on exercise an the NAAFI wis deed an the road ootside the wide open windae lay quiet in the sun.

Ah might get a job wi the cooncil, McQueen picked up his tin o blue.

D'ye nae need tae ken folk tae get a job wi the cooncil? Sutherland picked up his tinnie.

Ah ken folk, McQueen poured lager intae his mooth. *There's a lassie ah ride when ahm on leave who's auld man's a bin-man. Ah could get in aboot her an see if her faither'll get me a job. She's got her ain flat. Ah could move in wi her.*

How's she got her ain flat? Sutherland poured lager intae his mooth.

She's got a bairn, McQueen put his tinnie doon an looked oot the windae. *It might even be ma bairn.*

Whit aboot you Zander, Sutherland let oot a sigh.

Zander shrugged an looked oot the windae.

Ah think ah might take Paisley up on his offer, Sutherland picked up his tinnie an gave the last moothfae a wee shake.

Sounds dodgy as fuck tae me, McQueen emptied his tinnie intae his mooth.

Sounds like it'll pay well tae me, Sutherland gave his tinnie anither wee shake. *But afore that ahll be makin a few enquiries aboot the whereaboots o Miller*, he emptied his tinnie intae his mooth. *An ahll be gettin masel a pair o pinkin shears.*

Zander stood in the stripped oot room an packed the last o his civvies intae his holdall.

Ah cannae believe they took oor Schrank, McQueen zipped up his holdall. *An oor fuckin sofa.*

Were ye goin tae take it wi ye? Sutherland zipped up his holdall.

That's no the point. Ah fuckin loved that Schrank. An whit the fuck happened tae oor fish tank? Ah loved them fish as weel, man.

Well ahm sure it's gone tae a good hame, Sutherland hoisted his large pack an his webbin ontae his shooder an headed oot the door. McQueen picked up as much kit as he could an followed Sutherland doon the corridor.

Zander slung his large pack ontae his back an looked intae Davie's empty locker. There wis still bits o blu-tack far Davie had stuck up his photaes. He walked oot the room an doon the corridor an paused at the door o Miller's bunk. He kicked the door an it swung open an the bunk wis stripped bare inside. There wis nae blu-tack on the wa. Miller had taken aathin an left his bed stood tae attention against his locker. Zander followed the boys oot tae Sutherland's Orion an they threw their holdalls intae the boot an headed up tae the stores wi their kit.

Half yer kit's missin, the storeman threw Sutherland's combat jeckit intae the pile ahin the coonter.

So take it oot ma next wage, Sutherland shoved his hands intae his pockets.

You cunts've been sellin yer kit, the storeman started tae tick off Zander's kit as Zander put it up onto the coonter.

Have we fuck. Half o it wis pinched while we were locked up, McQueen shoved his hans intae his pockets.

Whitever ye say boys, the storeman threw Zander's lightweights intae a third pile ahin the coonter.

Zander pulled his TOS oot o his kitbag an ran his fingers ower the silver stag. The storeman reached ower the coonter an snatched it fae im.

Can ah keep that?

Can ye fuck, the storeman threw it intae the third pile ahin the coonter. *It's Army property an yer nae a fuckin rifleman any mair.*

It's nae Army property, Sutherland reached ower the coonter an grabbed the front o the storeman's shirt an pulled im ontae the coonter. *It's fuckin his, so gie im his fuckin TOS back,* Sutherland released im. The storeman stumbled back into the pile o kit an steadied imsel against the wa.

It's nae fuckin use tae anybdy else anywaye, he picked the TOS up an threw it back across the coonter.

The boys piled into the Orion an drove up the road past the accommodation blocks. They saw Munro rollin doon the path an Sutherland tooted an the boys gave im the finger. Munro turned beetroot an cerried on rollin doon the path. Sutherland swung the car aroon the rear o the stores an the back o the battalion HQ tae the wee car park at the back o the guardroom an Sutherland parked right unner the wee high windae at the bottom end o the big cell. He got oot o the car an climbed up ontae the roof far he could reach intae the high windae an he whistled in through the bars an a whistle blew oot atween the bars an Sutherland reached doon through the passenger windae an McQueen passed im the wee block o black an the twa tinnies o blue.

Happy Birthday, Paisley, Sutherland passed the wee block an the twa tinnies in through the bars tae Paisley. He climbed doon off the roof an drove the car aroon tae the front o the guardroom an parked the car in front o the reed an white barrier an Zander looked oot the windae at twa boys polishin Hans.

Ye need tae sign oot in the guardroom, the guard looked in through the windae.

Naw we dinnae, Sutherland revved the engine.

The guard looked up towards the guardroom an The Sheriff stepped oot intae the sun an stood atween the twa golden pillars. He shook his heed an raised his fore erm across his body. The guard nodded tae his mate an the reed an white wis raised.

Stag on nigs, Sutherland pressed the throttle an the car squealed forward. Zander watched the barrier go by an saw the flag poles push the battalion colours intae the blue an then they were through the gates an awa.

PART TWO

XXXVIII

Zander peeled back his eyelids an through the mist he could see that Sutherland had peeled back the scabby carpet. He knelt in the corner wi his back tae Zander wi a fleerboard in his han an a fleerboard wis bein nailed tae Zander's heed wi caal black nails that reminded im o the log runs aa those years before.

Decades ago.

In aa that time he hadna heard fae Sutherland an noo here he wis, spendin a day on the lash wi im in Edinburgh. They'd been reminiscin the day afore. They'd spoken aboot it aa. Trainin, Germany, The Gulf, the jail. They'd spoken aboot fit Zander wis deein noo, his ex-wife an bairns an his pish job.

They'd spoken aboot the boys, McQueen an Davie. Fuckin Munro.

Miller.

Zander couldna mind exactly fit the fuck they'd said aboot Miller, cause along wi the speakin they'd been drinkin the whole day an Zander couldna mind far they'd ended up.

Sutherland slotted the fleerboard back in place an flicked the carpet back ower an shoved the scabby aul mattress back intae the corner o the room. He threw the sleepin bag on top o the mattress.

Cuppa tea? He stood up an looked at Zander.

The room wis the craw's nest o a ship on rollin waves an Zander wis scared tae move an he got imsel ontae an elbow an his belly lurched an he tried tae move his feet but they were knotted up in the bottom o a dossbag. He looked doon at imsel on the scabby mattress wi his claes still on an twisted aboot im.

Zander nodded an it hurt his heed.

He looked aaright, Sutherland. He wis gettin thin on top, but he didna hae the belly Zander had. He wis in decent shape for a boy his age. A few craw's feet, a wee bit o grey comin in at the sides.

Zander sat up an nausea spread through im fae the pit o his stomach an he heard the water bein poured intae the kettle. He disentangled his feet fae the dossbag an climbed up ontae his feet an tottered oot intae the lobby. There wis a closed door across the lobby an a heavy front door wi a peephole tae his left. The clatter o cups an cupboard doors spilled oot a door at the ither end o the lobby an ontae the dusty fleerboards. Zander tottered towards the light an the clink o the teaspoon an the splintered fleerboards creaked.

How ye feelin? Sutherland hunted through cupboards.

Zander telt im he'd been better.

There's nae milk or sugar, Sutherland dropped teabags intae the cups an leaned against the coonter an the kettle hissed aside im.

Zander propped imsel up in the opposite corner an looked oot the windae at the flats across an looked doon at the back yards, four, five fleers alow. He looked at the wee patches o gress an the claes flappin on the lines. Sutherland made the black tea an they cerried their cups ben tae the livin room an Zander sat doon at the end o the tattered couch an put his tea on the long coffee table an Sutherland sat doon on the couch that flanked the ither side o the coffee table.

A drunken aul ermchair sat at the heed o the coffee table an a cerry cot an a pile o nappies were unner a big new telly at the ither end o the room. The wallpaper hung off the waas an chunks o it lay on the fleerboards. Zander looked doon at the side o the couch an a supermarket cerrier bag sat wi twa-three baas o baby blue wool impaled on the needles an somethin flowed oot o the bag that might've been a wee cerdigan. Grey daylight spilled ontae the empty whisky bottle that lay aside the ermchair.

Zander cupped his tea an minded the night afore an his tea soaked intae his parched mooth an he minded the skinny young loon, Fox, that had sat in the ermchair the night afore. He watched aul episodes o *Minder* an swigged Grouse. His wife had sat at his right han at the end o the couch far Zander sat noo. She wis a skinny wee quine that must've only been aboot sixteen an she'd jist sat there knittin an the knittin needles had looked like extensions o her bony erms. Fox had brought oot a bong that wis made fae a long piece o clear plastic tube. Fox telt Zander that the tube had the same capacity as the average human lungs. Fox an Sutherland had a go on it an handed tae Zander an he had hesitated an they urged im on an he sooked in aa the smoke. Fox's wife had looked up fae her knittin an telt Zander that he wid burp in a wee while an smoke wid come oot. Sutherland had spoken tae Fox aboot cars an Fox had mimicked the Cockneys on the telly. Zander had faded in an oot o *Minder* an efter a wee while he burped an smoke came oot an Fox's wife looked up fae her knittin an laughed. Then the baby had started tae greet an Fox's wife went an took im awa.

Zander telt Sutherland he minded aboot burpin the smoke.

The look on your face, Sutherland showed his teeth ower his tea. *You were pished, eh. Ah had tae put ye tae yer bed nae long efter that.*

Zander asked Sutherland aboot the work he had lined up.

It's nae sweat, Sutherland waved a han, *Fox's got a car jist aboot ready for us. Ah need tae deliver it the morn an ah need ye tae create a wee diversion an pick somethin up for ma. Easy as that. It'll be ma last job, but let's keep that tae oorsels. Ah'll gie ye aw the details later, eh.*

Zander asked fit else.

That's it for noo man, but dinnae worry, ye'll be well paid, he put his cup doon. *Ah wisnae kiddin aboot the money, eh.* He put his han in his pooch an pulled oot a hanfae o twenties an thumbed oot a hunner pound. He dropped the money ontae the coffee table. *Are ye sure ye're okay wi aa this?* Sutherland put the rest o the money back in his pocket. *Ah've a bit mair work comin up an ah'll need yer help.*

Zander looked at the money an sipped his tea.

There's nae set oors an nae name badges, Sutherland drank his tea. *There's none o that pish. Ah made ten times whit ye were on afore for a tenth o the work. Ah've built up a decent retirement fund an ah've got a wee bonus lined up as weel. Dinnae worry, ah'll look efter you as weel.*

Zander looked at the wallpaper hingin off the waas an telt Sutherland that it didna look like Fox got much money.

Fox gets well looked efter. The stupid cunt shoots the money intae his veins, Sutherland took his fags oot. *We try an make sure he disnae go ower the top though,* he offered Zander a fag an he waved, no. *They look efter his missus an his bairn. We try an make sure he disnae get in wi the wrong crowd, eh. They're goin tae try an get im off the junk again, but there's a lot o work comin up so they need im functionin. Fox does a good job for them.* Sutherland lit his fag.

Zander picked up the money an squared it off an telt Sutherland he wis fine wi it an folded the notes an put them in his pocket. He drank his tea an it helped his mooth.

We need tae get goin, Sutherland looked at his watch an gulped his tea. *We'll get some breakfast afore we head tae the game.*

Zander followed Sutherland doon the hall an he paused at the closed bedroom door. He gently opened the door an stepped intae the dark an whispered tae Fox an Fox murmured in return an then Sutherland stepped oot o the bedroom an gently closed the door. They went oot intae the stairwell an it wis bright an clean an the widden banister an tiled fleer an stairs were polished. They went doon the stairs an oot ontae the busy pavement.

The waitress plonked mugs o tea on the gingham tablecloth. They took sugar sachets oot o the wee pot an shook them an sugared their tea an stirred their tea.

Ahm starvin, eh, Sutherland sipped his tea an watched the waitress' hips sway back ahin the coonter.

Zander nodded an telt Sutherland he wis hungry an aa. He could feel the hangover emptiness in his gut an he sipped the hot tea an his dry tongue soaked it up. The waitress came oot o the kitchen an put their breakfasts in front o them.

Can ah get ye anythin else? She reached for the bottle o ketchup fae the next table.

How about yer phone number, Sutherland smiled up at her. She snorted an thumped the ketchup doon an Sutherland watched her hips sway back ahin the coonter. Zander telt Sutherland that he wis aul enough tae be her faither.

Some o them lassies like an auler man, Sutherland picked up the ketchup an surveyed his breakfast. Zander looked at his breakfast an felt his stomach lurch.

Ah dinnae ken how they caa it a Scottish breakfast, he shook the ketchup an squirted a pile ontae the side o his plate. *Ye cannae jist add a tattie scone tae a full English an caa it a Scottish breakfast,* he cut a bit o his tattie scone an scooped some beans ontae it an put it in his mooth.

Zander shook his heed an cut a bit o tattie scone an put it in his mooth. He'd heard aa this afore, but it felt good tae hear it again. He chewed an swallowed an it went doon okay an he had a bit mair an washed it doon wi tea.

Ye cannae jist add a Lorne sausage tae a full English an caa it a Scottish breakfast, Sutherland cut a corner off his Lorne sausage an scooped some beans ontae it an put it in his mooth.

Zander ate some Lorne an beans an got a bit o appetite. Sutherland didna seem tae have moved on fae the last time they'd been the gither.

There's a lot o things ah like aboot England, Sutherland dipped his bacon intae his egg yolk. *Like The Pistols an Yorkshire Puddins, for instance. But a Full English breakfast has tae be top o the list.*

Zander slipped some fried egg ontae his fork an it slipped doon his gullet an he slipped back towards nausea.

A Scottish breakfast is porridge, Sutherland forked sausage an beans intae his mooth. *Which we're aaready world famous for.*

Zander nodded an tried tae get some o the greasy mushrooms ontae his fork, but they slipped off an he felt the sudden need tae lie doon.

Porridge is a breakfast tae be proud o, but it has its time an place, an that time is a freezin mornin an that place is oot on the hills sittin aside a stove.

Zander nodded an pushed his breakfast awa an wiped his brow an fanned imsel wi the laminated menu.

Whether we like it or no, ye have tae gie it tae the English, Sutherland wiped up the last o the bean juice up wi his toast. *They dae the best breakfast.*

Sutherland buttered the rest o his toast an Zander telt im he'd wait ootside an left the warmth o the café an the caal air ootside cooled the slick sweat on his skin. He paced up the street a wee bit an took deep breaths till the nausea passed an walked back an as he approached the café he noticed a boy across the street lookin in the windae at Sutherland. Zander got closer an the boy walked awa up the street an Zander looked intae the windae an the waitress wis clearin the table an Sutherland wis sittin back finishin his tea an watchin her erse sway back ahin the coonter.

It's nae for the working man ony mair, Sutherland put a pint doon. *Money's ruined the game.*

Zander nodded an took a reluctant sip.

The wages players are on these days is fuckin mental, Sutherland took a long scoop o lager an wiped his mooth wi the back o his han.

Zander nodded an sipped his pint.

The big leagues, he took a scoop o lager. *Yer premierships an yer la ligas. Ye're watchin fuckin billionaires kickin a fuckin ba aboot. It's hard tae connect wi that. There's nae mair heroes any mair. Nae workin class role models for the bairns. Even Hibs an Dons players are on a fair few grand a week, an who pays the price o that, eh?*

Zander telt im it wis the fans an had anither wee sip.

Aye, but the real fans that go tae the games, nae the ermchair cunts that sit at hame an fund the circus, he took a scoop o lager. *That nae goin doon well?* he nodded at Zander's pint.

Zander telt im he'd get im anither an went tae the bar. They were in a pub near Waverley an the reed an white scarves were becomin mair prominent as the trains fae Eberdeen emptied oot.

Aye, it's ayeways the fans that lose oot, Sutherland sooked the heed off the fresh pint. *Ah mean, the champions league. Whit the fuck's that aa aboot? It should be called the nearly champions league. It's designed tae generate money for the few an every cunt sits at hame an watches it an pays for the privilege an the money goes intae the already bulging pockets o the few.*

Zander telt im we werna sittin at hame watchin this game an ah managed a decent moothfae o ma pint.

No, we're nae, he wiped the back o his han across his mooth. *But how often dae ye go tae a game?*

Zander telt im nae often.

An it's nae cause yer team's pish. Ye'd go an watch the sheep every hame game even if they were bottom o the league.

Zander telt im aye, he wid. Zander telt im he wid go an watch them even if they were as pish as Hibs.

It's cause o the price o goin tae a game. The workin man cannae afford tae go tae every game. An the workin folk are the folk that built the clubs, he scooped his lager. *That folk that put the herrt an soul intae the game.*

Zander nodded.

Ye mind that camel in the desert? Sutherland twisted his pint on the table. *We're that camel, ploddin roon an roon.*

Zander nodded.

It's aw aboot money, Sutherland drank an the pub filled up wi Eberdeen fans. *Money is the first consideration o the fitba governin bodies an the last thing that any o them gie a fuck aboot is the real fans.*

Zander telt im he agreed.

An it'll never change till the fans revolt an stop payin their TV subscriptions an stop goin tae games an vote wi their feet, Sutherland dooned maist o his pint an wiped lager off his chin. *Talkin o votin wi yer feet, ahm gettin the fuck oot o here. It's fuckin hoatchin wi sheep shaggers. Enjoy the match, eh, but ah hope yer team gets pumped,* Sutherland swallowed the last o his pint an the crowd swallowed im up. He held his green an white scarf abeen the reed an white crowd an Zander could hear im chantin *Hibees, Hibees,* aa the waye tae the door an a couple o boys at a table by the door got up an followed im oot.

Zander got a taste for the drink again an went up tae the bar which wis now three deep an he had tae wait for a gap an squeeze in tae the bar an there wis four or five young quines servin an they moved fast an took orders an pulled pints an jammed short glasses intae the optics an whirled aboot an danced aroon each ither. Zander planted his feet an kept his shooders square tae the bar. A folded tenner stuck up atween his fingers an he tried tae make eye contact wi the young quine that wis workin his section o the bar. Zander raised his eyebrows an smiled an she came ower towards Zander an served the boy next tae im. She served the boy an slapped his change intae his han an Zander raised his eyebrows an smiled an she came ower an the boys sang a round o *stand free* an it bounced off the roof so she leaned ower the bar an she asked *whit can ah get ye?* an Zander leaned towards her ear an asked if he could hae a pint o Tennent's an a double Grouse. She whirled awa an pulled his pint an jammed a short gless unner the optic an put his lager an his whisky on the bar an Zander handed her the tenner an she whirled awa tae get his change an Zander shouted along the bar tae a boy tae pass the water jug an he put a splash o water in the whisky an squeezed his waye back tae the table but his seat wis taen so he perched his dram on the edge o the gless cluttered table an stood.

The boys started tae sing the *Northern Lights* an the hands clapped an the tables were thumped an the feet stamped an Zander caught his dram afore it danced off the edge o the table. The boys sang an the roof wis ready tae come off an he managed tae get his pint tae his mooth without stickin his elbow in somebdy's face an finished it off an found room for the gless amongst the empties on the table. Mair boys streamed intae the pub an the place wis burstin at the seams an boys stood on chairs an tables an sang an clapped. The alcohol cleared the last o the fuzziness oot o Zander's heed an it burned doon intae his belly an bloomed intae a warm glow an the bar became brighter an he stamped his feet an sang wi the boys.

Then boys started tae climb doon fae the tables an chairs an wrapped their reed an white scarves roon their necks an poured the last o their pints intae tilted back heeds an started tae head for the door an there wis breathin space again an Zander could see the fleer again.

Zander queued for a pish an the boys were lined up along the trough an Zander wis hit in the face wi the heat an sharp stench o the trough full o pish. He followed the flow oot the bogs an the bar had emptied an the staff collected the empties an wiped the tables an Zander followed the flow oot intae the grey daylight. Dons fans flowed oot the pubs an along the pavement an ontae the street an the streams o fans poured ontae the main road an a river o reed an white flowed towards Easter Road an the songs bounced an buoyed along.

Police vans were moored at junctions along the road an officers in hi-viz waded intae the river an pulled the odd boy tae the side an made them pour their tinnies o lager doon the drain or patted them doon tae see if they cerried a half bottle or a flare.

The river o reed an white eddied an lapped against a contra flow o green an white an the Hibs fans *baa*-ed at the Dons fans an the Dons fans *spoon-burn*-ed at the Hibs fans an the mounted Police waded in wi the big horses an the horses snorted an shat an the hi-viz officers sat on the horses an shouted doon tae the fans tae get awa fae each ither an the horses butted the boys intae line an the horses were in atween them an Zander could smell their sweat an feel their breath as they snorted doon the backs o their necks.

Then the river o reed an white cleared the corner an lapped up against the turnstiles at the awa end. The Dons fans kept up the singin an Zander watched a hi-viz bobby as he patrolled the queue an there wis a boy in the queue across that wis three sheets an his mates tried tae keep im fae flappin aboot but the bobby had noticed im an he waved tae anither hi-viz an the pair o them waved the drunk boy oot o the queue but he widna go so the hi-viz bobbies pulled im oot o the queue an dragged im kickin towards the black maria an his mates pleaded that they'd look efter im an mair hi-viz waded in an warned them tae get back in the queue an the drunk boy waved his fist in the air an *fuck you*-ed tae the bobbies an the Dons fans *boo*-ed the bobbies as they threw the boy intae the back o the van.

Boys aroon aboot were dishin oot tickets tae each ither an Zander had his han on the ticket Sutherland had gien im an he got close tae the slot in the bricks an the hi-viz steward looked im up an doon an decided he didna merit a pat doon an Zander pushed intae the slot in the wa an pushed his ticket unner the slot in the grill an the boy on the ither side o the wire tore the stub off an Zander pushed through the turnstile an spilled back intae the crowd at the ither side. The singin echoed an bounced aroon the concrete belly o the stand an they sang louder noo they were in.

Boys queued up for the bookies an for pies an Zander joined the queue for a drink o juice wi plenty o ice an cerried it through the tunnel an intae the stand ahin the goals. He climbed the steps an stood at his seat as the stands filled up an the colours were runnin up an doon the steps an runnin along the rows an paintin the stands wi fans. Kick off wis minutes awa an the players ran ontae the park an the fans applauded an then the Dons fans were competin wi *Sunshine on Leith*.

The game kicked off an the fans roared an the Dons fans exchanged songs wi the Hibs fans. Zander had tae concentrate tae see fit wis goin on up the ither end o the park, but there wis a boy stood ahin giein runnin commentary. The game ebbed an flowed an the fans bawled at perceived misdemeanours an groaned at missed chances.

A pass went astray an a green shirt broke free an raced ontae a loose ba. The Dons centre half closed in on the wiry Hibs striker an stuck oot his foot an the striker sprawled in the box an the referee pointed tae the penalty spot. The reed shirts surrounded the ref an the big centre half stood ower the prone Hibs striker an yelled at im tae get up an the Dons fans roared *he got the fuckin ba*. The Hibs striker took a few steps back an then he stroked the ba intae the top right corner an he danced awa along the main stand an the Hibs fans danced aroon the grun an the Dons fans stood silent.

Hibs started tae put long baas ower the top for the wiry striker tae run ontae an he nearly scored again fae close range but the big centre half cleared the ba off the line an the Dons fans found their voices again an the big Dons striker got his heed on a ba but the Hibs keeper put the ba roon the post. When half-time approached the Hibs defence cleared it an it wis punted long an high towards the Dons goal an the wiry Hibs striker left the right back in a heap an the Dons keeper threw imsel at the striker's feet an the striker touched the ba tae the side an rolled the ba intae the empty net. He spread his erms an beamed up at the Dons fans an the boy ahin *fuck*-ed an *where the fuck wis the defence*-ed an the referee blew for half-time.

Folk stomped doon the steps an tae the bogs an they looked at the half-time scores on their phones an Zander sat doon in the caal plastic seat. He scanned the main stand far Sutherland might be an watched as the subs kicked the ba aboot till the folk started streamed back intae their seats.

The second half ebbed an flowed an Hibs could afford tae defend their two goal lead an the boy ahin Zander kept sayin that the Dons should make a sub an the board wis held up an the Dons made a double substitution an the boy ahin roared that it wis a *boot time*. The young midfielder who'd jist come on put the ba atween Hibs twa defenders an the Dons fans roared im on an he curled the ba across the keeper an intae the top corner an Zander didna see the ba hit the net afore the fans aroon im erupted an he wis swallowed up in erms. When the stand had settled doon the Dons players disentangle themsels fae the heap they were in an the young midfielder raised his erm tae the fans.

The Dons players heeds were up an the board wis held up an there wis three minutes left an the chants degenerated intae frantic howls.

Get the ba in the box, the boy ahin leaned ower Zander's shooder tryin tae get closer tae the pitch. The Dons players heard im an flooded intae the box an the ba dropped towards their heeds an the big Dons striker rose high an he bulleted the ba ower the clutchin hands o the Hibs keeper.

The stand erupted an the boy ahin wis wrapped aroon Zander's shooders an screamin *yaaaaaas* in Zander's ear an they jumped an swayed an struggled tae keep themsels fae topplin ower the seats. The final whistle blew an a Hibs player punted the ba intae the stand an the fans headed for the exits.

The Dons fans sang an chanted an it echoed in the concrete an they spilled oot intae the street. The reed an white wis dammed at the end o the street by a wa o hi-viz police on foot an horse. The flow o green went doon the street at the ither side o the police barrier an the Dons fans hurled jibes ower the police an a couple o bottles came back an turned end ower end high abeen the heeds o the mounted police an pockets opened up in the corralled Dons fans an the bottles smashed intae the road. The flow o green an white went on an on an the Dons fans grew restless an began tae edge forward an the horses trotted back an forc an the hi-viz bobbies brandished their sticks an held the Dons fans back till the flow o Hibs fans slowed tae a trickle an then the barrier o police an horses followed the Dons fans doon ontae the main road an towards the toon centre an the trains an the buses that wid take them north.

Zander split fae the crowd an headed ower the bridges an doon steps an doon cobbled streets an through arches an tunnels an passageways tae the Grassmarket. He went intae a bar an looked aboot an saw Sutherland sat at a table halfwaye through a pint an lookin at the menu an Zander sat across fae im an picked up the pint that Sutherland had bought im.

You lot looked like ye'd won the fuckin cup, he turned the menu aroon an looked at the ither side.

Zander telt im they'd won a replay an gulped fae the pint.

Think ye'll win the replay? Sutherland turned the menu back ower.

Zander telt im he thought they wid if they tightened it up at the back a wee bit an if the ref didna gift Hibs anither penalty.

Penalty wis fuckin stane-wall, ye cunt, Sutherland handed Zander the menu. *Was a good atmosphere, though. Ye ken whit ye wint?*

Zander telt im he fancied the steak an ale pie.

Me as weel, he nodded an went up tae the bar.

The bar wis half busy an a lot o folk started tae come in for supper. A boy came in an sat at a side table nae far fae them. He picked up the menu an looked ower it an his een followed Sutherland.

There ye go, Sutherland came back ower wi two fresh pints an nodded at Zander tae finish the een he had. *So whit d'ye say tae a wee trip?* Sutherland leaned across the table an lowered his voice.

Zander leaned towards im an asked im far.

It's a trip ahve been meanin tae take for a long time, he looked intae his pint.

Zander asked im far aboot.

D'ye ever wonder where we'd be? he tapped his pint. *If we hadnae been discharged?*

Zander shrugged.

Ah think aboot it aa the time. Ah think aboot those days aa the time. Think aboot you boys aa the time, he tapped his gless an looked for the food comin. He poured aboot half his lager intae his mooth. *We'd hae a decent pension for doin the full twenty-two years,* he wiped his mooth wi the back o his han. *Ah reckon ahdve finished as a sergeant-major, maybe even an officer if ah managed tae avoid gettin busted back doon the ranks again. D'ye mind that captain that used tae teach us military calcs?*

Zander nodded.

Ah cannae mind his name but ah can mind im tellin us that rank wis aboot money. He stood in the middle o class one day an pointed tae the three pips on his shooder an telt us that they represented pounds, shillins an pence. Ah thought he wis on aboot pay back then, but he wisnae. He wis on aboot the pension. The higher up the ranks ye went, the mair ye wid get.

Zander nodded.

Ye widnae need tae work if ye reached that kind o rank. Maybe jist a wee part-time job, he drank his lager an smiled. *But ah wis better than that captain, because the army wisnae aboot money tae me.* He tapped his gless an leaned closer. *It wis the life. It wis the brotherhood,* he tipped his gless at Zander. *You boys were ma brothers.*

Zander nodded an looked up as the barman came across wi the

food an Sutherland ordered twa mair pints.

An look where ye are noo, Sutherland shook the salt an sauce ontae his chips. *A security guard at a supermarket. Ye're like that camel in Al Jubail, ploddin roon in circles. Occasionally ye'll spit an protest but the sticks'll come oot an ye'll buckle doon an keep ploddin on till ye're nae mair use tae them.*

Zander telt im he'd thought aboot goin tae college an sat back in his chair an telt im he'd thought aboot gettin a qualification an gettin a better job tae set a better example for his bairns.

You were a fuckin Highland warrior, Sutherland pointed a chip at Zander. *You proved ye were the best o the best, eh. Ye served yer fuckin country. How much mair o an example d'ye wint tae set?*

Zander shrugged.

But that wis taen awa fae ye. Yer mates, yer security, yer livelihood, yer self-respect, Sutherland pointed chips at Zander an put them in his mooth. *We were jist young boys. We didnae deserve any o whit they did tae us.*

Zander looked doon an forked bits o steak intae his mooth. Zander telt Sutherland that he'd gotten used tae haein nae self-respect, but at least it wis a job. Zander telt im it had been a long time ago that they'd been in the army. Zander broke up the bit o pastry on his plate an mashed it intae the gravy an telt Sutherland that civvies didna gie a fuck if ye were an ex-squaddie.

Have ye ever thought aboot emigratin? Sutherland lifted up the lid o pastry an looked at the meat unnerneath. *Canada, Australia, Sooth America. Any fuckin where jist tae make a fresh start?*

Zander forked meat an chips intae his mooth an started tae fill up an the bar started tae fill up. He telt Sutherland he thought it wis too late for aa that. He telt Sutherland he had his bairns tae think o an aa.

Never too late, eh, Sutherland pointed the last o his chips at Zander. *We've an opportunity tae make a wee bit o money the morn,* Sutherland lowered his voice again. *Those cunts think that they can set me up. They think that they can dae me oot o ma nest egg but ahve got a surprise for them,* Sutherland wis barely audible an he shook his heed an stared at the last o his chips. *An then we'll take a wee trip an tie up some lose ends an then we'll see where we stand. Ah telt ye ah wid look efter ye, eh,* he showed his teeth an ate his chips.

Zander asked if McQueen wid be comin on this mission.

No. Ahve seen im a couple o times ower the years, Sutherland forked at his pastry. *He merried that lassie. He got that job wi the cooncil, workin as a scaffy. Course it's wheelie bins noo, so there's career progression for ye. He's three or four bairns. Grandkids as weel noo. Imagine that. McQueen a fuckin grandfather.*

Zander telt Sutherland aboot splittin up fae his wife, aboot nae gettin tae see his bairns.

Never had any luck wi women, eh, Sutherland forked his pastry.

Zander telt Sutherland he went tae see Davie's mither years an years ago an telt Sutherland that they had spoke aboot his body bein shipped hame an the funeral. Zander telt Sutherland she looked sad an washed oot as though the grief had wiped her oot. Zander telt Sutherland that she hugged im an kissed im on the foreheed an ruffled his hair an there wis a wee smile that lifted the sorrow fae her face for twa-three minutes.

He wis a sound boy, eh, Sutherland forked his pastry. *Munro wis a cunt tae im.*

Zander telt Sutherland that Munro wis a cunt tae aabdy.

An accordionist in the corner o the bar squeezed his box an his fingers flew an he played *McPherson's Rant* an he sang aboot getting hanged fae the gallows tree due to the treachery o a woman. The boy that had been watchin Sutherland left withoot orderin. Zander's feet began tae tap an Sutherland's fingers tapped his pint.

XL

Zander sat in the aul car an watched the graffitied metal shutter in his rearview mirror. The garage wis tucked awa unner a block o flats, next tae a wee boarded-up newsagent that selt fags an cheap drink on a narrow back street. The shutter rolled up an glints o a new white Jaguar rolled up the slope an ontae the street. The shutters rolled back doon an Fox pushed a couple o wheelie bins in front o the shutters an then he strolled awa doon the street. The Jag prowled atween the cars parked on either side o the street an as it passed Zander, Sutherland winked an gave him the thumbs up. Zander pulled oot an followed.

Sutherland turned left an right an the flats leaned ower them on either side o the warren o streets. They headed uphill ower the cobbles an pulled ontae the Queensferry Road an drove ower the Water o Leith still going uphill an the castle wis on the skyline awa in the distance an they headed towards the centre o toon an the broon flats gave waye tae shops an the broon stane gave waye tae garish colours. Zander waited ahin Sutherland as a tram glided by an then followed im across the junction an doon the Lothian Road an bed ahin im as the traffic squeezed in on them fae either side an the buses leaned ower the top o them an Zander followed the Jag doon a slip road that curved awa intae a narrow lane that seemed blasted intae the Castle Rock that loomed above them. Zander hung back fae the Jag as they rattled ower the cobbles an wound doon the lane towards the entrance o the multi-storey far the road widened oot again an watched the Jag turn intae the entrance an there were white flashes through the chunks o concrete as the car rolled up the ramp.

Zander pulled ower tae the kerb on the opposite side o the road an tapped his fingers on the wheel an watched the clock flash on the dashboard an waited an Sutherland had said he widna hae tae wait long an he wisna wrong.

Tyres squealed an the Jag roared an Zander gripped the steerin wheel an put the aul car in gear an rolled forward an then the white flash o the Jag came back doon the entrance ramp an it stroked a brilliant white streak as it exited off the bottom o the ramp an Zander banged the horn as it flashed inches by an back up the one-way lane. In his rearview Zander saw the streak o white head towards a blue Astra that wis comin doon the lane an the Jag roared at the Astra an mounted the pavement an the Astra cowered against the wa an the Jag squeezed atween the car an the high wa an roared awa up the lane. Zander rolled up the entrance ramp an didna get far afore a silver Audi came doon the ramp wi blue lights that flashed fae its grill. Zander pulled on the handbrake an obstructed the Audi fae pursuin the Jag.

Get oot the fuckin waye, the plain clothes bobby in the passenger seat squealed oot the windae. Zander opened his een wide an flapped aboot at the gearstick an put the car in reverse an stalled the car an mouthed that he wis sorry.

Get oot the fuckin waye, the bobby squealed oot the passenger windae an his een flashed blue an they sounded the siren an it pulsed in Zander's lugs. *Reverse doon the fuckin ramp*, the bobby squealed an Zander nodded, *yes officer, yes officer*, an flapped aboot at the gearstick an began tae edge back doon the ramp an then the Astra rolled up the ramp ahin im an he put the handbrake on again an mouthed tae the bobby *ahm sorry* an the bobby thumped the dashboard an put his mobile tae his lug an shouted intae it an the driver wrapped his erm roon the passenger seat an the Audi whined its waye back up the ramp.

Zander sat far he wis twa-three minutes, till he heard the Audi squeal on the levels abeen as it headed towards the exit proper an then he drove up tae the top o the multi-storey. The siren o the Audi faded awa intae the city an he parked up an put the keys unner the wheel arch an headed doon the stairwell an oot ontae the street.

Zander wandered ontae Princes Street tae wait for a bus. There wis a wee electronic board that telt im he'd tae wait twa minutes an twa minutes later the bus pulled up tae the kerb. He stepped on an chanted his destination an tapped his cerd an took his ticket fae the machine an climbed the stairs an was tipped intae a seat at the front as the bus pulled oot. The bus floated aroon the bend an ontae the Lothian Road an sooth through the gless an brick an parks an theatres.

He went further than he needed tae an got off the bus on the long straight road aside the barracks an stood an looked through the railins. He could see the guardroom an the soldiers ootside wearin desert combats in the American pattern an he could see their boots werna bulled tae the same high standards as they had achieved in their day. They looked ower an Zander started tae walk back up the road awa fae the main gate along the length o the railin wi the parade square beyond far the poles still pushed the flags up intae the sky an the high, high clock still watched. He walked beyond the barracks an ontae the broad tree lined streets an past the big high waas wi the heavy iron gates through which ye could look along sweepin drives an glimpse the manicured lawns an shrubbery an the big hooses that sat amongst it aa.

The pavement widened on the main road intae toon an the benches were gone fae ootside the pub on the corner an instead there were black iron chairs an wee circular tables, aa ornate an French lookin. The pub wis a café noo an the wee high amber windaes were gone an ye could see intae the café through the wide, clear windaes an ye could see that it wis a bar efter aa cause there were some beer taps on a wee bar up at the far end.

Zander pushed through the gless door an didna hae tae force the door an naebdy stared at im. He inhaled the deep, rich coffee an malty beer an the warm smell o freshly baked scones an pancakes an his heed couldna put them aa the gither in the one place. The bar or café wis aa dark wid like the aroma o the coffee an seemed a lot bigger an the new pub looked auler than the aul pub. They'd got rid o the booths an the cracked vinyl an now widden tables floated here an there on the vast expanse o the dark widden fleer. The long bar wis gone as weel, an instead o the barman that had scowled ahin the aul bar, there wis a dapper young barista that folded napkins ahin the new bar. He wore a waistcoat an bow tie aneath a spotless white apron. There wis een ither guy in the pub or café or fitever it wis, an he sat roon aboot far the aul boys widve sat playin doms aa them years ago. He wore his grey hair long an he crossed his broon chords in front o im an he flicked his finger at the tablet perched on his knee in atween sips o espresso.

Zander cleared his throat an took a step towards the bar an the barista looked up fae foldin his napkins an scooted oot fae ahin the bar an hurried towards im wi a menu an a smile.

Can I get you a drink, sir? He waved Zander tae a table by the windae. Zander looked at the beer taps on the bar an asked for a cup o tea.

Earl Grey? Darjeeling? The barista gestured at the menu an Zander asked if he could jist hae ordinary tea. *English Breakfast, no problem, sir.* He went awa tae make the tea an Zander looked at the paninis an eggs benedict on the menu an looked up at the wa far the aul barman had pulled bags o nuts off the board tae reveal a wee bit mair o a naked woman. When the barman came back wi his pot o tea, Zander asked for a scone an jam.

He sat an drank his tea an buttered his scone an eventually Sutherland went past the windae wi a holdall ower his shooder. He clattered in the door an sat across fae Zander showin teeth fae lug tae lug.

Ah like tae call that Operation Holy Grail, he slid the holdall unner the table.

Zander raised his eyebrows.

Like at the end o Indiana Jones an the Last Crusade, he glanced at Zander's tea an half-eaten scone. *When the baddie has tae choose The Cup o Christ oot o dozens o cups an he chooses the biggest, shiniest cup when he should've chosen the plainest, simplest auld cup. The Carpenter's Cup.* Sutherland put the remains o Zander's scone in his mooth an gestured tae the barista an he scurried ower wi his wee notepad.

Ah think we need somethin a wee bit mair celebratory than that, Sutherland gestured at the tea pot. *Can ah hae two pints o Tennent's an a couple o drams, please?*

We don't serve Tennent's Lager, sir, but if you'd like to have a look at our drinks list we have some wheat beer that may suit your tastes, the waiter gestured tae the menu an pointed oot the relevant section tae Sutherland. *We also have a fine selection of malts.*

You boys arnae feart, Sutherland flicked his een ower the prices. *Ah'll hae two pints o pale ale an two Glen Morays,* he handed the menu back tae the waiter. *In fact, make the whiskies doubles.* The waiter nodded an went back ahin the bar. *This place has changed a bit, eh,* Sutherland had a good look aboot for the first time. *Ah should've thought when ah suggested meetin here. We're lucky it's nae been turned intae flats ah suppose.*

Zander telt Sutherland it wisna the only thing that had changed aroon here. Zander telt im aboot the state o the boys on guard at the barracks.

Aye, ahve seen them up at the Castle. Their boots could dae wi a bull an their kit could dae wi a crease doon the erm an up the leg, The waiter came back across wi the drinks an Sutherland leaned back tae allow im full access tae the table. He placed the ale in front o them in stemmed continental beer glasses an the whisky in big tumblers an a wee water jug an Sutherland thanked im an the barista went back tae foldin napkins.

A lot'll've changed in the Army, eh. It wis aaready changin while we were still in. They're nae allowed tae be disciplined like we were. There's nae physical punishment or anythin like that. It's mair like jist an ordinary job tae them. The maximum they can sign on for noo is a year, so ah believe, Sutherland held his pint up tae the windae an the light gave the ale a deep amber glow. *They're nae talked intae signin their lives awa by a recruitin sergeant that dangles the Queen's shillin in front o them,* he sipped an raised his eyebrows an wiped the froth off his lips.

Zander took a sip o his pint an raised his brows at the bitter, sweet taste an wiped the froth off his lips. Zander telt Sutherland he thought they were jammy bastards.

Ahll tell ye one thing that hasnae changed, though. Ye mind the big hoo haa in the papers an on the telly aboot the Highlanders haein tae dae anither tour o Afghanistan? He swirled the ale, *an aa the wives an families were oot protestin aboot their men haein tae dae mair tours than the ither regiments?* He swirled the ale an sipped. *Ye ken who wisnae protestin?*

Zander nodded, *Aye.*

Ye ken who winted tae go again?

Zander nodded, *Aye.*

An they ken noo, as we did then, that they had been chosen tae go again because they are the best fuckin regiment in the fuckin army.

Zander nodded, *Aye.*

Aye, the boys themsels. The Highland fuckin Rifles are still the fuckin best. An they wid go again in a herrt beat.

Zander nodded an said it wisna The Rifles noo.

Aye ah ken. Amalgamated.

Zander shrugged.

But we widve been chewin at the bit tae get back as weel.

Zander nodded. Zander shrugged an telt im maybe ten, fifteen years ago.

Aye, well, Sutherland nodded at Zander's belly an poured ale intae his mooth. *Ye wid probably need tae be a lot fitter tae be in the army noo.*

Zander raised his brows an telt im he'd heard that they did battle fitness tests in their trainers noo.

Nae that kind o fitness, Sutherland patted Zander's shooder. *Ahm nae denying that we were a lot tougher an had a lot mair stamina in oor day,* he grinned aroon his pint. *Ah mean that they're probably a lot mair athletic noo,* Sutherland fished his fags oot his pooch an nodded at the door an they went an lit up ootside the big windae far Sutherland could keep an eye on his holdall. Zander looked at broon chords boy through the windae that still swiped his finger at his tablet. *Ah mean, ah bet they dinnae smoke anymair. They're probably nae allowed tae smoke in the barracks or in the NAAFI anymair,* Sutherland took a draw o his fag.

Zander nodded, telt im that hardly any young boys smoked noo.

They probably eat a lot mair healthy noo as weel, he took a long draw o his fag.

Zander nodded an telt im that the young boys at his work took plain boiled chicken an broccoli for their piece.

They probably go tae the gym in their ain time, he tapped his ash.

Zander telt im that the young boys at his work drank protein shakes an hae their gym passes hingin oot their pockets on lanyards.

Fuck sake, Sutherland shook his heed an took a long draw. *A protein shake wis a wank when we were that age, an efter work we went tae the pub for a game o pool wi a quarter bottle in the back pooch.*

Zander nodded an tapped his ash. They twisted their feet on the butts an went back inside the café-bar an finished off their ales.

So whit ah wis sayin last night, Sutherland poured a wee splash o water intae their drams. *Are ye ready for a wee mission?*

Zander nodded.

A last crusade o oor ain? He pushed Zander's whisky across the table.

Zander telt im, *Aye.*

They knocked their glesses the gither an knocked back the whisky.

The engine whined an the bus changed gear an rolled ontae the motorway an jostled for position in the slow movin early mornin traffic an the traffic ploughed through the land in a long, straight furrow an laid doon concrete an spilled thoosans o tons o concrete intae the junctions an exit ramps an flyovers. The bus wis half empty, an they sat up at the back. A few aul folk sat near the front. There wis a couple o tourists in atween. Back packers, hill walkers.

Nae vinyl or CDs noo, eh, Sutherland took oot an mp3 player an held an earphone atween each finger an thumb like a meditating Buddhist. *Ahve got the new Pixies album on here.* He stuck the earphones in his lugs an unfolded a newspaper an tapped awa while he read.

Zander looked oot the windae.

Whit d'ye mind aboot im? Sutherland hung the earphones aroon his neck an folded up his paper.

Zander shrugged.

You kent im better than me, he jammed the paper intae the pooch in the back o the seat in front. *Ye went through basic trainin wi im.*

Zander shrugged an telt Sutherland that he had liked Miller straight awa.

Aye, Sutherland pulled a bottle o water oot the seat pocket. *When ah first met im ah liked im. He stood oot straight awa. He wis a big cunt, though.*

Zander telt Sutherland that he became their leader on the first day.

Aye, he wis a natural leader right enough, Sutherland tapped his water bottle. *But then he wisnae one o the boys like ah wis. It's a hard thing tae pull off, tae be a leader o men but still be one o the boys.*

Zander telt Sutherland that he looked oot for them.

Aye, sure he did. In the early days, maybe he even meant it. Till he got his first stripe. Till he got a wee bit power hungry. Then he only looked oot for ye when it suited im. When he wanted tae gain yer trust. As long as it never had any danger o puttin his upward trajectory at risk.

Zander telt Sutherland that Miller stood by fit wis right.

He stood by the book, Sutherland took a swig o water. *But daein things by the book is nae the same as daein whit's right. Whit's written in a hunner-year auld army book isnae necessarily right. Daein things by the book tae cover yer ain erse at the expense o the boys is far fae daein whit's right.* Sutherland swirled the water in his bottle. *He wis self-righteous.*

Zander telt Sutherland that they'd trusted Miller.

Aye, Sutherland nodded. *That's the saddest part. He gained the love an respect o his brothers an he abused it.*

Zander looked oot the windae an the bus peeled awa fae the motorway. The bus leaned intae the curve o the exit ramp an rolled ontae a dual carriageway and headed northwest.

He used us, an hung us oot tae dry, an benefited fae oor misfortune, Sutherland put the earphones back in an pulled his paper oot the seat pocket.

They rolled along the dual carriageway past the decayin satellites o the central belt an swept along great curves till there were fields an cattle an trees an the dual carriageway became a single carriageway an the road began tae climb uphill an the trees began tae smother the concrete.

So, whit d'ye imagine happened tae Miller? Sutherland took oot his earphones an folded up his paper.

Zander shrugged an telt Sutherland that he kaint that Miller had been posted awa an telt Sutherland he wis probably a retired captain or major by noo.

Well yer wrong, Sutherland shook his heed an pulled his bottle o water oot the pooch an tilted the bottle back an fore an the water sloshed fae end tae end. *He hung us oot tae dry but he didnae bank on the loyalty o oor brothers. He didnae realise how many folk he had pissed off, either. He didnae realise how far an wide he had pissed folk off. The death threats followed im tae his new postin. It wisnae safe for im tae stay in the army.*

Zander raised his eyebrows an telt Sutherland he'd always imagined im gettin a promotion, gettin a nice postin tae Cyprus.

Nae quite. He got a promotion an a postin tae an island right enough, but nae in the army, Sutherland took a swig o his water. *An nae in the Mediterranean either. Ye see, there wis economics an politics involved in this wee affair. Miller received death threats at oor battalion an at his new postin. He received them fae the boys takin the drugs, but mair importantly fae the boys supplyin the drugs. The boys that were supplyin within the battalion had big bucks tae lose an they were bein supplied by boys fae oot-with the battalion. They had a massive market tae lose. Sixty thoosan British squaddies on the Rhine. An then the Americans as weel.*

Zander raised his eyebrows an nodded.

So Miller wis discharged, Sutherland screwed the cap back on the bottle. *But it wisnae the death threats that got im discharged. The Army didnae gie a fuck aboot his safety.*

Zander nodded. Zander shook his heed.

We were made an example o, but it wisnae tae deter boys fae takin drugs in the battalion. It wis tae show the higher echelons o the Army, the public, the media, whoever, that the army had dealt wi their drug problem. It wis tae nip any mair speculation in the bud, Sutherland tilted the bottle in the palm o his han, lettin the water slosh fae end tae end. *They kent we were jist the tip o the iceberg an they didnae wint cunts like Miller goin aboot bringin it tae public attention. There were token arrests aa ower the place. Wee drugs busts by the RPs an the SIB. It helped them get the numbers doon while they were makin cutbacks. But they didnae want a full-scale purge. They didnae wint a full-blown scandal hittin the tabloids.*

Zander nodded. Zander shook his heed.

So they used the death threats as an excuse tae get rid o Miller, an they set im up in a place where he wid have eventually gone o his ain accord anywaye, Sutherland unscrewed the cap an poured water intae his mooth. *D'ye mind where Miller came fae?*

Zander shrugged an telt Sutherland he thought he came fae Skye.

Nae Skye, Naewhere so metropolitan. He cam fae a wee island off the west coast, Sutherland screwed the cap back on his bottle. *Well, ye ken his auld man wis in the Polis?*

Zander telt Sutherland it made sense when ye thought aboot it.

Well, he wis the heed bobby on this wee group o islands off the west coast, Sutherland sloshed the water fae end tae end. *So, tae follow in his father's footsteps, Miller went straight fae the army tae police trainin. Of course he wis fast-tracked through that, an a wee token stint on the beat in Inverness*, Sutherland tipped the bottle in the palm o his han an the water sloshed fae end tae end. *It didnae take a man o Miller's character long tae make sergeant, an then his auld man retired, so Miller gets slotted neatly intae the post that he wis bein groomed for aa along. Ye see, ye wernae far wrong aboot the promotion an the cushy postin on an island*, Sutherland tipped the bottle at Zander an grinned.

Zander asked Sutherland how he kaint aa this.

When we got discharged ah came back hame an ah met up wi a boy that

Paisley put me in touch wi. He gave me some work, Sutherland sloshed the water fae end tae end, *an some o the work he gave me took me back tae Germany.*

Zander raised his eyebrows.

An some o the boys ah worked wi had connections in the polis.

Zander nodded.

They found things oot for me, an ah found things oot for masel.

Zander nodded.

So ah kept tabs on im.

Zander nodded.

Aa these years.

Zander nodded.

Ahve made a few trips tae the islands tae recce the place, eh. That's how ahve the hill walkin gear, he nodded in the direction o the baggage hold alow. *Ahve watched im.* Sutherland unscrewed the lid o his bottle an poured water intae his mooth. *Ah only visited the island in the middle o summer, when it wis hoachin wi tourists an when the weather wis fine. Ah didnae want tae take the chance o attractin attention. Ah didnae wint the local friendly bobby comin along tae gie me any advice on how tae stay safe in the hills.*

Zander nodded.

Sutherland put the lid back on his bottle an shoved it intae the pooch an shoved his earphones intae his lugs an unfolded his paper.

Zander looked oot the windae.

The road climbed through forests an looped its waye roon lochs an across bleak moors an atween the white peaks o hills that leaned ower them. The road thinned tae single track an the bus clung tae the side o hills an peered doon sheer drops at the tumbled rocks in gulleys far burns thrashed an foamed an the bus had tae pull ower occasionally tae let a campervan pass in the opposite direction. Eventually the sparse hillsides became populated wi trees an the bus began tae edge its waye back doon the steep inclines. A loch began tae open up wide alow them an the tang o the sea air seeped intae the bus an the bus worked its waye doon the hillside an followed the shore o the loch towards the sea. The road became a carriageway again an the bus picked up speed an passed wee bed an breakfasts an the road became busy wi campervans an cars fitted wi mountain bike racks. The bus swept roon the smooth curve o the loch far seaweed clung tae the shingle an marked the high tide line an towards the wee toon that sat wi its jetty an pier juttin oot ontae the natural harbour. The bus slowed tae a crawl an pulled through the throng o tourists in the main street an pulled in at the bus station.

They collected their backpacks an Sutherland's holdall an made their waye doon ontae the shore an stood at the railin an looked oot at the water an breathed in the clear air. The pier stood amongst huge widden pillars driven intae the loch bed an the timber wis aged an mighty. Five jetties fanned oot intae the water an the pier an the jetties were an aul an strong han that beckoned the boats intae safety. Twa-three fishin boats were held fast on the nearest jetty an the rest o the moorins were taen up by fancy yachts. On the ither side o the pier wis the landin for the ferry, new an metal an skeletal aside the aul widden pier, wi towers an trestles supportin the transfer bridge. Along the shore in front o them a dozen wee lobster boats rested on the seaweed while they waited for the swell o the tide tae lift them off the shingle. Twa-three mair boats rocked gently on the swell oot in the middle o the loch. A couple o wee row-boats were oot there an aa, fishin rods ower the side.

There wis a whitewashed pub on the shore street an they piled in there an took a table by the windae far they could look oot ontae the water an they piled their gear intae the corner ahin the table an Sutherland said he needed tae go an meet a boy tae sort oot transport. He said he'd be back in a wee while an headed oot the door. Zander ordered a half o ale an a bowl o Cullen Skink an sat at the table an looked oot the windae an watched the clouds gether ower the hills on the ither side o the loch an waited. Zander watched the boats on the loch an watched a couple o boys haul a creel ontae a boat that rocked aboot in the swell. When he finished his soup an half pint, he ducked his heed unner the table an pulled back the zip o Sutherland's holdall.

He wisna surprised tae see the bag wis full o money but he felt caal when he saw the two ex-army issue Browning 9mms jammed doon the sides. He looked in further an could see a couple o rolls o duct tape an a pair o shears. He lifted the shears an looked at the zig-zag blades.

Anythin else for ye?

Zander dropped the shears an yanked the zip shut an near battered his heed off the unnerside o the table.

The barman cleared the table an Zander telt im he'd hae anither half an looked oot the windae an an aul battleship grey Lanny pulled up at the shorefront an Sutherland jumped oot. Zander telt the barman tae make it twa.

Sutherland sat doon an Zander telt im he needed a smoke an went ootside. Sutherland followed im oot an Zander asked im if he should be leavin the bags unattended.

Ye looked in the holdall then, Sutherland took the fag that Zander held oot tae im. *Retirement fund*, he lit the fag fae the flame that danced in Zander's cupped hands.

Zander raised his eyebrows.

Ye ken, security, eh, he took a long draw an the risin wind whipped the smoke awa fae his mooth. *9mms. Ye still ken how tae use ain?*

Zander telt im he'd nae had much call tae use a handgun since leavin the army. Even Tesco frown upon shootin shoplifters.

It's jist like ridin a bike, Sutherland blew smoke intae the wind.

Zander nodded an took a draw an looked across at the hills on the ither side o the water an a veil o dark grey wis faaen across them an the water began tae get darker an the swell became sharper an the crests rose higher. The lobster boats rose an fell an turned their bows towards shore an the boys on the rowboats pulled in their rods an headed for the jetties. Zander looked seaward an twa-three miles oot the ferry loomed oot o the veil atween the hills an the lights blazed as she sailed doon the loch towards them.

XLI

They stood ootside on the deserted passenger deck an tried tae shelter their fags fae the rain.

Ah said that his auld man wis the heed bobby, but that's a bit o a grand title. There wis only aboot half a dozen bobbies in the two or three wee islands even back then, Sutherland brought his fag tae his mooth in a cupped han an the wind flapped aboot at his hood. He huddled in closer tae the lee o the housin awa fae the corner far the wind an salty rain whipped roon. It wis mid-efterneen but the sky wis dark grey. *Now, thanks tae cutbacks, there's only him, eh.*

Zander nodded an stood in close tae Sutherland an protected his fag fae the wind an the rain.

Miller lives in the wee village on the main island, The Silver Island, where the ferry jetty is. The ferry calls there an at anither wee island afore it continues on tae Skye. It's the only village in the group o islands apart fae a couple o croftin communities. There's nae a police station. Miller's hoose is the police station. There's nae really any crime tae be honest, as ye can imagine. Miller's duties are mainly as a tourist guide an wildlife warden, Sutherland took a draw an the wind whipped the smoke awa fae his mooth. *He tours aboot the wee roads in his fancy police Discovery an makes sure the hill walkers arnae goin tae get themsels stuck in the hills an cause the inconvenience o haein tae get a search party organised.*

Zander nodded an took a draw o his fag.

Where we're goin is anither wee island tae the west o the main island. The Black Island. Ye cross ower tae it on a causeway when the tide is oot. Naebdy lives there, but there's a bothy for overnight accommodation. There's bunks in there an there's a wee room for the local bobby. There's the remains o an auld croft hoose up on the plateau at the top o the island as weel. Climbers like tae go ower there tae climb a stack an there's cliffs along the western shore. There's also a crevasse called the Deil's Lum that sinks intae the grun, back fae the stack an the cliffs. It's deep as fuck an goes doon tae where the sea has cut caves intae the bottom o the cliffs. The climbers arnae allowed tae go doon there. It isnae safe. The sides are unstable an there's frequent rock falls, Sutherland brought his cupped han tae his mooth an took anither draw. *Ah've seen it like, an whitever faws doon intae there is never comin oot again. It takes yer fuckin breath awa jist peekin intae it. Miller goes ower there every so often if there's folk on the wee island, tae make sure they ken whit they're daein an that they've got the proper gear tae climb on the cliffs an tae make sure they stay awa fae the Deil's Lum.*

Zander nodded an took a last draw o his fag an dropped it in his teacup.

Wildlife photographers go ower there as weel. There's hunners o sea birds an there's a pair o sea eagles ower there, pretty rare like, eh. Miller goes ower tae make sure nae cunt's fuckin aboot near the nests or tryin tae steal the eggs. The eggs are worth a fortune, like, Sutherland pinged the butt o his fag oot towards the widden benches far passengers could sit in fairweather. The butt wis soaked afore it hit the deck. *If he goes ower, sometimes he cannae get back across the causeway, so he stays in the bothy.*

They went back intae the passenger lounge an it wis warm oot the wind. The rows o seats were aboot three quarters filled wi folk that looked at their phones or looked oot at the rain that lashed against the windaes. The majority were goin tae Skye. Lorry drivers, tourists, students goin hame fae university. A couple o climber's that wore new lookin woollen toories, een sky-blue, een mustard.

Sutherland went tae get a cup o tea an Zander took a leaflet aboot the islands fae a rack in the wa an went tae sit doon at the back far there wisna any ither folk. The ferry lurched ower the big swells an Zander looked through the wee leaflet. There wis a wee cartoonish map o the islands wi a dotted line that showed far the ferry called intae *An t-Eilean Airgid,* the Silver Isle an *An t-Eilean Òir,* the Golden Isle afore headin tae the arrow that pointed off the top edge o the leaflet that wis labelled *An t-Eilean Sgitheanach,* The Isle o Skye. There wis the wee village on the main island an the tourist centre wis marked an there wis a malt whisky distillery near the village. The map showed the main hillwalkin routes an the rock climbin areas, wi boot icons an loops o rope denotin the difficulty levels. The wee island that Sutherland spoke aboot wis off the west coast o the main island an the causeway an the hills an the cliffs were marked, but the Black Island wisna named an there wis nae mention o the Deil's Lum or the bothy or the nests. Zander scanned through the text an there wis a warnin aboot the dangers an the leaflet insisted that visitors called in at the tourist centre tae get advice an log their intentions. It also mentioned that visitors had tae be aware o restricted areas far they might disturb the local wildlife, an tae ensure that the island wis left unspoilt. Zander took it they didna wint tae advertise the faraboots o the eagles' nest.

Sutherland came back wi the cups o tea an they went back ootside ontae the passenger deck for anither smoke. They stood in the lee o the housin an got their fags lit an drank their tea oot o the wee slots in the lids. The wind whipped roon the corner an whipped the steam an smoke awa fae their mooths. They smoked an put them oot an the rain went off a wee bit an they stepped forward tae the railins an looked oot intae the grey an efter a while the grey got darker an denser an then the sooth coast o the Silver Isle appeared oot o the grey, but the island wisna silver, the island wis dark an enigmatic in the grey rain an the poor grey light.

So we'll go ower the causeway tonight, Sutherland looked oot at the island an drank his tea. *We'll set up a wee OP an we'll wait for im tae come tae us, eh.*

The landin marshal in the hi-viz jeckit beckoned the aul grey Lanny ower the transfer skirt an ontae the pier an the traffic dispersed ontae the road. There wis a break in the clouds an the low sun shone doon an Sutherland pulled his wraparoon polaroid's oot his pocket. Sutherland pulled oot ontae the road an there wis a row o terraced hooses standin across the road an a wee shop an a hotel wi a bar.

Ahm goin in for fags, Sutherland pulled ower in front o the shop an cracked open the door o the Lanny. *Ye need anythin?*

Zander telt im he needed fags an aa.

Sutherland jumped oot an the door squealed shut an he disappeared inside the shop an Zander looked oot at the sea far the ferry sat much too big for the wee village an it wis gettin ready tae continue its journey an then bright white caught the light o the sun in the wing mirror an a shinin Police Discovery pulled ower tae the kerb ahin them. The bobby got oot an pulled on his cap an walked big an tall like a bear intae the shop. Zander watched in the mirror for twa-three minutes an then Sutherland strolled oot an jumped intae the Lanny an threw a hunner fags intae the glove box. He gave Zander a packet an broke open a packet an wound doon the windae an lit a fag.

Zander asked im if they shouldna be gettin the fuck oot o there.

Relax, Sutherland's mooth curled alow his shades an Zander could see imsel an he could see he didna look relaxed. *It's fine, eh. He didnae recognise ma.* Sutherland started the Lanny an growled awa fae the kerb an it didna tak long tae pass the tourist office an the wee school an the church an it didna tak twa-three minutes tae pass the *police* sign that pointed tae a nice bungalow on the edge o the village.

The road led north an quickly narrowed an followed the curve o smooth coastline on the northeast side o the island. There wis a long beach fringed wi dunes an marram grass an inland there were wee crofts on the lower slopes o the hills. The beaches became shingle as the road wound gradually westward an began tae climb an there were laybys here an there an wee gravel carparks an there were viewpoints far ye could look northward an see Skye on a clear day. There were tracks an footpaths that led awa up the slopes fae the wee carparks an disappeared intae the grey that hid the peaks. Campervans were parked up in a couple o the wee gravel carparks but nae sign o folk. The road twisted through a peat bog an they slowed for a flock o sheep that trotted tae the side o the road an stood an watched them pass an the road twisted an turned an the shingle on the coast became rocks an the road showed wee glimpses o secluded bays an wee patches o silver sand an then the road twisted awa fae the coast amongst wee lochans an alow the exposed granite on the slopes o the hills an the road twisted back towards the coast an hugged the coast an began tae climb doon towards sea level an towards the west o the island. Then they could see the channel atween the islands an the strip o crumblin concrete that stretched four hunner yerds through the sea an the black sea spat white froth at the rocks that lined the pot-holed causeway an on the ither side o the causeway the Black Island sat hunched unner a charcoal blanket.

The sea threw waves at the dilapidated causeway fae either side. Sutherland turned the Lanny ontae the approach road an spurred it ontae the causeway an the Lanny hobbled an creaked ower the potholes an Sutherland wrestled wi the steerin wheel an kept the Lanny tae the left awa fae a section o causeway that looked like it wis goin tae crumble an tip them intae the fast approachin sea. The Lanny swayed tae the halfway point an the sea came in faster than they expected an the waves threw themsels at the road an the potholes filled wi water an the Lanny struggled tae avoid the holes an Sutherland fought wi the wheel that whipped left an right an the Lanny bucked an reared in fear an Sutherland soothed the Lanny an guided it oot o a hole an the Lanny stumbled intae anither deeper crater an the waves threw themsels furiously at the causeway as they tried tae reach the Lanny that limped the last forty yerds an the water began tae rush ower the causeway an the water threw itsel against the side o the Lanny an frothed aroon the wheels an the Lanny dragged itsel oot at the ither side o the causeway an Sutherland praised the Lanny as it cerried them wearily up the slope tae safety.

Sutherland pulled on the handbrake in an area o packed earth far the road ended a couple o hunner yerds up the slope. They were unner the charcoal blanket noo an they could see the island slope upwards awa fae the causeway towards the open sea on the west o the wee island. The enraged sea had swallowed the causeway an they were now isolated fae the Silver Isle.

They pulled their rucksacks fae the back o the Lanny an Sutherland pulled the holdall oot. Twa tracks led awa fae the area far they parked. The wider an mair worn path headed northwest an Zander assumed it led tae the bothy on the north side o the island. The ither headed southwest an wis a thin jagged gash in the slope, nae much mair than a track that had been cut by the deer an sheep that had wandered ower the causeway. The entire island wis a hill, the eastern slope ascended towards the plateau an the sea had hammered an chiselled awa at the western slope an fit remained wis the high cliffs an chasms an caves that attracted the rock climbers. They started up the deer track intae the wet mist as dusk descended.

The sea in the channel on the east o the island had been angry an furious but as they climbed higher they could hear the sea at the bottom o the cliffs beyond. The thunder an boom o the sea tae the west wis a battery o artillery guns that pounded the cliffs an the barrage shook the island.

They climbed higher an the track became indistinct an they had tae watch far they put their feet an they used the stanes an rocks that were gripped by the compacted earth as footholds. The gradient began tae shallow as they approached the plateau an Sutherland slowed up an the tumble doon waas o the roofless crofthoose wis up ahead in the gloom. Sutherland walked towards it an stood in the doorway aneath the lintel an turned tae face Zander.

There's derelict hooses like this aa ower the Highlands, eh, Sutherland put his han gently on the lintel an the hoose came alive an stood patient like a horse. *Ghost hooses sittin aa ower the glens that folk were evicted fae tae make room for the sheep,* he went inside an leaned his rucksack against the stane wa.

Zander wiped the drizzle off his face an went unner the lintel an slid his backpack off an laid it on the soft turf fleer o the single-room hoose. There were stanes scattered aboot the twenty yard length o the hoose far they'd faaen fae the waas decades an half-centuries ago an were embedded in the turf like gravestanes. Zander walked ower tae the far end o the hoose far the smooth stanes o the herrth still lay aroon the remains o the blackened fireplace.

They pulled aul army grunsheets an bungees oot o their rucksacks an hooked the bungees through the eyelets o the grunsheets an wrapped the elastic roon the stane an lintels abeen the windae an at the top o the waas so that the grunsheets roofed half o the wee hoose an they inclined the shelter towards the door so that the rain wid run off. Sutherland left a gap at the top o the north facin wa that looked in the direction o the bothy an the windae on the sheltered side o the hoose looked towards the causeway. Sutherland hung a poncho ower the windae, an left a gap so that the causeway could be watched.

They finished puttin up the shelter an Sutherland pulled a hexamine stove oot o his rucksack an Zander stooped oot fae unner the shelter.

Watch where ye step in the dark, the stove squealed as Sutherland opened its jaws. *The Devil's Lum isnae far ower there.*

Zander nodded an went oot the door an roon the hoose. It wis near full dark noo an he could only see dark shapes. The rain had stopped an the wind had died doon an Zander could only hear the boom o the sea.

He carefully made his waye up the remainder o the slope ontae the plateau an there wis only blackness an the sea an ahead a hollow boom that beat in amongst the constant crash o sea an the deep dark shapes an hollows enticed im forward an he stepped carefully forward towards the western slope o the hill that had been eaten awa by the blackness an the hollow boom drew closer an a deep inky blackness detached itsel fae the darkness beyond. The hollow boom drew im forward still an he stepped forward wi increased caution ontae a stane ledge an the emptiness o the abyss wis only a yard in front o im an the turf an rubble aroon the edges disappeared as it wis swallowed by the hungry abyss.

Zander pished intae the blackness an then went carefully back tae the hoose.

Ah thought ye'd faaen doon the hole, Sutherland poured a couple o tins o chicken curry intae a mess tin an set the mess tin on the jaws o the hexi stove. The hexamine blocks were alight an flickered blue an yella. The herrth wis filled wi warmth an light an the herrt o the hoose flickered an brought warmth an succour, as it had done for centuries an maybe millennia an maybe there'd been a herrth here on the edge o Europe as far back as when the Ancient Greeks worshipped Hestia.

Zander sat doon across fae Sutherland.

D'ye mind ration packs? Sutherland stirred slowly an carefully so as nae tae spill the curry.

Zander telt im, *aye,* how could he forget. Zander telt im that the tins o chicken curry were his favourite thing oot the ration packs. The curry smelled warm an spicy an sweet as it heated an started tae bubble. Zander telt Sutherland that it smelled like it used tae aa those years ago.

Curry wis ma favourite an aw, eh, Sutherland stirred the curry an steam rose an flowered in the light o the flickerin flames. He folded the curry wi the spoon tae make sure it wis heated through an the steam rose an became a billowin bouquet an the smell reached doon Zander's gullet an his belly growled. He grabbed the ither mess tin an held it oot an Sutherland spooned half o it intae Zander's mess tin.

They took up a spoonfae o curry an blew an put the curry in their mooths an the curry warmed them an the curry sent them back through the years. Zander telt Sutherland that it tasted even better than he minded.

Aye, man, Sutherland smiled aroon a moothfae o curry. *It's good, eh.*

They spooned curry intae oor mooths an the curry warmed them an they scraped the mess tins wi their spoons an they winted mair.

Zander took the mess tins ootside wi a bottle o water an rubbed the mess tins wi loose soil an chunks o turf an rinsed them clean wi the water an took them back unner the shelter an Sutherland had the 9mms oot lyin on the turf. He handed een tae Zander an it felt familiar in his han. Sutherland took oot a box o rounds an Zander knelt in front o im an he dropped the magazine oot o the handgrip an Zander copied im an it came back tae im an it wis like ridin a bike. They pulled back the cockin mechanisms an checked the breeches were clear an let the mechanisms forward an pulled the triggers an fired off the action an applied the safety catches an Sutherland gave Zander a handfae o rounds an they slotted them intae the magazines an slotted the magazines back up inside the handgrips an locked them in place an they slid their pistols unner their rucksacks.

Sutherland lit anither couple o hexi blocks an filled a wee campin kettle an set it on the jaws o the stove. He took a couple o enamel cups an the brew kit oot his rucksack.

There must've been a meal or two cooked at this herrth, the kettle began tae hiss an Sutherland put the teabags intae the cups. *Even since this hoose has been derelict, there has tae've been a fair amount o walkers sheltered here ower the years,* the kettle hissed mair persistently. *The folk that built this hoose must've cerried stane up fae the channel an certed the wid ower fae the Silver Isle an maybe they cut that path an used the turf for the roof,* the kettle whistled softly an Sutherland poured the water ontae the teabags. *They must've eaten a fair bit o fish an seafood. They must've had a boat tae take oot intae the channel tae fish an raise lobster pots. Maybe they clambered aboot the cliffs tae catch birds an collect their eggs. Maybe they had a couple o coos an maybe they managed tae grow somethin.* Sutherland fished the teabags oot o the cups an flicked them intae the fireplace. He poured the milk an sugared the tea an then he got a bottle o Grouse oot his rucksack an poured a good drop intae each cup an then they cupped them in their hands an watched the flames dance in the jaws o the stove. *Maybe folk lived in this hoose for hunners o years, maybe folk lived on this island for thoosans o years afore this hoose wis built. Maybe there wis folk here when there wis plenty o trees an maybe afore the sea had eaten that channel tae create two islands.* They cupped their cups an drank their tea an Zander felt the whisky trail doon intae his belly an felt the whisky warm im. Sutherland got his fags oot an they cupped their hands aroon the flame an lighted their fags. *An then they were gone,* Sutherland exhaled smoke. *Probably some Victorian gentlemen came ower lookin tae explore or make maps. Probably they went back tae their smoking clubs in Edinburgh or London an telt the chaps aa aboot the stack an the Devil's Chimney an the natives that climbed aboot the cliffs like rock apes. Probably some o the chaps were young bucks wi far too much money in their pockets an far too much time on their hans an they decided tae go on an expedition tae the island. Probably they used the folk that lived here as guides. Maybe they paid them. They wouldve loved this wee playground an afore long they wouldve bought the island an evicted the folk that lived in the hoose an used it as a lodge where they could sip brandy an port efter a day's rock climbin,* Sutherland took a draw o his fag an tipped whisky-tea intae his mooth. *Maybe they got bored wi comin here. Maybe they got too auld tae come here an maybe their offspring wanted tae party their waye through the twenties rather than come oot tae this place. Whitever happened, the folk that lived here were gone an the hoose wis left empty. The island has claimed back the timber an eventually it'll claim back the stane as weel,* Sutherland tapped a stane that wis half swallowed in the turf wi his boot. They finished their tea an fags an flicked the butts intae the herrth. Sutherland put a good shot o whisky in his cup an tipped the bottle at Zander an Zander nodded an Sutherland put a good shot intae his cup. Zander tipped whisky-tea intae his mooth an felt the heat go doon an Sutherland put anither couple o hexi blocks ontae the stove.

We're nae like the folk that lived here, Sutherland tipped whisky-tea intae his mooth. *We're nae like the Victorian adventurers either. We're like the hoose itsel,* Sutherland took oot two fags an they cupped their hans an for a moment their hans flickered wi light an warmth an their hans were the herrth o the hoose. *We're broken reminders o the past. We're hidden an remote an we're an auld waye o life wi no great value in a world where things are no the same any mair. Where people put value on things that we cannae relate tae.*

Zander raised his eyebrows an took a draw o his fag.

But we're still here, Sutherland took a draw o his fag. *We're still stubbornly embedded in the turf beneath their feet, still stubbornly clingin ontae the world. We're still able tae provide shelter,* Sutherland tipped whisky-tea intae his mooth. *Even if it's jist for each ither.*

Zander nodded an tipped whisky-tea intae his mooth.

Maybe this is jist the waye it is. Maybe this is whit ye get. Maybe we never had much o a chance an maybe we never had much o a choice, Sutherland tipped whisky-tea intae his mooth an put a couple mair blocks tae the flames.

Zander shrugged.

So maybe we have tae make the best o whit we've got. We have tae dae somethin drastic once in a while. If we want tae change things, we have tae dae somethin dangerous. If we want things that we cannae get by conventional means, we have tae take them. If the rules stop us fae gettin whit we want, we have tae break the rules. Sutherland threw the butt o his fag intae the fireplace. *If we want justice, we have tae right the wrongs for oorsels.*

Zander nodded an finished his whisky-tea an looked intae the back o the fireplace.

The wind got up an found its waye through the doorless door an the windaeless windae an it tugged at the grunsheet abeen an the rain began tae tap at the taught grunsheets again. They pulled their dossbags oot an the pair o pinkin shears fell oot an landed on the turf atween them. Sutherland picked them up an zig-zag snipped the air atween them an tucked them intae the side pooch o his rucksack.

They curled intae their dossbags on either side o the herrth an topped up their cups wi mair whisky an the turf wis soft aneath them.

Zander half opened his een an watched the grey dawn seep in ower the windae ledge o the windaeless windae an watched it crawl in aroon the stoop o the doorless door. The wind rippled at the shelter abeen an the rain pattered on the shelter abeen an the rain dripped fae the edge o the grunsheet ontae the mossy turf fleer far it mingled wi the grey dawn that crept towards his feet.

He heard the zip go on Sutherland's dossbag as he got up an lighted a couple o hexi blocks an filled the kettle an rested it on the jaws o the stove an ducked oot fae unner the shelter. Zander climbed oot o his dossbag an packed it awa an could hear Sutherland pishin ootside. Zander shivered an warmed his hands at the flames an looked oot the windae. There wis faint light in the east abeen the Silver Isle an in the dark grey in atween the sea frothed at the causeway an the tide wis goin oot. Sutherland came back unner the shelter an started tae get cups ready an Zander went aroon the back o the cottage for a pish. In the weak grey light he could see how close he'd been tae the maw o the Deil's Lum the night afore. He shivered an shook an when he came back aroon tae the door there wis some colour amongst the dark grey on the ither side o the channel. He went in unner the shelter an telt Sutherland he could see somebdy comin.

XLII

It's nae Miller, Sutherland put the teabags in the cups.

Zander went tae the windae an looked through the gap an the two walkers wore brightly coloured hats an they were easy tae see an een wore sky-blue an een wore mustard yella an Zander remembered them fae the ferry. They made their waye doon the road as the sea retreated awa fae the causeway.

They're climbers, Sutherland came tae the windae an looked oot the gap. Zander got his fags oot an they lit up an peered at the climbers through the grey. Although the sea had started tae recede fae the causeway, it still threw tangled white waves across the concrete, so the climbers waited for the tide tae go right oot while Zander an Sutherland waited for their water tae boil. As they waited een o the climbers fumbled in the pooch o his waterproof jeckit an fumbled wi his gloves an baith climbers cupped their hans tae their faces an lit fags.

Zander telt Sutherland it wis unusual tae see those ootdoor types smokin. Zander telt Sutherland they were usually so fuckin health conscious.

Aye, Sutherland took a long draw o his fag. *The health-conscious cunts.*

The kettle whistled softly ahin them an Zander went tae make the tea.

That's them crossin noo, Sutherland watched fae the windae.

Zander poured the boilin water ontae the teabags an let them brew a wee minute an squeezed the teabags against the side o the cups an flicked the teabags intae the fireplace an they landed aside the empty whisky bottle an he milked an sugared the tea.

That's them half waye, Sutherland took a cup fae Zander. *They're cerryin far too much kit. Those ropes look like they've never been used.*

Zander sat doon by the herrth an telt Sutherland that the climbers might come up here.

Nah, Sutherland drank his tea. *They'll head for the bothy. They look like novices tae me. One o them's limpin a bit, probably got blisters cause he's nae used tae hikin. Miller's bound tae've clocked them. He'll be ower here shortly tae check on them.*

Zander cupped his cup an telt Sutherland they might interfere wi their plans.

Nah, they'll stay in the bothy if the weather stays like this. Or they'll be on the wee cliffs awa on the ither side o the island, Sutherland drank his tea. *Ahll keep an eye on them though.*

Zander shivered an cupped his cup an then got his fags oot an handed een tae Sutherland.

That's them across noo. They're haein a wee look at the Lanny. Ah bet they wish they'd got a lift, Sutherland glanced back at Zander an showed his teeth an he put his cup on the windaesill an lit his fag. *They're headin up the main path towards the bothy noo, they've nae even looked in this direction.* Sutherland stood at the gap an watched. Then he moved tae the gap at the top o the north wa. *That's them oot o sight noo*, he took a last draw o his fag an flicked the butt intae the fireplace. *They'll nae be botherin us noo.*

Zander stood an looked oot the gap in the windae an telt Sutherland that he thought the tide wis startin tae turn. He telt Sutherland that Miller might nae come.

He'll come, Sutherland tapped his knee wi his spoon an ate the last o his biscuit.

Zander telt Sutherland that he might nae come afore the tide came back ower the causeway.

He kens the times o the tides. If he's nae across this time he'll be across next time. We've plenty o biscuits an cheese, Sutherland tapped his rucksack wi his spoon. *We can wait.*

The rain patted heavily on the shelter an the wind tugged harder at the sheet but the sheet held fast. It wisna goin anyfar. Zander looked doon at the causeway through the rain an the grey light. The black sea had started tae froth aroon the boulders that lined the causeway. Then there wis a fleck o white across on the Silver Isle. There wis a muted flash comin doon the road towards the causeway an headlights that struggled tae peer through the grey light an the wind driven blanket o rain.

The sea began tae throw its tangled white waves across the crumblin causeway again.

Zander remembered the Scud missile that wis fired intae the desert sky an felt like the missile had followed them through aa the years tae this island on the edge o Europe. Zander telt Sutherland that it was time tae batten doon the hatches.

Miller wis incomin.

The Police Discovery crossed the causeway wi a bit mair athleticism than their aul Lanny had managed. The Discovery rocked itsel ower the ruts an holes an pulled itsel up off the causeway an up the track an swung in bright an shiny aside their battered grey lanny.

Miller climbed oot an hi-viz glowed an threw his hat back intae the passenger seat o the Lanny an pulled his hood up tight roon his heed. He went aroon tae the back o his Lanny an pulled oot a rucksack an hoisted it ontae his back. He put a paw against the passenger windae o the grey Lanny an peered in like a bear lookin for scraps. He started up the path towards the bothy an then he stopped an lifted his heed an sniffed the air. He looked up the deer track towards the derelict croft hoose. He changed direction an headed up the deer track.

Better get the tea on for im, Sutherland lit a couple o hexamine blocks an topped up the kettle.

Zander watched Miller through the gap in the windae an Miller prowled up the track an placed his big, black-booted feet sure an true amongst the boulders an he lifted his heed again an wiped the rain fae his een an looked in the direction o the hoose. Sutherland got the cups oot an took his 9mm oot fae unner his rucksack an tucked it intae the back o his troosers an Zander did the same. They listened but couldna hear fuck all for the wind that flapped an tugged at the grunsheet an whipped aroon the waas o the hoose. Sutherland tapped the teaspoon on his knee.

Hello in there, Miller growled ower the wind an his big black boots appeared at the stoop o the door.

Hello, Sutherland made imsel heard abeen the wind an the rain. *We wernae expectin visitors.*

No, well, Miller snuffled, an his big black boots pawed in through the door an up tae the shelter. *I'm just the local Police Sergeant. Just lookin in to make sure ye're all okay. The weather's pretty poor. I jist wanted to suggest to ye that ye might be better off up at the bothy.*

Well, as ye can see Sergeant, we're pretty well set up against the elements here,

Sutherland called oot at Miller's boots an tapped his teaspoon on his knee. *In fact we're jist brewin up if ye'd like tae join us.*

Well folks, that's nice o ye tae offer but I'm jist on ma way over tae the bothy, Miller's boots moved apart an a paw came unner the shelter an lifted it slightly. *The main reason I'm here is tae check on yer safety. You folks are supposed tae log yer intentions at the visitor centre so that we know where tae look for ye if ye don't return when you'd planned. I've been informed that there was a couple o climbers that headed over here on foot that haven't logged in either.*

Ahm very sorry Sergeant, Sutherland tapped his spoon. *We thought it wis jist climbers an hillwalkers had tae log in. We're jist daein a wee spot o campin. Jist gettin awa fae it aw for a wee bit, eh.*

Well, I can see that ye know whit yer doin, but ye should still log in. The weather can turn quick out here an even the maist experienced guys can get intae difficulty, Miller sniffed an snuffled. *These look like auld army groundsheets,* Miller's boots moved further apart an he ducked his heed unner the shelter an pulled his hood back an showed us his teeth. Rain dripped fae his hi-viz Police jeckit.

Zander glanced at im an then made oot he wis busy wi the cups. He hadna changed. Maybe a few lines aboot his face but that wis aa.

That's an auld army stove as well, is it? Miller's Hielan twang wis clear noo, oot o the wind an the rain.

Aye, Sergeant, Sutherland tapped the mess tin o water wi his spoon. *We like the aul school stuff, eh.*

That brings back memories, Miller continued tae show his teeth, *I was in the army masel for a while.*

Aye we ken, Sutherland dropped his spoon intae a cup.

Miller looked at Zander an then looked at Sutherland an his teeth went awa an his smile contorted an confusion twisted his face.

Do I know you boys?

Aye ye dae, Sutherland's han shot oot an grabbed Miller by the shooder strap o his rucksack an pulled im off balance an hauled im in easily an forced im intae the corner far his heed thudded intae the stane. Miller flapped an groaned an turned imsel ontae his back an he saw the pistols pointed at his chest an the bear wis trapped an he raised his paws.

Sutherland? His dazed een narrowed. *Zander?* Blood trickled fae a cut on his foreheed.

Miller, Sutherland showed his teeth. *Ah want ye tae turn back ontae yer belly, hans ahin yer back an keep yer rucksack on.*

Wait a minute, boys. Miller kept his paws in the air.

Get turned ontae yer front an put yer hans ahin yer fuckin back, Sutherland raised the 9mm to Miller's face.

What's goin on here? Miller frowned an struggled ontae his front.

Whit's goin on here, Sutherland stuck his pistol doon the back o his troosers an got oot the duct tape an yanked Miller's wrists the gither an wrapped the tape aroon an aroon Miller's wrists an aroon an aroon Miller's knees an aroon an aroon Miller's ankles an then he flipped Miller ontae his back an hauled im by the straps so that he wis sittin awkwardly in the corner. *What's goin on here,* Sutherland took his pistol oot an pointed it at Miller's face, *is us rightin oor wrongs.*

What are ye speakin about? Miller dug his heels intae the turf an tried tae get imsel propped up intae the corner a bit better.

Ye ken fine whit ahm speakin aboot. Ahm speakin aboot you speakin too much, Sutherland tucked the pistol back intae his troosers an reached intae his rucksack. *Ahm speakin aboot you bein a fuckin grass.*

What? Miller struggled in the corner. *Efter all this time yer comin to me wi that? Are ye jokin? It's been a long, long, time.*

Ye think this is a fuckin joke ye cunt, Sutherland lunged at Miller an poked the sharp tips o the zig-zag blades intae the unnerside o Miller's jaw.

Calm down, Miller tried tae push imsel up intae the corner awa fae the shears.

Calm fuckin doon? Sutherland pushed the points o the blades up further unner Miller's jaw an pushed his face intae Miller's. *Ahll calm doon when ahve got some fuckin justice,* Sutherland took the shears awa fae Miller's face an pulled oot the collar o Miller's jeckit an he took the shears tae the jeckit an the shears opened an closed on the collar an the shears bit an sliced the Gortex an Sutherland held the zigzag chunk o collar up tae Miller's face. *Ahll calm doon when ahm holdin yer zigzag cock up in front o yer grassin face an ye're beggin for forgiveness through yer zigzag fuckin lips,* Sutherland took a hold o Miller's bottom lip an pulled it oot an opened the shears an took them tae Miller's lip. The wind began tae howl roon the waas o the hoose an tug harder at the shelter abeen.

Wait, Miller's een widened an flicked fae the shears tae Zander an he howled as the shears bit at the corner o his mooth an the wind howled as it bit at the shelter. Rain trickled fae the edge o the grunsheet an a tear trickled fae the corner o Miller's eye. *Wai-, Sutherland, le ee sheak, phlease.* Miller raised his voice an garbled against the wind an the rain an the shears.

Aye, man, Sutherland took the shears awa an let go o Miller's lip. *Ahll listen tae ye beg for a while.*

It wasn't me, a trickle o blood ran doon fae the corner o Miller's mooth. *I swear tae fuck. It wasn't jist your army career that got fucked up.*

Ah said ahd listen tae ye beg, Sutherland took a hold o Miller's lip again. *Ahm nae goin tae listen tae ye tell lies,* he opened the shears.

I'm not fuckin lyin, Miller pushed imsel back intae the corner. *It wis the German girl,* his een widened an flicked tae Zander. *It wis his fuckin Fraulein that grassed.*

Whit? Sutherland let go o Miller's lip an took awa the shears.

She told them where the drugs were, Miller trickled. *She fuckin grassed.*

Sutherland looked at Zander.

Zander opened an shut his mooth.

Whit's he sayin, Sutherland slapped Miller's face an pointed the shears at Zander.

Zander telt Sutherland he didna kain whit the fuck Miller wis on aboot. Zander telt them he'd never said nothin tae naebdy aboot the dope.

Maybe Zander didn't say anythin, Miller struggled tae push imsel up. *He wasn't the only boy ridin her was he Sutherland.*

You shut yer fuckin mooth, Sutherland whirled an put his face tae Miller's an pulled oot Miller's bottom lip.

Zander telt Sutherland tae let Miller speak.

Sutherland opened the jaws o the shears at the corner o Miller's mooth an the shears began tae bite.

Zander cocked his pistol an pointed it at Sutherland's heed. Zander telt Sutherland tae *Let. Him. Speak.*

Aaright man, Sutherland took the shears awa fae Miller's mooth an let go o Miller's lip. Sutherland kept his hands far Zander could see them.

Zander telt Miller tae speak.

Sutherland wis ridin yer girlfriend, Miller trickled.

Ah telt ye tae shut yer lyin fuckin mooth, Sutherland poked the shears at Miller's heed.

Zander poked his pistol at Sutherland's heed.

Tell im, Sutherland, Miller struggled tae sit straight in the corner. *Tell im she came intae the camp. Tell im she went intae yer room. Tell im ye fucked her. Ah know cause ah saw her, ah heard her gettin fucked.*

Fuck me, you were born tae join the polis ye snoopin cunt, Sutherland poked the shears at Miller's heed.

Zander poked his pistol at Sutherland's heed. Zander telt Sutherland tae tell.

Ah jist fucked her once, Sutherland sat back on his heels an lowered the shears intae his lap. Zander could barely hear im abeen the wind an the rain. *Tae prove a point,* Sutherland lowered his een tae his lap. *Tae prove she was nae good for ye.*

Zander telt Sutherland tae tell.

She came intae the barracks lookin for ye, Sutherland folded his hands aroon the shears. *She wis in tears an she wanted ye back. Ah pretended tae be sympathetic, ah gave her a shooder tae cry on. Ah kent if she turned the waterworks on in front o you ye'd take her back. Ah rolled her a joint an ah rode her,* Sutherland put his han ower his een.

Zander poked the pistol at Sutherland. Zander poked the muzzle intae his heed an telt im he wis a cunt. Zander telt im he kaint how much he loved her.

Ah ken, man. Sutherland rocked on his heels an he lifted his een tae Zander. *But ah did it for you, eh. She came intae oor room aa blubberin aboot how she wis sorry aboot cheatin on ye an she'd never dae it again. So ah did it tae prove a point.* Sutherland put his een back in his lap. *Ah fucked her an then ah telt her tae fuck off. Ah rode her an then ah telt her that she'd never be gettin back wi you.*

Zander telt them he could mind meetin her in the camp an he telt Sutherland he could mind her comin oot the block. Zander telt Sutherland he could mind her beggin im tae go back oot wi her. He poked the pistol at Sutherland's foreheed an telt Sutherland he didna need his fuckin help cause he fucked her off imsel.

Ahm sorry, Sutherland kept his een in his lap.

An atween the pair o you, a scorned girl blazed awa, Miller dug his heels in the corner. *An she took her fury an some vital intelligence awa wi her, eh, Sutherland? Ah take it ye werna too discrete aboot where ye kept yer drugs when ye rolled her a joint?*

Ah cannae mind, Sutherland shook his heed.

But she came back tae the camp again, Miller licked at the blood in the corner o his mooth. *An she came back wi a note for The Sheriff,* Miller raised his voice abeen the wind. *She came back an she fucked us all.*

Munro telt us it wis you who fuckin grassed, Sutherland raised his een tae Miller.

The note that she came wi never got tae The Sherrif. Munro took it fae her at the gate. An then Munro telt aabdy it wis me who grassed, Miller dug his heels in. *The death threats started an nae cunt wis interested in the fact that I'd seen Stephanie deliverin a note tae Munro, an Munro denied he'd received a note.* Miller's eye's burned at Sutherland.

How d'ye ken whit wis in the note? Sutherland pressed the shears again.

Oh come on. Ye don't have tae be Inspector fuckin Rebus. She gies Munro a note one minute an the next they're rippin yer room apart.

Sutherland lowered the shears an sat wi his een an his hans in his lap. He shook his heed.

Ye couldn't wait to get at me, Sutherland, Miller spat blood. *Ye wanted everythin tae be ma fault cause you can't take responsibility for yer own actions an ye couldn't stand it that I got promoted in yer place,* Miller's tongue probed at his cut lip. *It wis you who assaulted Munro, an then assaulted im again efter ye were gien a second chance. It wis you that shot the Iraqis in their trench efter they'd surrendered,* Miller spat mair blood. *Ye werna content that that wis swept under the carpet so ye then had tae go an smuggle drugs intae the barracks. An noo it turns oot it wis you that let on where the drugs were hidden cause ye were too busy tryin tae fuck Zander's girlfriend tae prove a twisted fuckin point.*

Zander noticed the rain had stopped, but the wind still howled an it had gotten darker. Rainwater blew fae the shelter abeen an pattered against the waas.

You're to blame for it all, Sutherland, Miller spat mair blood. *An ye took us all doon wi ye. You're no leader o men.*

Sutherland lowered his heed an Zander lowered the pistol an applied the safety an tucked the pistol unner the rucksack. He took the shears fae Sutherland an leaned in ahin Miller tae cut the tape but oot o the corner o his eye he saw two flashes o colour shift past the windae.

Zander tucked the shears unner Miller's erse an there were two pairs o boots comin in ower the threshold o the doorless door an Sutherland saw Zander's een flash ahin im an turned tae look. The owners o the boots moved in quickly an crouched so they could see unner the shelter an they had pistols pointed at Zander an Sutherland.

Ah think ye ken the script, the een wearin the sky-blue bobble hat reached oot an pulled the pistol fae the back o Sutherland's troosers. *Jist come oot fae unner there an keep yer hands where we can see them, ken whit ah mean.*

The climbers backed up intae the ither half o the cottage tae gie them room an they snarled at Zander an Sutherland like a couple o pit bulls as they come oot fae unner the shelter an backed up intae the corner.

Nice hats boys, Sutherland stood wi his hands up an the boy wi the sky-blue hat pointed his pistol at Sutherland's chest. The boy wi the mustard hat pointed his pistol right atween Zander's een an he looked doon the barrel an it felt like lookin doon the black abyss o the Deil's Lum.

Some fuckin place tae come an hide. We had a cunt o a time gettin here, boys, Sky-blue pointed his gun at Sutherland. *Nae buses, nae Uber. Might hae lost ye, but ah had a feelin this wis where ye'd be headed. Nice, secluded place tae lie low for a while, eh?*

Well done, Sherlock, Sutherland shrugged.

Ah see ye've got a wee bit o a problem wi the Polis though, Sutherland, Sky-blue pointed his pistol at Miller. *Did he get a wee bit nosey, or did you get a wee bit careless?*

The cunt got a bit nosey, eh, Sutherland flicked a look at Zander. They hadna connected Miller.

Mustard went ower tae the corner an had a look at the tape that bound his knees an ankles an he gave it a pull an tested it an then he had a look doon ahin Miller an he reached his han doon the back o Miller an gave the tape that bound his wrists a tug an Miller winced.

He's naw goan anywhere, man, Mustard pulled the rucksacks oot o the shelter an threw them oot o the door an he spotted Zander's pistol an he tucked it intae the back o his troosers. Then Mustard pulled the holdall oot intae the middle an pulled the zip open.

Whit the fuck ye daein oot here in the middle o naewhere when ye've aw that stolen money, man, Sky-blue pointed his pistol at Sutherland. *When we were sent efter ye, ah thought we'd be gaun somewhere a wee bit mair exotic, ken whit ah mean. Like Benidorm or Ibiza or somewhere.*

The money's nae stolen ye ned cunt, Sutherland held his palms up. *That's ma fuckin money. Ah fuckin earned it.*

Well, Sky-blue shrugged, *the boss man's no in agreement. He's no in agreement wi your attitude either, ken whit ah mean.*

Scanlon seems tae've put on a wee bit o weight, man, Sky-blue poked his pistol at Zander.

Aye, Sutherland held his palms up.

He seems tae've had a face transplant an aw, Sky-blue poked the muzzle o his pistol at Zander's face.

Aye, Sutherland held his palms up.

Who the fuck are ye? Sky-blue poked the muzzle at Zander's face.

Zander telt im he wis naebdy, jist in the wrong place.

Naw yer naw, Sky-blue jabbed the pistol at Zander. *Yer in jist the right place as far as ahm concerned, cause ah get tae show ye a wee bit o the local scenery.*

Is that so, Sutherland held his palms up. *Ye've decided tae soak up the culture aa o a sudden.*

Naw, no really, but we were chattin tae a couple o hillwalkers that telt us aw aboot this bottomless hole in the grun that ah ken you cunts'll jist love, Sky-blue tipped the muzzle o his pistol at the doorless door. *Now let's get this ower wi so we can get the fuck oot o this shitehole.*

Whit aboot im? Mustard tipped the muzzle o his pistol at Miller.

Ye said he wisnae gawn anywhere?

Naw, he's naw goin anywhere.

Well, we'll come back for im. Ahve a feelin im an his Polis jeep might hae an accident crossin that causeway. Now fuckin move, he tipped his pistol at the door.

Sky-blue an Mustard gestured wi the pistols an shepherded Zander an Sutherland oot the door an aroon the hoose an they had tae watch their feet in the gloom an the hats urged them forward at a quicker pace than they liked towards the Deil's Lum. They stopped half dozen yerds short o it an Sky-blue went forward ontae the ledge.

Fuck, ye cannae see the bottom, Sky-blue edged forward an peered ower the edge. The wind tugged at his jeckit an tugged at his voice as he *yeeee haaaw*-ed intae the chasm. *You cunts need tae come an hae a look at this, man.*

Sky-blue stepped awa fae the lum an raised the pistol an urged Zander an Sutherland ontae the ledge an the wind tugged at their jeckits an tried tae pull them ower the edge.

Get right tae the edge an hae a proper look, Sky-blue had tae tussle wi the wind tae stop his voice bein tugged awa.

Zander slid his right foot tae the edge an didna look at Sutherland an peered ower the edge an looked doon intae the jagged throat o rock an the sea churned ready tae grind an digest anythin that found its waye doon there.

Get baith feet on the edge, man, Sky-blue tussled wi the wind. *Ye've come aw this waye, get a proper fuckin look, ken whit ah mean.*

Zander shuffled his left foot towards the edge an the wind tugged at his jeckit an the wind pulled im towards the hole an he spun his erms an could feel imsel begin tae faa an he locked his knees an tightened his thighs an tumbled back fae the edge an landed on his erse.

Look at his face man, Mustard *haw, haw, haw*-ed.

Zander looked at Sutherland who wis still on the edge an he flapped his erms while the wind flapped at his jeckit.

If yer goin tae dae it jist fuckin dae it, Sutherland flapped his erms an stepped awa fae the edge.

Aye, yer right, Sky-blue poked his pistol at Sutherland. *Get on yer knees an face the hole. We'll nae want tae huv tae clean any mess.*

They didna get on their knees. Zander looked doon the hole an looked doon the barrel o Mustard's pistol. He looked at Sutherland an raised an eyebrow.

Get on yer knees ya cunt, Mustard jabbed at im.

Get on yer knees or stay on yer feet, Sky-blue jabbed the pistol at them. *Ahm no really giein a fuck.*

Zander an Sutherland looked at each ither an Sutherland's face wis a question mark an Zander nodded an shrugged. Zander held his palms up an stepped carefully ontae the ledge an very slowly got doon ontae his knees an the wind howled an tugged at them while Zander tried tae eat time. Sutherland followed fit Zander wis deein an stepped ontae the ledge an the wind flapped at his jeckit an he flapped his erms aboot an got slowly doon ontae his knees. They started tae turn aroon, tae face the edge an Mustard *haw, haw, haw*-ed an Zander saw somethin black shift in the gloom ahin Mustard an Zander an Sutherland turned tae face the lum an Sutherland mouthed that he wis *sorry*.

The wind whipped an beat at them an it screamed aroon the rocky throat o the lum an Zander closed his een an hoped an pleaded an then there wis a crack ahin im an a whoosh o heat flared at the back o his heed an there wis anither louder crack as Mustard's pistol went off an the wind howled an Zander opened his een an twisted roon an Mustard howled an flailed aboot in a jeckit o flames an the flames lit up Sky-blue's face an Sky-blue's mooth flapped open an Sutherland twisted an shot his erms oot an grabbed Sky-blue's wrists an pulled Sky-blue ower his shooder an Sky-blue howled as he flopped ower the edge an Sky-blue gripped Sutherland's wrist in one hand an held the pistol in the other an hooked his elbows on the edge an they both lit up brighter as Mustard howled an flapped an tried tae take off an Zander felt the heat intensify an he turned tae see the great beating wings an the feathers o flame came flapping towards im an blackness shifted ahin the flamin bird as it took off towards Zander an Zander ducked an the bird swooped ower im an dived doon intae the throat o the lum an caw, caw, ca-a-aw-ed an Zander watched as the flames filled the lum wi light that diminished as the fiery feathers plummeted doonwards afore they were extinguished in the churnin sea far alow.

Zander looked back across at Sutherland as he fought tae keep the pistol in Sky-blue's han pointed skyward an Sky-blue fought tae get the pistol pointed at Sutherland's face an Miller's boot connected wi Sky-blue's han an sent the pistol flyin.

Miller stood abeen them an the wind tugged at his dark police shirt an tugged at the smokin flare-gun in his han.

There wis a couple o burnin feathers on Zander an he scooted awa fae the ledge an patted at the flames an Sutherland an Sky-blue were locked the gither an Sky-blue had the leverage o his free erm

on the ledge an was getting oot o the hole an Zander kicked at Sky-
blue an Sky-blue made a grab for Zander's foot an caught a hold o
his heel an the wind tugged an sucked Zander towards the void an
he flapped his erms an tipped towards the lum an Miller grabbed
Zander an pulled im awa an yanked his foot clear o Sky-blue's grasp
an Sutherland wis lyin by the side o the hole cradlin his heed an
Sky-blue wis pullin imsel oot o the hole an he reached for the pistol
that he'd tucked intae the back o his troosers an Miller kicked im in
the face an Sky-blue slipped beyond the edge an the pistol clattered
intae the void an his hands scrambled on the rock an his fingertips
scrambled tae take a hold o the smooth ledge an they gripped white
on the smooth rock an his fingernails tore oot o his fingers an Sky-
blue slipped doon intae the lum.

XLIII

The weather wis clear an the tide wis well oot when Zander an Sutherland followed the Police Discovery back ower the causeway an aroon the north o the Silver Isle an they drove doon a wee slip road ontae a beach that wis hidden fae the road by a row o dunes an the grey Lanny pulled up ahin the police Lanny on the sand. They climbed oot an sat on a ledge o rock an watched the waves that sparkled in the sun an lapped at the sparklin silver sand.

I could've pulled that boy oot the lum an arrested im, Miller stuck his tae in the sand.

The cunt was goin tae shoot ye, Sutherland screwed up his brows.

And I would've made sure we added attempted murder to the charge sheet.

That would've left us wi a lot o explainin tae dae, an nae jist tae the polis, Sutherland stuck his tae in the sand.

A lot o explainin for you, Miller nodded. *Now you're not the only one wi dead men on your conscience, Sutherland,* Miller drew in the sand.

Ah didnae shoot those Iraqi boys in the trench, Sutherland drew in the sand. *Ah couldnae shoot them. They were jist boys, even younger than us. Ah jist fired ower their heeds tae scare them. The deed an wounded Iraqis had aaready been shot in the firefight.*

Great, Miller shook his heed an drew in the sand. *It's jist me that has tae carry murder aboot wi me.*

It wisnae murder, it wis self-defence, Sutherland stepped towards Miller. *It wis preservation o life. Even if ye had saved im he'd have come efter ye again an again. An yer family. An if nae him, somebdy else. This waye noebdy kens you were ever involved in this.*

Yer very good at justification, Miller glared at Sutherland. *I wouldn't have had to be involved at all if you'd stayed away from here. An neither would Zander ye'd left im tae get on wi his life.*

If somebdy comes lookin for them? Sutherland stepped back an drew a wave in the sand wi the tae o his boot.

They'll find nothing, Miller shrugged and drew a line in the sand. *They never registered. They walked tae the Black Isle. Their bodies will never be found. The last place they'd have had a phone signal would've been at the village, so,* Miller shrugged. *They thought you were goin there tae hide oot. They didn't have any idea ye were settin a trap,* Miller growled. *An the trap wasn't even for them.*

Sorry, man, Sutherland drew in the sand.

I'm sorry ye had that grudge eatin away at ye all those years, Miller growled an put a finger tae the cut on the corner o his lip.

Sorry aboot the Fraulein, eh, Sutherland turned tae Zander.

Zander shrugged an telt im it wis a long time ago.

The Lanny? Sutherland drew a wave in the sand.

Take it tae the mainland an leave it in a carpark somewhere. Leave the keys in it. It's not registered in your name. It's not stolen, Miller drew a line in the sand. *It might get towed away eventually, scrapped maybe. They might even find it but it'll tell them nothin.*

The money, Sutherland drew a wave in the sand.

Ye said ye earned it, Miller drew a line. *I don't want tae know how. Take it far away an don't ever come back. They might not expend too much effort in tryin tae find ye but still don't make it easy for them.*

Aye, Sutherland swept his foot ower the lines he'd drawn an brushed them awa. *Ah ken.*

Miller drew a long line in the sand an headed back tae his Discovery.

Zander an Sutherland stood on the deck o the ferry as it pulled awa fae the dock an slipped soothward doon the coast o the Silver Isle. The Discovery wis parked up by the road comin oot o the village an Miller wis standin wi two cyclists an he pointed at the map he had spread on the bonnet an he pointed at the road an the hills an he didna look at the ferry.

Sutherland drove the aul Lanny off the ferry an along the loch side, an took the road eastward an then northward alongside a blasted rock face an doon through a fissure in the earth an up, up ontae the high moors that lay lonely an wept. They drove through the mountains an mile efter mile through the Great Glen an slipped ontae the carriageway that wis full o traffic that headed north. Sutherland pulled off the main road an headed intae the Cairngorms an he pulled off the road intae a widland carpark.

They'll no come lookin for ye, Sutherland gripped the steerin wheel an looked oot at the trees.

Zander nodded.

They think yer somebdy else.

Zander nodded.

The somebdy else wis a boy called Scanlon that took an overdose a few weeks ago an is rottin awa in a derelict warehoose, Sutherland grabbed the holdall off the back seat an got oot the Lanny. *They'll find his corpse an their search for you will be over.*

They left the Lanny wi the keys in the ignition an walked the last couple o miles intae the highland toon that bustled wi outdoor types wi their tanned faces an their wraparoon polaroids an Zander an Sutherland mingled in wi them on the pavements an passed the cafés that teemed wi the busloads o elderly an the carloads o kids on day trips. They stepped intae a charity shop far they offloaded the campin gear, an it wid spread far an wide within the week. They crossed the road that wis lined wi campervans an caravans an bikes wi packed panniers an headed for the long widden façade o the train station.

The station looked alpine up in the mountains, the boards painted cream an the framework the dark blue o the saltire. They went in through the door an stepped intae an Edwardian world o small arched ticket windaes an a han painted departures board an widden benches. There wis only een ither passenger in the waiting area and he looked comfortable as he sat an read the news. It wisna Edwardian times though an the ticket booths werna manned an the passenger wisna readin a broadsheet. Instead there wis an electronic display monitor mounted on the departures board an the waitin passenger flicked his finger at the news on his phone.

Zander an Sutherland looked up at the train times an there wis a train north in aboot ten minutes an there wis a train sooth in aboot ten minutes. They poked their fingers at the ticket machines an dug money oot o their pockets an the machines sooked the tenners oot their fingers an spat oot the tickets. They went oot through the double doors ontae the platform far a long row o cream an dark blue posts held the canopy aloft on outstretched iron erms.

Ye're sure aboot goin back up north? Sutherland dropped the holdall at his feet an dug his fags oot o his pooch.

Zander nodded.

The Carpenter's Cup? Sutherland took oot twa fags. He cupped his hands aroon his lighter an lit them.

Zander shrugged an telt Sutherland he didna need tae look for anythin else.

Ye're sure ye dinnae want any o this? Sutherland tapped the holdall wi his tae.

Zander shook his heed an telt Sutherland he wid need it mair.

Ah might see if ah can find that cunt Munro afore ah disappear though, eh, Sutherland drew on his fag.

Zander shook his heed an telt im it wisna a good idea. Telt im jist tae let it rest noo.

Aye yer right, Zander, Sutherland nodded.

They stood an smoked an listened for the train comin.

We thought we were fuckin heroes, eh, Sutherland looked up at the sky. *They made us believe we were defendin the free world, but they were jist fuckin usin us. We were jist boys.*

Zander shrugged. He telt Sutherland tae forget the fuckin army. Live his life.

They stood an smoked an then they could hear a train comin roon the bend.

Right, that's me, Sutherland put his erms roon Zander an pulled im in close. *We're still brothers?* He held Zander tight.

Zander telt im, *Aye.* Zander telt im they'd ayeways be brothers.

Aa the best, eh, Sutherland clapped Zander's shooder an hoisted the holdall.

Sutherland walked awa up an ower the aul iron bridge an the bridge clanged wi his footsteps as he crossed ower the line an he came back doon the platform on the ither side an they stood an faced each ither across the tracks an then Sutherland's train rumbled an squealed soothward an Sutherland pinged his butt ontae the tracks. He found a seat an he put his earphones in. He looked oot the windae an raised a han an Zander raised a han back. The engine revved an pulled oot the station.

Zander smoked an watched Sutherland's fag butt still smokin on the tracks. Efter twa-three minutes the northbound train rumbled an squealed intae the station. The doors slid open an Zander dropped his butt an crushed it an stepped ontae the train.

Music references include:

Waverley Steps, Roddy Woomble
Holidays in the Sun, The Sex Pistols
The Clash
Paint it Black, The Rolling Stones
The Only Way is Up, Yazz and the Plastic Population
Bros
Anarchy in the UK, The Sex Pistols
God Save the Queen, The Sex Pistols
Blitzkrieg Bop, The Ramones
Iron Maiden
Soul II Soul
Whitesnake
Rainbow
Smells Like Teen Spirit, Nirvana
Lady Nina, Marillion
Erasure
Now, That's What I Call Music
Adamski
Ride on Time, Black Box
Scotland the Brave, The Corries
Three little Birds, Bob Marley
Immaculate Collection, Madonna
Working for the Yankee Dollar, The Skids
I Did It My Way, Frank Sinatra, Sid Vicious
Territorial Pissings, Nirvana
Ian Brown
Lippy Kids, Elbow
Karma Police, Radiohead
Once in a lifetime, Talking Heads
The Stone Roses
No More Heroes, The Stranglers
The Northern Lights, Mary & William Webb
Sunshine on Leith, The Proclaimers
Pixies
McPherson's Farewell/Rant, (trad.)
Folsom Prison Blues, Johnny Cash

Also from Rymour Books

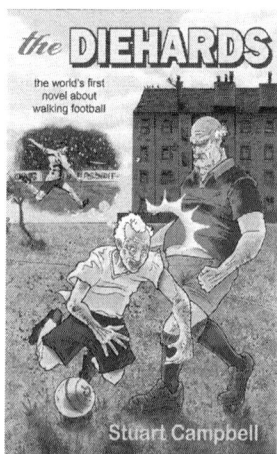

the DIEHARDS
the world's first novel about walking football
Stuart Campbell

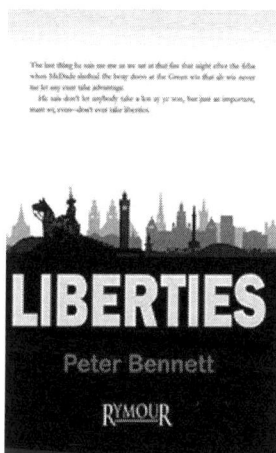

LIBERTIES
Peter Bennett
RYMOUR

www.rymour.co.uk

RYMOUR BOOKS

poetry · history · debate